平滑世界和它的敌人

[日本] 伴名练 著

丁丁虫 译

译林出版社

图书在版编目（CIP）数据

平滑世界和它的敌人 ／（日）伴名练著 ；丁丁虫译
.—南京：译林出版社，2022.6
（译林幻系列）
ISBN 978-7-5447-9110-6

Ⅰ.①平… Ⅱ.①伴…②丁… Ⅲ.①中篇小说－小说集－日本－现代 Ⅳ.① I313.45

中国版本图书馆 CIP 数据核字（2022）第 060055 号

著作权合同登记号　图字：10-2020-220 号

平滑世界和它的敌人 ［日本］伴名练／著　丁丁虫／译

责任编辑　赵　奕
特约编辑　张紫毫
封面插画　赤坂明
装帧设计　景秋萍
校　　对　王　敏　孙玉兰
责任印制　单　莉

出版发行　译林出版社
地　　址　南京市湖南路 1 号 A 楼
邮　　箱　yilin@yilin.com
网　　址　www.yilin.com
市场热线　025-86633278
排　　版　南京新华丰印刷有限公司
印　　刷　扬州皓宇图文印刷有限公司
开　　本　890 毫米 ×1240 毫米　1/32
印　　张　9
版　　次　2022 年 6 月第 1 版
印　　次　2022 年 6 月第 1 次印刷
书　　号　ISBN 978-7-5447-9110-6
定　　价　58.00 元

想象力来自热爱

——日本科幻“梗王”伴名练的世界

丁丁虫

有一个经验性而非统计学意义上的观察结论：科幻作家的出身背景固然千差万别，但成为科幻作家的经历却往往极其相似，大抵都是少年时爱上科幻小说，长大后走上创作道路。伴名练被称为“2010 年代全世界最热爱科幻的作家”，其经历也是如此。

根据伴名练的自述，他早在小学二年级便喜欢上了科幻故事。他读完了小学教室后面图书角里的科幻书，又去学校图书馆和公共图书馆借阅。那时候正值日本九十年代的“科幻之冬”，几乎没有出版什么新的科幻作品，伴名练便读了许多七八十年代的故事。小学生的他用来区分科幻书籍的办法很简单，只看儿童书籍的封面封底有没有大大的“SF”。科幻小说吸引他的原因，是他想到书中描绘的奇妙世界也许能在未来成为现实，便不由得心潮澎湃。

科幻圈有所谓的“公交车理论”，意思是喜欢科幻的人总是在少年时无比喜欢，但成长到一定的年纪，对科幻的热爱就会慢慢淡去，就像只在人生的这一段旅途中搭乘“科幻公交车”一样。不过这一“理论”对伴名练并不适用。少年时热爱科幻的他，到了大学依然热情不减，加入了校园里的科幻社团。伴名练就读的是京都大学文学部，加入的社团自然也是京都大学科幻研究会。京都大学文学部可谓日本类型文学的重镇，小松左京、贵志佑介、森见登美彦等诸多科幻作家都出身于此。京都大学科幻研究会是在二战结束不久便建立的科幻爱好者团体，中间经历了数次重建，目前的社团是由日本著名科幻小说译者、编辑大森望重建起来的，大森望也是《三体》日文版的领衔译者。

伴名练在本书最后的致谢中提及了在科幻研究会里结识的诸多好友，这里只补充一点：某次访谈中伴名练被问起为什么这本小说集的主人公大部分都是女性，他回答原因之一是自己写的小说总要先给社团里的各位看，而写男性角色的时候会习惯性地代入身边好友，要是当事人在故事里看到了，自己和对方都会觉得害臊。这也从侧面反映出科幻社团对他的影响。

伴名练对科幻的热爱，同样体现在这本作品集里，每篇作品都有致敬前人的味道，也都充满了能让资深科幻迷会心一笑的彩蛋。日本读者 zzz_zzzz 为此还撰写了十多万字的分析文章，几乎超过了这本作品集的字数。接下来的分析中，有不少都引自这位科幻爱好者的博客。

《平滑世界和它的敌人》开头第一条引文出自 R.A. 拉弗蒂发表于 1967 年的小说《街角的洞》（“The Hole on the Corner”），小说里主人公回到家，发现一个来自平行世界的触手怪取代了自己的身份。伴名练在访谈中说它是自己这篇故事最初的灵感来源。第二条引文出自漫画师 yuemichitaka 发表于 2015 年的漫画集《超日常少女群》中的一篇，描写了多重人格的少女，也与故事中的少女相呼应。除此之外，“平滑世界和它的敌人”这个标题来自铃木健关于未来社会形态的论著《平滑社会及其敌人》，而后者又模仿了卡尔·波普尔的政治哲学名著《开放社会及其敌人》。之所以选用这样的标题，大概暗示了伴名练想要让作品超越轻小说范畴的野心。

《零零年代科幻史》以（虚构的）科幻作家们在日本科幻草创期的经历为主题，三位女主人公像是影射了现实中开拓日本科幻的“御三家”。开篇有关三人的逸事也让人联想起石川乔司关于日本科幻界人物的戏评：“星新一船长探查科幻之星，小松左京开推土机推平土地，筒井康隆驾赛车一路飞驰。”另一方面，文中那种观察记录般的行文风格，则是伴名练对石黑达昌的有意模仿。国内出版过石黑达昌的科幻小说《冬至草》，作者以冷静克制的笔触描写了一种以人血为食的虚构植物。伴名练以编辑的身份整理出版过石黑达昌的小说集，在编后记中也提到过自己对石黑达昌那种论文风格的向往。

《献给美亚羽的手枪》，题名取自梶尾真治的科幻名篇《献给美亚的珍珠》，故事中更多的是对伊藤计划的致敬。故事从医疗领域的技术发展入手，与伊藤计划的科幻长篇《和谐》相似，而且女主人公美亚羽的名字也与《和谐》中的女主人公相同。在内容上，调整大脑以控制感情的技术，也与伊藤计划《无差别化引擎》中清除敌我身份识别的纳米技术相仿。尤其是故事的第一结局处的那句话“我们，现在，非常幸福——非常非常幸福”，完全仿效了《和谐》的结尾“人类，现在，非常幸福——非常非常幸福”。

《神圣铁处女》是书信形式的小说，类似形式的科幻小说当然也不少见，不过这篇其实是与伴名练自己的小说《彼岸花》相呼应的作品。后者发表于科幻选集《献给群星的花束》，这本选集比本书出版得早，但从创作时间上说，《神圣铁处女》要早于《彼岸花》，后者对前者中主人公的命运做了新的探索。

《奇点时代》的灵感来源于德国作家安格拉和卡尔海因茨·施泰因米勒发表于2003年的科幻小说《工人阶级手中的互联网》（"Das Internetz in den Händen der Arbeiterklasse"）。至于用人脑发展人工智能的设定，则又让人想起伊藤计划在去世前写好了开头、后来由圆城塔完成的另一部长篇《尸者的帝国》。此外，熟悉冷战那段历史的读者，也能在故事中找到不少与现实世界相呼应的细节。

《快于光，慢于光》更可以看出是在致敬诸多设定相似的作品：广濑正《化石之街》、中井纪夫《暴走巴士》、梶尾真治《献给美亚的珍珠》、小林泰三《看海的人》、小詹姆斯·提普垂《回家的人》（"The Man Who Walked Home"）等等。至于"快于光，慢于光"这个题目，显然是受了厄休拉·勒古恩发表于1971年的作品《大于帝国，慢于帝国》（"Vaster than Empires and More Slow"）的启发，而勒古恩这部作品的名字，又出自安德鲁·马弗尔的情诗《致他娇羞的情人》（"To His Coy Mistress"），该诗咏叹了超越时间的爱情。

最后说说开头提到的对伴名练的评价。"2010年代全世界最热爱科幻的作家"出自日本《科幻杂志》总编盐泽快浩之口。伴名练是否值得这个称号，相信看过前文的读者会有自己的判断。这里再补充两件作品之外的事：

一是伴名练将本书330多万日元的版税全额捐给了遭受火灾的京都动画公司，他在捐赠信中说："在临近毕业的2010年2月，我和科幻研究会的成员们一同在京都的电影院看了《凉宫春日的消失》，一出电影院便热烈讨论起电影的内容。当时的情景至今都深深烙印在我的脑海里。"

二是伴名练认为自己能够热爱科幻，走上科幻创作的道路是一种莫大的幸运。他觉得许多科幻杰作因为绝版而无法读到非常可惜，所以主动请缨编撰日本科幻经典选集，想要在自己的创作之外，以这样的形式回报哺育他成长的科幻，同时希望下一代人也能获得同样的幸运。时至今日（2022年5月），伴名练已经编撰出版了两本多人选集和三本个人选集，特别是在三位作家的个人选集中，他以极大的热情撰写了字数惊人的作者生平与作品介绍，成为了解日本科幻的重要资料。

当然，不管拥有什么样的称号，作者最终还是要靠作品说话。那么就请各位读者欣赏这本席卷日本科幻文坛的现象级作品，让无数人为之惊艳的《平滑世界和它的敌人》吧。

目录

平滑世界和它的敌人

"不知道哪个是爸爸。哪个都一样。"

——R. A. 拉弗蒂《街角的洞》

"有希……是谁？我不是美铃吗？"

——yuemichitaka《超日常少女群》

1

从闷热中醒来，我拉开窗帘，眺望窗外的雪景。

纷纷扬扬飘落的绵密雪花，落在庭院里青翠茂密的草木上，用不了多久就会将整个世界染白吧。路上没有行人来往。昨天晚上刚透过窗户看了河对岸的烟火大会，今天把脸颊贴在窗玻璃上，那股冰冷和静寂，让我微微一颤。

夏日虽然一天热过一天，但我每天早上起床的第一件事，必定是眺望窗外的积雪。差不多半年前，大雪导致学校停课，从那以后，这就成了我的习惯。就算是七、八月份，由于异常气候导致大雪的可能性也不完全是零，所以我每天早上都会让窗外下雪。

如果一直保持这样，确实可以迫使学校像那个冬日一样停课，但实际上这样的事情我只干过四五次。说到底，我只是想告诉自己存在这样的选项——“下大雪了！今天不用上学！”——从而让自己开心一下，特别是像今天这种酷热难当的早晨。总而言之，赏雪，是一种能让自己有力气从床上爬起来的仪式。

脱掉睡衣，快要换好校服的时候，窗外已经换成了夏日的艳阳。对了，虽然一辈子躺在床上也挺好的，但真要那样就参加不了社团活动，也不能放学后和朋友们一起玩了。我为说服了自己而感到高兴。

“叶月！饭要凉了！”

“就来！”

我跑下楼梯，来到餐厅。爸爸已经吃完了，坐在桌子对面翻看杂志。我可没那么悠闲，随口说了一句“早安”，就开始匆匆忙忙吃早餐。今天的味噌汤有点咸，一吃完我就让汤碗从视野中消失，吃起涂满草莓酱的吐司，虽然只剩下半块，不过作为甜品的替代倒是刚刚好。

“今天是你爸爸的忌日，早点回来。”

“哧叨呃（知道了）。”

对了，差点忘了，爸爸四年前在交通事故中去世过。我塞进最后一口面包，把碗放到饭桌上，站起身，将包往肩上一背。

“我走了——”

“路上小心。”

“路上小心。”

在爸妈的声音中，我奔出家门。

迎面而来的是冒着热气的沥青路面。

一口气冲下被近30度的热气烘烤着的坡道，我带着愉悦的心情擦着汗，经过因为异常气候而樱花盛开的街道，咔嚓咔嚓地踩过地上红透的枫叶，眺望着反季节的银装素裹的小桥和结冰的河面一路奔跑，终于看到了山丘上的学校。

我穿过拼接在一起的四季跑向学校，不过我跑步时最喜欢略带寒冷的风，所以跑在气温低的道路上的情况自然比较多。到了学校附近，我一边和有时是同班同学有时不是的常代、蓝那、真琴说说笑笑，一边一个人奔跑着，在不同的时间踏进了校园。

“叶月！”

我刚推开教室的门，就听到同班同学新藤常代的声音。

“《瓦尔塔6》超好玩！剧情太感人了！”

“你已经买了？”

“嗯，后天才发售，但我等不及了，所以今天早上就去排队买了。我正在家里以最快的速度打到了第三个村子。”

“那我也来玩玩看。”

“叶月！”

我刚推开教室的门，就听到同班同学时塔蓝那的声音。

“我昨天一天欠的钱超过了一千万。”

“又打牌了？我可帮不了你，这也太多了。”

“我想开个派对，纪念纪念。”

“然后又打牌是吧？适可而止吧，会还不起的。”

“叶月！”

我刚推开便利店的门，就听到领班柴峰的声音。

“后天能帮我代个班吗？我突然有个约会。”

“你不是和医科大学的男朋友分了吗？”

“你搞错了吧？我们都在一起三年了！你看我们的合影，这就是证据。”

“啊……这么热的天你们也不嫌热……”

“你说什么呢。”

我下意识地看了一眼窗外的雪景，玩起一大早买的《瓦尔塔6》。果然和评价一样，故事一开始就让人想哭，太有意思了。不过……

我想了想，问常代：“《瓦尔塔》的故事是很有意思，但难易度太不合理了吧？”

“初始角色选女剑士的话打起来最顺！对了！差点忘了，剑崎老师让你在自习课前到办公室去一下。”

“啊，不是吧？”

班主任剑崎老师很有主持人或者说偶像的气质，眉眼细长，给人一种强势的感觉，难怪常代会从女剑士联想到她。我走向办公室，一路提心吊胆地回想自己做了什么不该做的事。在家里，我给自己披了条毛毯，玩《瓦尔塔6》的时候更舒服了。如果剑崎老师要训我，我就全神贯注玩游戏了。

办公室的桌子旁，剑崎老师一手拿着咖啡，正在看文件。

好，在她发现我之前，先用全身的力气大喊一声“报告”吧，在她发火之前先来个出其不意，顺势道歉。我这么计划着，然而老师就像背后生了眼睛一样，转头看向我。

“架桥啊，坐吧。”她让我坐到圆椅子上。“在发火之前顺势道歉”的作战计划宣告失败。要不要撤？我正这么想的时候，剑崎老师说了一句让我意外的话。

“今天有个转学生来。”

“啊？这样啊……”

听到这个意料之外的话题，我呆呆地回答道。

“我查过，她以前好像住在这里，小学时和你关系很好。严岛真琴。你还记得这里的她吗？”

“真的？！我们从幼儿园开始就是好朋友了！好像是因为她爸爸工作的原因搬家了。”

“很久没见了吧？”

“这要看怎么说了。我们今天早上还一起上学的；她转学三年来我们一次都没见过。”

惊讶之余，我捅了捅真琴。

“听说你今天要转学过来！初中那会儿，你说自己可能要转学了，我可难过了。”

正对着窗外的社团后辈喊话的真琴朝我转过身来。

“是吗？好像是有那么一回事。”

她颇为怀念地抱起胳膊。

剑崎老师伸手去拿咖啡，继续说道：“那么，有件事想交给你。”

“好。”虽然不太明白，但她的语气很严肃，我情不自禁地点点头。

“能做到最好，不过也不用勉强。总之，一切取决于你自己怎么看待严岛。”

剑崎老师平时训人的时候说话非常流利，这会儿却口齿含糊起来。

“能不能去帮帮她？”

“帮帮她？”

“她好像是转学以后遭遇了事故，到现在身体还有些问题。”

“啊？具体是哪种……难道是腿？”

“不是。她说不想让同学知道，所以我也不方便对你说，这也涉及个人隐私。或许她自己会告诉你的。”

同学里本来也有不少人行动不便，拄拐杖啊，坐轮椅啊，眼睛看不见啊，就算不事先特意叮嘱，大家肯定也会帮助的吧。

“你受了什么伤？”

“不知道啊，我没看那边。”真琴也一脸疑惑。

真是奇怪。我转过视线，想问问班主任石崎老师或者末广老师，不过仔细一想，真琴只是转到剑崎老师的班上，问也没有意义。

“如果有我能帮忙的地方，我一定会帮的。我们是好朋友啊。”

剑崎老师听后对我说了声“谢谢”，就低下头继续看文件了。没有什么比这更让我分心的事了。

回到教室，我坐立不安地等待真琴到来。游戏也好，聊天也好，打工也好，都没心思了。

伴随着上课的铃声，教室门被推开的时候，我不小心把客人的零钱撒到了收银台上。看到跟随剑崎老师走进教室的少女，我有种不同寻常的感觉。

长袖上衣是冬天穿的校服，这个时候穿未免太热了吧。真琴从小到大都梳辫子，但转学来的她却剪了一头露耳短发，再加上她严肃的容貌，不像是高中女生，反而像是初中的帅气男生。虽说她本来给人的印象就是帅气大于可爱，但这样子也有点过了。

不过最关键的还是她走向讲台时如军人般干脆的步伐和僵硬的表情，我觉得这些表现并不能归因于刚到新环境时的胆怯。

“我想班上不少同学都认识你，不过还是先自我……”

“我叫严岛真琴。”老师还没说完，真琴便用尖锐如刀的声音说，“今后的高中生活里，没有必要请不要靠近我。”

全班骤然安静下来，气氛有些紧张。显然对此不满意的剑崎老师让她重新做了自我介绍。自习课一结束就是生物课，但大家八成都听不进老师讲课吧。接下来的五十分钟，班级都笼罩在异样的气氛当中。

“这些视觉细胞各有各的作用，分别叫作视锥细胞、视杆细胞、量边细胞。关于它们的作用差异和分布，以后会考到，所以要注意听。”

就在年迈的东宫老师用嘶哑的声音絮絮叨叨的时候，很多同学在教室、走廊以及上学路上将真琴的事奔走相告。烹饪实习中的常代往蛋糕里多倒了一大堆砂糖，可能也是因为在这个教室里，真琴的座位就在常代后面。

遭到突如其来的拒绝，我在这五十分钟里什么也没干，下课铃声一响就来到真琴的座位旁边。她坐在座位上一动不动，面前摊着参考书。

我知道周围的人都在看这里，正因如此，我尽量自然地跟她搭话。

“呀！刚才的自我介绍真是厉害！一开口就那么搞笑，一点也不像你。”

但是，真琴只是瞥了我一眼，随即视线又落回到参考书上。

“你刚才没听到吗？没事不要和我说话。”

我以外的所有人也都默默听着她的话，教室里的温度骤然下降。

“好吧，对不起啦。”我夸张地挠着头，尽量装出明快的声音，“别这么冷淡嘛。在这儿三年没见了，对吧？难道你还在为上个月情书的事生气？”

“架桥。”

她没喊名字，而是喊我的姓，这让我心里咯噔一下。

“很不巧，我……转学之后的这三年里，没有见过任何一个你。”

“……这样啊，我太自来熟了，抱歉。”我乖乖地低头道了个歉，但紧接着双手拍在真琴的桌子上，“那么！我就更想问你为什么这么做了，而且你不应该也有好多话可以跟我说吗？”

我笑了起来。这一次轮到真琴露出一丝怯意，不过马上又回瞪我。

“有事就说。没事就别再烦我。”

“哎呀，你回来了，腿又没受伤，所以我觉得你应该会想加入这里的田径社吧。我现在是副社长，按你的运动能力，肯定能参加大赛。”

“我拒绝。”

“好，那我马上去拿入社申请书。午休的时候提交给学生会，就能赶上明天放学后的操场练习啦。”

“没听到吗？我说我拒绝。我没时间参加社团活动。”

我张大嘴巴差点叫起来，终于回过神来后，继续追问真琴。

“开玩笑的吧？！你不是个每天都要跑上好几千米的田径狂吗？”

“啊，有段时间可能确实那样。”

真琴今天第一次笑了，却是冰冷的微笑，让人不寒而栗。

“我的人生，没有岔路了。”

2

最终，不管在休息时间问真琴多少次，她都拒绝了。最后一节自习课一结束，她便像逃一样离开了教室。

我也急忙收拾东西追出去，但刚冲出校门，就差点撞到一个站在门口的人。我慌忙侧身，把掉在地上的书包捡起来想要继续跑，那人却不合时宜地叫住了我。

“对不起，请问一下，你是这个学校二年级的学生吗？”

那是个二十多岁身材瘦弱的温和男人。我们的校服通过徽章颜色区分年级，他大概是由此判断我是二年级的吧。

我一边点头，一边退了一步，拉开距离。

“那么，你知道严岛真琴现在在哪里吗？”

男人的话让我一下子警觉起来，重新上下打量他。他身上穿的西服倒是像模像样，但脸色苍白，像是身体有哪里不舒服似的，像是第一天上班就生病的新社会人。

“你是谁？不是她家长，也不是朋友吧？跟踪狂？”

“不不，怎么可能。给你看我的证件。”

男子慌慌张张把手账大小的黑色证件打开，大头照片下面写着这样一行字：“梶川警察局巡警队长　须藤准”。

“警察啊，为什么找真琴……”

“这个，不是很方便说……”他掏出手帕擦了擦汗，露出犹豫的神色，“好吧，告诉你吧。”

他看了看周围，压低声音说：“三年前，严岛真琴受到某个案件的牵连而受伤。后来，案件的犯人获得了假释，但前几天失踪了。就是这个人，你见过吗？”

他给我看的照片上是个体格魁梧、五官分明的男人，长得像是维京人的后裔，右颊到下颚有一道长长的刀疤，仿佛是戏剧社演出时的海盗妆，毫无现实感。那是张让人过目不忘的脸。我摇了摇头，别说这人，就连真琴被某个案件牵连的消息，我也是第一次听说。

“为什么这样的家伙跑了，都没新闻报道？”

“他不是越狱，是在假释中失踪，没办法全国通缉。”

“那为什么这么在意真琴……”

“因为她最可能遭遇袭击。据说案犯在服刑期间依然在调查她的情况，可能是怀恨在心。那个案件也让严岛患上了乘觉障碍……”

他一说完就露出一副“说漏嘴了”的表情，一副蠢样，好像不适合做警察。

“乘觉障碍，那是什么？”

我用眼角看着他慌慌张张捂住嘴的样子，转过头把这件事告诉了蓝那，问她这个词的意思。

“乘觉障碍啊，怪不得。”蓝那靠在学生会办公室的墙上，点了点头，从抽屉里拿出一个方盒子，放到桌上。

“这里有一副扑克牌。”

然后她用变魔术一样的灵巧手法，从牌盒里取出扑克排成扇形。

“一副牌只有 54 张，不过你就当它有无数张。”

正面朝上排开的扑克牌里，头尾是两张王，中间按照黑桃 A 到方片 K 的顺序排得整整齐齐。

“随便哪张都行，你把一根手指放到一张牌上。”

我照她说的，把手指放到红桃 5 上。

“这根手指就是叶月的意识。手指放的扑克牌，就是现在我们在交谈的这个世界。”

蓝那把我放到牌上的手指拿起来，挪到梅花 K 上。

“这个呢，比方说就是你正在打工的那个世界，我和你不是同学关系，而是便利店的顾客和店员的关系。”

她又把我的手指挪到方片 7 上。

“这是我和你分别生活在不同的国家，彼此不认识、没见过的世界。明白吗？”

她这么问道，我点点头。

“我们在种类无限的扑克牌上来来回回。‘外面下雨了，我不想淋雨，就去不下雨的世界吧’‘爷爷去世了，但我还想听故事，就去爷爷还活着的世界吧’‘手在事故里受伤了，打不了游戏，就去没发生事故的世界吧’‘最近生活太平淡了，没什么刺激，就去核战争之后的废土世界吧’……来这里，去那里，意识在各个世界中的自己身上游走。乘觉正常的我们，可以看到、听到、接触到所有的可能性。”

我不停点头。

“但是！”

蓝那说着，把其他五十三张牌全推到桌子的一边，只留下我手指压着的那一张。

“如果只剩下这张牌，你觉得会怎么样？”

我不禁“哎”了一声。

“只能靠这一张牌了。你不能从一个自己切换到另一个自己，不能看到其他的世界。你说的那个真琴遇到的，就是这种情况。”

我看向手指下唯一的那张扑克牌，继续听着蓝那的话。

“她当然不知道在她没有转学的世界里和你是怎么度过的，就像她说的，三年来一直没见过你。”

“她说人生里没有岔路，就是指乘觉障碍吧。”

我转过头对真琴说，她点点头。

“原来是乘觉障碍啊，那就说得通了。”

“你原来不知道吗？”

“因为我没有和那个‘严岛真琴’交换过意识啊，所以一直没注意。”

确实，如果用刚才蓝那的扑克牌来比喻，现在我眼前的真琴，是能在五十四张牌中的五十三张——或者说无限张牌中的无限减一张牌里自由往来的真琴。没注意到牌里少了一张也很正常。

“……抱歉，再说下去就会涉及调查的机密了。总之我会给她家里打电话，你如果看到严岛，请提醒她尽量不要一个人行动，注意安全早点回家。”

我点点头。警察也像松了一口气似的擦擦汗，道了声谢离开了。

可是，被他这一打岔，我也追不上真琴了。她现在的联系方式我也不知道，想提醒她也没办法。以防万一，我先用手机给老师打了个电话，然后才走上了回家的路。

“这样的话……”我自言自语着。

不管是手脚受伤、丧失视觉听觉，还是失去家人，只要换个地方就行了，没有任何痛苦。什么时候都可以回来，不回来也没关系。但是，一旦发生乘觉障碍，所有的“逃离”都变得不可能了。

而且，乘觉障碍者的世界里，很难发生的事情就不会发生。

如果看不见那些会发生低概率事件的世界，那么盛夏看到下雪就会很难，穿墙更是很荒谬的事。对于原本具有这种能力的人来说，想必很痛苦吧。

比如，你在某场重大事故中失去了腿部功能，明明知道存在没有遭遇事故的世界、奇迹般痊愈的世界、找到了治疗方法的世界，但你却无权做出选择，只能停留在这个地方，那会是怎样的感受?

想到这里，我突然意识到一点。

现在这个世界里不存在治疗乘觉障碍的方法，那去一个可以治愈乘觉障碍的世界看一眼，把那种治疗方法带回来用在真琴身上不就行了吗?

我坐在沙发上飞快地切换视线，周围浮现出一圈书架。我从眼前的书架上抽出一本书打开，是乘觉治疗的专业书，我竟然就是作者。随着书页的翻动，写书时的记忆和理解都在苏醒。

然后，我又回到了放学路上的架桥叶月。

……不行，带不过来。

确实，对于遥远的我而言，治疗乘觉障碍的方法已经十分明了。但是，我无法把那些详细内容记在脑子里返回这里。首先，虽然那是距离这里最近的“具有乘觉治疗方法的世界”，但与这里的语言、文字、化学体系完全不同。此外，我能感觉到两个世界的技术水平差距太大了，在那里的时候能理解，在这里的时候就理解不了。

我把书包抱在胸前闭眼回想,却无法复述那些知识和理解。好不容易在头脑里留下了一些看起来很重要的图形和文字，我尝试着把它们记在手账的角落里，但已经不知道它们意味着什么了。

我下了决心，坐到放学路边的河岸上，从书包里取出昨天刚买的笔记本。

我要在那边尽量多记住几行字，回来写到笔记本上。

去看，回来，写下，再去看，回来，写下。这就像某个门派的叛徒依靠记忆把禁止外传的魔法书盗取出来一样。不不，难度要比那个高多了，因为这是要把整个图书馆偷出来。只把这一本医学书记下来远远不够，为了把那个世界里我所理解的与这个世界的发展路径不同的医疗技术理论体系整个移植过来，必须将无数医学、工学、生理学的入门书、专业书、辞典、技术书、治疗设备的设计图、使用手册等都带回来并能实际运用才行。

我的头开始痛了，也许因为一直在工作，也许因为这是个不可能完成的任务。我用手指用力地按压双眼周围。坐的时间太长，腰也开始痛了。

太阳快要落山了。在昏暗的光线下，写字越来越困难，我抬起头来。

“真琴？”

小河对面的路上，我看到今天那个男生头的真琴正在一个人走着。

我急忙把笔记本塞进书包，朝着开始没入黑暗的河面踏去，然后扑通滚进了河里。

“哇！”

用脑过度使我糊涂了。在河面上不沾水走到对岸本来是可能的，只要选择偶然间实现了这件事的世界就行了。但是要穿过河面抵达“这个真琴所在的”河岸却是不可能的，因为患上乘觉障碍而与其他世界分离开的真琴只有一个。

巨大的水声让真琴发现了我。

“你在干什么？”

她冷冰冰的话让我有点生气。我爬起来大声说：“我倒要问你在干什么！你不是早该到家了吗？去哪里瞎逛到这么晚？”

“我刚上完补习班，没人让你为我操心。”

“谁说的，有个警察叫我不要让你一个人行动。”

大概是对“警察”这个词产生了反应，真琴微微皱了皱眉。

“说是你那个案子的犯人失踪了。”

“……那你也听说了吧，我身上发生了什么。”

“对不起，但是……”

“知道了就别再缠着我！”

真琴加快了脚步，消失在住宅区的方向。

我一个人站起身，一边清理身上的水草，忽然想起过去和真琴的事。

幼儿园的时候，我和真琴争论过谁跑得快，后来在幼儿园的院子里跑了三圈还是五圈。我们跑得太过激动，在最后一圈两个人都跑出了赛道，掉进了院子的池塘里，因为我们以为能跳过去。从来都很温柔的幼儿园老师，一边狠狠骂我们两个，一边把我们衣服上的水草一根根摘下来。

现在和那时候很像，又很不像。

接下来的几天里，我一直在搜集信息。

在保证田径社日常训练的同时，我在图书馆调查有关那起案件的新闻报道，又在网上搜索了一番，总算大致了解了案件的情况，也对自己为什么之前根本不知道这件事感到奇怪。

制药研究所的一个男性员工，盗窃了装有药液的液罐车，撞击研究所大楼。所里几名员工负伤，而真琴得了乘觉障碍。她受到牵连纯属偶然，因为学校有门课的一项任务是采访当地企业的员工，她就去了亲戚工作的那个研究所。药液从倒过来的液罐车里漏出来，浇了真琴一身，当场造成了乘觉障碍。

虽然了解了案件的经过，但我一直没有成功接近真琴。除了我，还有几个同学也和“其他真琴”是好朋友，他们挑战了“这个真琴”之后也都铩羽而归。不过慢慢地大家还是知道了她患有乘觉障碍的事，都认为她之所以变成这样，一定是她下决心为了自己这个不能失败的人生刻苦学习的缘故。

“但还是太可惜了，总觉得心里有个疙瘩。”我一边在操场上画白线，一边对社长说，“她比我的体型更匀称，非常适合田径，而且和我一样喜欢跑步。”

如果同时对几个人抛出这样的问题，常代会说：“哎，没有备份的人生是很痛苦的吧。”

蓝那会说：“她是不是对这样的自己感到不满？家庭负担啊，命运不公啊。”

柴峰会说：“是因为男人吧。一定是某个男人对她说‘不喜欢肌肉发达的女人’。”

而社长思考了半晌，说道：“如果她的变化真的那么大，应该是在制药研究所的案件中受到了什么看不见的创伤吧？”

3

从地图上看，这里就是藤堂制药的第二研究所，但墙上只有一个凹下去的地方，原来应该装过招牌，而伸缩式大门紧紧关着。紧挨着门内侧的门卫室里空无一人，以前应该是有保安的。研究所院内的停车场里也没停任何车辆。望向暗灰色的建筑，隔着好几扇玻璃窗，可以看见空荡荡的房间，显然这里已经不再使用了。

我在打工和参加社团活动的同时，坐了几十分钟电车又徒步二十分钟才来到了这个地方。我对着大门抱着胳膊思考起来。

“最好的办法是去问当事人。”

在这里束手无策的我只能从别的世界入手。我切换视线，走进墙上挂着“藤堂制药　第二研究所”招牌的敞开的大门。

门卫室里的保安看到我，一脸惊讶。

“您知道一阵修辅那起案件中受牵连的严岛真琴吗？她托我带话过来，我应该找哪位说？”

听到我的话，保安慌乱地打起内线电话。

“是，这里是门卫室。三年前发生在其他世界的案件的受害者托人带了话过来。是，是，学生。好的。”

他和电话那头的人商量了些什么，不久放下了电话。

“请稍等片刻，很快会有负责人来接待您。请您先去接待室，往前走右手边。”

对方彬彬有礼的表现反而让我有些不安。

进入接待室不久，便有一位文员模样的女人给我送来了咖啡。然而我不喜欢喝苦的东西，只能一边等待负责人，一边继续探索成为废墟后的研究所。我从围墙后面的小门溜进了研究所的院子，又幸运地从一扇脱落的窗户钻进了楼里。

昏暗的走廊里没有灯光，只有阳光从窗外照进来，我眼前却出现了一个人影。我吓了一跳，不过对方的背影看着有点熟悉。

“啊，警察先生！”

那人身子一抖，朝我转过身来。是在校门口碰到的那个男人。

“啊，你是严岛的朋友，别吓我啊。”

大概是吓了一大跳吧，他的声音有点发颤，还发作般地咳嗽起来。真是个麻烦的人。

“让您久等了。是严岛真琴请您来的吗？”

来到接待室的是个有点上年纪的男人，身穿灰色的工作服，就像是在工厂里工作的人。

“是的，我是真琴的朋友架桥叶月。”我站起来说道。虽然不知道是否有权自称是这个真琴的朋友，但我确实是严岛真琴的朋友。

“我是这里的研究主任。今天您来这里有什么事？”

对方至少没有因为我是学生就轻视我，但把姿态放得这么低反而让我心生警惕，我字斟句酌地说："另一个世界的一阵修辅逃跑了，真琴有危险。警察的追踪也没有头绪，不知道您这里有没有什么线索？"

"很抱歉，虽然他是我们公司的员工，但另一个世界的事，我们实在无能为力。"

我把几乎见底的咖啡放到嘴边，借这个时间开动大脑。

"这件事本来就有点奇怪，为什么犯人会盯上真琴？他们应该已经没什么关系了吧。"

"这个原因严岛小姐应该是最清楚的，因为一阵也有乘觉障碍。"

我一下子呛到了。

"……什么意思？"

"您不知道吗？他和严岛小姐的情况一样，都是药液导致的。一阵工作的时候，由于实验器具破裂，被药液直接淋到了身上。这是不幸的巧合叠加在一起的结果，不过'这里'当然没有发生那样的事故。'这里'的一阵并没有患上乘觉障碍，所以也没有犯罪，直到去年因为个人原因离职之前，他都一直在好好工作。"

他对我这样一个小姑娘说得未免太多了吧。这反而让我感到危险，以防万一，我切换了视线。

"……所以，喀喀，我怀疑一阵可能还藏在这片废墟里。"

他的咳嗽还没有停止，我对他说："警察先生，如果另一个世界的我出了什么事，到时候还请您救我。"

"啊，什么？"

我瞥了一眼他困惑的表情，又回到了接待室。

“……那么，一阵修辅因为自己患上了乘觉障碍，想要报复，所以策划了那场袭击？”

不仅受害者患上了乘觉障碍，犯人也是因为乘觉障碍的缘故才策划了犯罪。难怪公开的新闻报道很少。

“可是，这么危险的药物，你们是要用在什么地方呢？”

“恐怕并没有什么可用的地方。”

我目瞪口呆。

“为什么要开发没用的药？”

“K056 这种药，不仅没有用途，我们也不清楚它让乘觉停止的原理。”

难以相信这是从一个成年人口中说出的话。自己开发的药物，却连用途和原理都不知道？我无法理解他在说什么。

“我们研究所除了正常程序的研究之外，也进行特殊药物的分析。”

似乎感觉到我的怀疑，他摊开手，一副要发表演讲的样子。

“从与我们发展不同的别的世界来到这里的人，为了留下自己来过的痕迹，或者单纯为了消遣，有时候会写下一些我们这里不知道的物质成分、化学公式、制作方法。对于那些药物，我们既不知道有什么用途，也不知道有什么副作用。而制造那些药物，进行动物实验，想办法让它们能在这个世界里使用，是我们的研究内容。”

我想起自己打算从遥远的世界盗取医疗技术的事情。正如我面对的困难一样，文明程度较低的一方要取得较高一方的技术，恐怕是很难的吧。为了防止技术被带到其他世界，其中可能还设置了特殊的信息控制手段。

相反，文明程度较高的那一方的人，只要他们愿意，就可以轻轻松松把信息给予较低的一方。

“我们也用这种办法开发过治疗疑难杂症的药物。那些东西都像是天赐的一样，所以能不能成功，就像是赌博。而这次……”

“没押中，是吧。”

主任很抱歉地点点头。

“K056 的成分，是在互联网论坛上发现的。考虑到它是以广泛公开的形式留下的，这么做可能是为了在我们‘这里’引发混乱的恶意行为。不过制造它费时费力，所以并没有传播开来。”

“……这可是相当危险的信息。您告诉我这么多，不会有问题吗？”

“严岛所长叮嘱我不要隐瞒。他本人很快也会过来。”

“严……严岛所长？”

“啊，忘记说了，所长是真琴小姐的叔叔。”

说起来，真琴之所以会卷进这件事，是因为她为了完成社会课的实践任务，去了亲戚工作的单位。

正在这时，有人敲门了。

“啊，说曹操曹操到。”

没等里面回应，敲门的人便推开门走了进来。看到他，我跳了起来。这个人身上穿着一件好像是定制的巨大工作服，脸上有一道长长的伤疤，正是我之前在照片上见过的那个相貌凶恶的“逃犯”。

但是，主任坦然地和那个人交谈起来。

“严岛所长，这位是真琴小姐的朋友，架桥小姐。”

“初次见面，我是这里的所长严岛。”

伴随着他粗重的声音，厚实的手掌也伸了过来，但我却无法伸出手去。我目不转睛地盯着他的名牌，上面确实写着“所长　严岛龙雄”。我的头脑中警报大作。

“那个，有一阵修辅的照片吗？”

对我的无礼态度，严岛所长微微抬了下眉毛。

“那边桌子上好像有……”

主任在办公桌上翻了一阵，把照片放到茶几上，我的视线顿时被它吸引住了。这张大概是几年前拍的员工集体照，上面那个挂着“一阵”名牌的男人当然不是我之前以为的逃犯，但那张脸我也见过。

是自称在追查逃犯的警察。

我恍然大悟，切换视线的一瞬间就发现自己被绳子紧紧捆住，倒在地上。

4

要冷静，观察情况。后脑勺传来灼热的疼痛，我在动弹不得的情况下飞快思考。我好像是被电击枪之类的东西打晕了。脸上传来粗糙的触感和橡胶的味道。阳光照在狭小的空间里，还有发动机的声音和振动。对了，我现在肯定躺在汽车后座下面的橡胶垫上。我太大意，被绑架了……

“你这么干，以为自己能跑掉吗？”

是真琴的声音。

“谁知道呢。”

回答的是那个警察——不，是装成警察的逃犯一阵的声音。他并没有特别明显的变化，还是一副友善的语气，不用看也知道是他。

好像一阵在开车，真琴坐在副驾驶的位置上。这么说来，真琴大概没被捆住吧，那么还有机会逃掉……

我真蠢。

真琴不可能丢下被捆住的我一个人逃走。我是人质，是捆住她的绳子。一阵大概是为了让真琴听话，盯上了我。说不定他一开始出现在学校附近，就是为了寻找能做人质的目标。然后他把我这个人质带给真琴看，逼她坐进自己的车里。

怎么能让你这么为所欲为。我要向刚才的研究所呼救……不，还有更合适的对象。我瞪着车里的装饰，紧紧闭上嘴。

“救命！我被绑架了！”

我的大声呼救，让正在整理方便面货架的柴峰吃惊地抬起头。

“绑……绑架？”

“在另一个世界，我和同学——一个叫严岛真琴的女生，被绑架了。我们在车里，我像这样，全身被捆得像个粽子。”

在我手脚并用比画的时候，柴峰收起往常漫不经心的样子，严肃地用力点点头。

“知道了。那么你是在哪儿被抓的？”

“有个叫一阵修辅的家伙，得了乘觉障碍，就在他作案的地方。”

“你知道那辆车在哪儿吗？”

“从太阳的方向看，好像在往东开。没有信号灯，应该是高速公路。我看不到窗户外面，没有更多信息，不过我会想办法弄清楚了告诉你的！”

在车里，一阵和真琴还在继续对话。

“请务必冷静地听我说。我不是你想的那种人。”

“你是撞击案和绑架案的罪犯。你还能是什么人。”

“嗯，对于大多数人来说是这样。但是，对你来说却不是。”

“……你什么意思？”

真琴的语气很强硬，但在回答之前有一丝不自然的停顿。恐怕一阵也感觉到了，他轻轻一笑。

“你应该比谁都明白。现在的我，是唯一一个理解你的人。”

“胡说八道！”

“我没胡说。先天没有乘觉的人，百万人里会有一个，但后天完全丧失乘觉的人，出现的概率比先天小得多。受到K056的影响而丧失乘觉的人，这个世界上就只有我们两个吧。所以我很理解你的痛苦。”

“我并不想让罪犯理解。”

“你嘴上这么说，严岛小姐。”

这仿佛是警察教育盗窃少女时的柔和语气。

“你在和人说话的时候，也很在意对方的视线吧？”

沉默的空气让我产生一种莫名的感觉，但振动和声音让我掌握了车外的信息，所以我也来不及细想。

“下高速了，附近能听到消防车的警笛声。”

“知道了！马上就去！”

我正把抽奖的奖品递给客人，柴峰在旁边完成了收银，切换到另一个身份。

“……不管你怎么说，其他任何人，包括你那个躺在后面的朋友，都不会明白的。只有我和你，才是有权向这个世界复仇的人。”

“复仇？你想杀人吗？”

真琴还是马上反驳了他，一阵叹了口气。

“杀人太无聊了。而且就算去杀那些人，他们的意识也会跳到别的世界逃走。我有更合适的报复手段——用这个。”

传来一声拉开包的拉链的声音，真琴倒吸了一口气。车身摇晃了一下，传来啪嗒啪嗒的声音，好像有好几样东西掉在了垫子上。其中一个滚到了躺在后座下面的我的肚子旁边，凉凉的，感觉是个瓶子。

“全都是 K056。批量制造并不难，只是需要时间。除了让人丧失乘觉以外不会造成任何伤害，这一点已经在我们身上证明了。这一小瓶可以污染 40 万升水，把它大量倒在自来水公司的蓄水池或者河流的水源处就行了。不光喝下去有效，用污染的水洗澡、洗脸、游泳都会当即丧失乘觉。”

“……你想传播乘觉障碍？”

“对。”一阵的回答显得很开心。

“在这个平滑的世界里，每个人都活得心想事成。即使碰到了痛苦和悲伤，也可以随时摆脱。得不到爱，就去得到爱的世界。想要永生，就去实现了永生的世界。对他们来说，只能在唯一的可能性中生活的我们，是低等生物，是无法理解的，也使他们感到恐惧，是这个世界的敌人。”

“那是你的……”

真琴想要反驳，但一阵咳嗽起来，打断了她的话。咳嗽了一会儿，他才好不容易喘上了气，用耳语般的低声接着说："正因为这样，我们才有权利摧毁这个乐园。我们有资格让世界坠入地狱，我们是被选中的人。"

说到这里，一阵又咳嗽起来。

在这嘈杂声中，有一刹那我以为是自己听错了，但那声音越来越大，逐渐靠近……是警车的警笛声。

"哦，我以为还要再过一会儿呢。"一阵佩服地喃喃自语道。

警察用扩音器喊起了话，要求停车，但一阵并不慌乱，这让我提高了警惕。如果他想拿我做人质摆脱警察，我就自己打倒他。

我在被绑的状态下，艰难地控制还能动的手指，试图把细细的药瓶悄悄拨到手边。如果用尽全力砸在头上，说不定能把人砸晕。

但就在这时，伴随着尖锐的刹车声，车身猛地一震，停了下来。我的头撞到了车坐上，差点忍不住叫出声来。

"逃不掉了，你的计划完蛋了。"

"这是个片面的看法。"

他是想对我出手，还是想对真琴不利？我屏住呼吸，侧耳细听一阵的行动。他好像在解安全带，然后是打开门锁的声音。

"其实我要做的现在才开始。"

说完这句话，一阵打开车门，气氛如同回到家打开玄关大门一般轻松，然后走了出去。警察顿时蜂拥而至，把一阵按倒在地上。我目瞪口呆，动弹不得。

我在《瓦尔塔》里练级的时候，警察对我的问询结束了。我终于走出小会议室，外面有一位相识的女警察在等我。

“辛苦了，你可立了个大功。”

“那倒无所谓，不过能不能告诉我一阵为什么要那么做，还打算做什么？里面的人一直在问我，什么都没告诉我。”

“抱歉，因为有保密义务吧。”

“原来如此，毕竟是警察。那在这里能说了吗？”

柴峰把便利店的制服放回储物柜，朝我转过身来，叹了口气。

“一阵修辅在淋到 K056 之前就患了绝症，服刑期间也在接受治疗，但病情一直在恶化。出狱后马上进了医院，然后在医院消失了。”

我哑然无语。从他的脸色和咳嗽来看，我猜他得了什么病，还想过可能是 K056 的某种未知后遗症，但没想到他在那之前就得了重病。

“能成功实施绑架也真是奇迹，逮捕的时候他就不行了，好像又被送进了医院，大概只能活几个星期了。”

也就是说，他已经自暴自弃了，想把整个世界都拖下水？在那种情况下，与其犯罪，肯定还有其他应该做的事情吧。不管怎么说，那家伙往后应该不可能再干扰真琴的人生了。正当我松了一口气的时候，在另一个房间接受问询的真琴从走廊对面走了过来，几乎全程低头盯着地板。我朝她跑过去，挥着手臂喊她。

她朝我抬起头，动作非常僵硬。

“对不起……我想一个人静静。”

茫然的双眼似乎完全没在看我。我的脚像是冻住了似的，无法挪动。明明一切都解决了，但她的表情还像是鬼上身了一样，阴沉到了极点。她就这样从我身边经过，朝玄关走去。

“她父母来接她了，你就别管了。”

不仅是因为警察柴峰的话，也是因为真琴的态度让我畏惧，我伫立在原地，望着真琴的背影远去。

我的头脑中警报大作，既是因为真琴那不同寻常的模样，也是因为发现身边的同学身上存在某种我不理解的东西。

好好想想，有什么真琴在想的东西我没想到，某个关键的东西。

“柴峰，一阵活不了几天的事情，真琴知道吗？”

“第一次开庭的时候，被告方的辩护律师应该说过，所以她知道的吧。”

那家伙死期将近，又因为乘觉障碍，无法摆脱死亡，就自暴自弃了。而真琴也由此窥见了自己的未来，尽管还有几十年，但她同样无法避免死亡。所以当时在车里，真琴难以回答一阵的问题。是这样吗？不，肯定不是，把真琴逼成现在这个样子的，应该是今天的某个东西。

袭击自来水公司的主意？但是 K056 的制造需要时间，一阵也活不了几天了。也就是说，他提出的那个恐怖袭击计划，是不可能……

就在这时，我突然理解了，真琴在想什么，她意识到了什么。

真琴明白了一阵修辅要做的是什么。

他用自己所剩无几的生命，做了一笔大交易。恐怕他也预见到了计划的失败和自己被捕。

他甚至不是在邀请真琴当共犯。

他是要把对这个世界的复仇，交给唯一一个与自己患有同样障碍的真琴。

K056 的成分是公开在网上的，查找成分、制造出来，虽然需要时间，但并非不可能。只要做好充分准备，潜入自来水公司也并不困难。

但要是真琴没有意识到这些并产生这样去做的想法，还是不行的。

于是，为了将这些“知识”和“选择权”有效地交给真琴，一阵才策划了这场绑架。

他把自己很容易被这个世界的人抓住的情况也算进去了。

我感到后背冒汗。那时候我不应该向其他世界寻求帮助，就算解不开绳子，哪怕用身子撞，也应该把一阵打倒。我应该把自己置于和真琴与一阵相同的维度中。

真琴明明可以丢下我，自己从车里逃走，却冒着危险留在那里。而我却通过另一个世界的柴峰，从容地报警，没有丝毫危险地摆脱了困境。

我想起一阵被捕时的轻松语气，不禁握紧了拳头。

5

距离熄灯还有差不多 30 分钟。

夜晚的操场，要比白天或者放学后练习时看到的更加广阔和荒凉，仿佛城市里突然出现的沙漠，像被施了魔法般寂静。

操场中有一个孤零零的影子。

“喂——”

我抬起一只手，朝影子走去。

真琴正把双臂交叉在胸前做着肩部拉伸。她保持着这个姿势朝我望来。

“又是你。”

“嗯，又是我。抱歉打扰啦。”

“你什么时候发现的？看到我藏在书包里的跑鞋了？”

真琴边说边放下了手臂。不知道她趁夜悄悄在校园里跑过多少次，不仅换了运动服，还认认真真地做准备运动。

“没有。我查了一下从补习班到你家的路线，发现会经过我们学校的后门，所以你肯定会看到操场。像你这样的家伙，肯定没办法克服这种诱惑。”

也许是表示肯定吧，真琴微微叹了口气。我朝她走近了一步。

“我还是希望你加入啊，田径社。肯定能争个冠军。”

“很抱歉，我还是同样的回答。我已经没兴趣和人比赛了，而且现在讨论社团活动也没有意义了。”

她犹豫了一下，对我说：“因为我要退学了。”

我咬住嘴唇，但没有特别惊讶，因为已经有预感了。

“案件发生后，藤堂制药支付了一大笔赔偿金。我想把大部分留给家人，剩下的钱取出来，一个人去旅行。打零工也可以，反正不会在任何地方常住，就这么一个人活下去。”

“……这是不是有点草率？太欠考虑了。”

“这我没办法否认。但是，和别人在一起的时候，我感到很痛苦。说实话，一阵的话让我有点动摇了，就是没有别人理解我们的那句。我知道罪犯只是想干扰我的想法，把我拉进去当共犯，而我完全不想再见到他……但是，我还是被他的话吸引了，尽管只有短短一瞬间。我这样的人，没办法和这个温暖的世界里的任何人一起生活下去。”

“温暖的世界？”

真琴忽然望向天空。

“爸爸、妈妈还有周围的朋友，大家全都对我很好。”

昏暗的月光下，真琴的侧脸上浮现出寂寞的神色。

“即使我因为一点不顺心的事而乱发脾气，即使我发脾气时说些伤人的话，他们都不会对我生气，也不会讨厌我。因为大家随时都能切换到另一个自己吧。”

原来如此，我终于知道是什么在折磨真琴了。

“是一阵说的那句，‘在意对方的视线’吗？”

“你听到了啊……对，说话的时候我会注意对方的视线，判断他是否还在这里。那家伙大概也一样吧。”

正在和我说话的这个人，是不是换成了别的世界的某个人呢？

正在和我说话的这个人，是不是丢下了我，去找另一个世界的我了呢？

藏在她心里的，是这样的恐惧。

一阵、真琴，原本都是这个世界的普通一员。他们两个人现在最害怕的，不是生命的有限，也不是可能性的有限，而是这世界上没有任何人会一直看着自己。这一点，这个世界的正常人应该都知道，但其实又都不知道。

“跑步也好，生活也好，我都想一个人去做。因为只有我，才不会把视线从我身上移开。”

真琴再次望向我，她的表情非常平静，却也非常寂寞。

明明近在咫尺，却感觉异常遥远。

这看不见的距离感压迫着我，我尽力装出若无其事的样子，开口说：“那我们最后比一次吧。”

真琴有点不解，眨了眨眼睛。

“如果我赢了，你就加入田径社。如果你赢了，你就按你喜欢的方式生活。”

“对我太不利了。你一直在社团里训练，我根本比不了。”

“才能和身高都是你占优势。你还可以提个条件。”

“条件啊，那你让我几百米……不，等等。”

真琴摸着下巴思考着，突然像是想到了某个恶作剧的孩子一样，嘴角微微翘起。

“一只脚放在‘这里’跑。以前我们俩经常玩的。”

“啊，那个啊，可以可以，很合适。”

谢天谢地，真琴有兴趣了。我指向跑道。

“那就沿这条跑道跑十圈，然后第十一圈不要在第三个拐弯处拐弯，而是一直跑到游泳池的铁丝网前面。虽然不到5000米，应该也差不多了。”

“好。”

我也换了衣服，做了准备运动，站到起跑线上。

我调整呼吸，右腿向后伸，放低重心，摆出起跑姿势。

教学楼墙上的时钟，走过一秒又一秒。很快，秒针到了12的位置——晚上九点整。

这就是信号。

我右脚猛蹬操场地面，左脚踏上一望无际的雪原。寒气穿透长靴，沁入左脚。

然后右脚再次踩在操场上，接着左脚踩在雪上。

随着速度的增加，我周围的景象变得像幻灯片一样，夏与冬不停地切换。真琴一会儿在我旁边，一会儿消失不见。我的身体开始发热，轮流感受着夏天包裹身体的热气和冬天撕裂身体的寒风，我拐过了弯道。戴着手套的手指已经冻僵了。

灯芯草的气息扑鼻而来，穿着袜子的左脚踩在了榻榻米上，脚底的触感比穿着跑鞋踩在跑道上更加鲜明。操场的围栏和无限延伸的榻榻米，在视野尽头来回切换。像路标一样排列的日本人偶全都是同一张脸，反而让人失去了距离感。

我在直道上继续加速，突然感到腰部变重了，是因为我自己的三条尾巴，眼睛瞟到右臂变成了绿色。来来回回之间，自己的半边身子似乎变成了爬行动物。脚下也变得很不稳定，因为那不是在地上跑，而是在粗糙的皮肤和搏动的血管上跑。当我跑到巨兽脊背的尽头，将要拐过下一个弯的时候，我和真琴之间开始出现微小的差距——不，这只是一种预知，还没到肉眼可见的程度。

震耳欲聋的轰鸣声扑面而来，不只是耳朵，连皮肤都要被震麻了。我一边跑，一边注意不要把纸制的脚在蜿蜒的管道上踏空。管道的间隙中溢出金色草丛般的光芒和声响，管道下方，热闹的舞台剧正在上演。一边是那个喧闹的世界，一边是只有奔跑声、心跳声、呼吸声的寂静世界，它们两者的切换令人头晕目眩。我的四肢因为过度使用爆炸开来，化作纸屑飘落在舞台上，只留下我的头颅。

接着跃入视野的是一片白色，不是雪的白色，也不是纸的白色，而是凌乱散落、堆积如山的骨头。吹起的尘埃让我不禁眯起眼睛。当烟尘散去，眼前出现的是宛如蜘蛛的时钟，有着金属做的六条腿。它如大象般巨大，踩下的一条腿从我右边擦过。真琴会被踩到的——我为这件不可能的事恐惧了零点零几秒，回过神来的时候，金属腿已经踩进了白骨山里，而我刚刚被真琴甩开了两步。

突然，我差点往前摔倒。因为重力不再来自脚下，而是前方，左右两边都是星辰之海。我的半个身子位于宇宙空间通向地面的绳索上，脚底渗出的树脂让我吸附在上面。我找回平衡，再次向下朝地面跑去。在不同方向的重力之间切换，引起了犹如晕船似的眩晕。在不需要氧气的身体和渴求氧气的身体之间切换，也像是某种疾病发作般折磨着我的神经。

“再……见……了！”

我断断续续地听到一个熟悉的声音。在另一个夜晚的校园里，拄着拐杖的真琴在朝我招手。我想回话，却没有那个余暇。至少我们见了一面，这样就够了。我一边追赶着跑在前面的真琴，一边在无数世界、无数个全力奔跑的我之间来回切换。

跑完最后一圈，向终点冲刺的时候，道路突然断了，前方的一切不复存在。在这个我连自己都无法把握的黑暗空间里，只有我落脚、蹬地的位置才会产生光带，产生一种无穷无尽的能量，产生未来。

我是在夜晚的操场上奔跑的田径社员，也是播撒世界的种子的造物主。

兴奋、恐惧与全力奔跑，让我的心脏几乎要裂开，肺部几乎要破碎，身体几乎要散架，就像个永远距离爆炸还有一秒的炸弹。然而，就在上下左右的光带突然消失的瞬间，真琴出现在我身边，我伸出的指尖触到了围栏。像是被暴打了一顿般的疲惫感传遍全身，我瘫倒在地。

“平局……吗？”

除了紧紧抓住围栏喘着粗气的真琴勉强问出的这一句，我们俩都在拼命平息自己的呼吸和心跳，半晌发不出一点声音。通常情况下，终点后面还会留出几米用于减速，这明显是我们路线选择的失误。我在水泥地上趴了一会儿降低体温，然后努力站起来，摇摇晃晃地翻过围栏。

围栏对面，是夜晚的游泳池边。

我打开放在那里的运动背包，取出毛巾擦干身子，咕嘟咕嘟喝起运动饮料。

“喂，你在干吗……”

疲惫不堪的真琴一脸不解地看着我。我隔着围栏把为她准备的毛巾和运动饮料举给她看。她也战战兢兢地翻过围栏。

我一边把东西递给她一边说：“不是平局哦。我比你快了零点一秒。”

“别瞎说了。”喝了几口运动饮料，呼吸平静下来之后，真琴接着说，“只是感情上的平局，实际上我比你快一步。”

她再度握紧运动饮料瓶，这次一口气喝掉了 500 毫升的大半。

“算了，无所谓了。可以看出你好好履行了条件，本来也不该在那种条件下比赛。”

“不，这个条件很棒，而且也是最后一次啦。”

“最后一次？什么意思？”

我从包里拿出一个东西，抛给了她。

真琴慌忙接住，看了一眼后喊了出来：“……K056！”

她的视线从空药瓶转到我身上。我咧了咧嘴。

“你知道里面的东西去哪儿了？”

我微笑着，脚下感受着游泳池边水泥地的触感，一步、一步，朝后退去。

真琴受惊般地朝我猛跑过来，我和她四目相对，如同传教士一样将双臂朝左右伸开，踏出最后决定性的一步。真琴伸手想要抓住我，但已经来不及了。

夜晚的游泳池，从背后迎接了我汗水淋漓的身体，水冰凉得像是要把肌肤切开。落水激起了巨大的飞沫，我保持着仰面朝天的姿势缓缓下沉，在这永恒般缓慢的刹那中，我睁开眼睛。

我嘴里咕噜噜冒出的泡泡在不断上浮，浮向水面，浮向一片漆黑的虚空。

我看到了一直堆到平流层的书墙。

看到了高耸入云的大树上环绕着梯田般的城市。

看到了从宇宙刺向地面的神罚之枪。

看到了在直刺天空的建筑群间游弋的大群翼龙。

看到了屹立在极光中的人类墓碑。

即将损坏的乘觉不受控制地将无数世界的幻影作为最后的纪念，烙印在我的视网膜上。

波纹荡漾的水面上，亿万条炫目的光线摇曳了片刻后消失了，我的世界永远只剩下了一个。

然后是跳水的声音，气泡和飞沫遮住了我的视线，残影烟消云散。紧接着，我被一个强有力的手臂拽上了水面。

“咳咳……”

终于恢复了呼吸之后，我立刻迎来了真琴烈火般的怒气。

“叶月！你知道自己在干什么吗！为什么要这么做？！”

我喝了太多的水，狠狠咳嗽了好一阵，才终于抬起头来。当视线对上真琴认真的眼睛，我不知道该摆出什么表情，下意识地缩起脖子，挠了挠头：“看别的世界的东西在眼前闪来闪去，看烦了。”

“……你会后悔的！”

“我知道。大概会经常后悔，不过那不重要。”没必要在真琴面前逞强，所以我坦然回答道，“就算后悔，我还是会选择这里。”

不知道真琴心里在想什么，她扭过头去，一副不高兴的样子，抓住我的胳膊，翻着水花把我拽到泳池边。

“你是宇宙级别的笨蛋。”

当然，我们两个人从泳池里爬上来的时候，运动服都湿透了，和刚洗完没脱水的衣服没什么两样。我用力拧着，打了个喷嚏。

“好像确实有点做过头了，搞不好要感冒了。”

“现在不能让你休息。”

真琴把运动服拧了好几次，一边抚平肚子周围的褶皱一边对我说：“必须趁今晚报警，把这一池水安全地处理掉。明天你也不能休息，要来学校。”说到这里，她也轻轻打了个喷嚏，接着说：“你必须负责教我怎么写入社申请书。”

我把眼睛眨了一下、两下，回答道："没问题！"

"放手，别搭我肩膀。热死了，而且全是水。"

"没事啦，反正要换衣服。"

"替换的衣服都在操场边上。你想想是谁的错。"

"那……再跑一次？目标操场？"

"你是真想感冒啊？不过你可能不会……"[1]

"你什么意思？"

我们并肩朝操场走去。灯已经熄了，但我一点也不害怕。炎热的夜风拂过发冷的身体。

唯一的明天，肯定会比今天热得多。

1　日本有"笨蛋不会感冒"的说法。——编注

零零年代科幻史

1902年（明治三十五年）4月，在刚建校不久的大阪开明女子学校的礼堂里，该校的三十几名女学生参加了德国教育学家威廉·克莱因的演讲。演讲有关教育和近代国家，配了德日同声传译。

正当他的演讲渐入佳境的时候，一名女学生突然站起来，用德语连珠炮似的发问，主要是对近代国家动员体制的批判。当发现得不到满意的回答后，她不顾演讲还在进行，径直离开了礼堂。

在目瞪口呆的克莱因和教师们面前，又一名少女站了起来。

“既然富江小姐认为没有必要再听下去，我们又有什么必要继续听呢？”她用英语表达了这个意思之后，也离开了。其他少女也像是被这话吸引了似的，接二连三站起身来，全都退了出去。

最后只剩下一名女学生留在座位上。大人们仔细一看，原来那少女睡得正香。

率先反抗克莱因的是中在家富江，煽动学生的是宫前富士，在座位上睡觉的是小平音乐。

以上是从富江当时的同学处获得的证言，由柏原鸨太郎记录在《古典科幻大系》第六卷的“卷末解说”中，后来多次出现在号称“日本科幻正史”的著作中。

但这段逸事完全是虚构的，完全是后世妄想的产物。第一，克莱因于 1902 年 1 月返回德国，不可能在 1902 年 4 月入学的富江等人面前做演讲。

第二，虽然富江身为“开明派”[1]，熟悉英语和法语，但并不能阅读德语，更不会说。

略微查阅一下一手资料，就会立刻发现这是个虚构的故事，然而它却得到了令人惊讶的广泛引用和传播。大概是因为这个故事鲜明地展现了三位女作家——中在家富江、宫前富士和小平音乐的性格吧。

这场骚动，尽管纯属编造，但作为日本科幻零零年代的象征性场景，深深烙印在许多人的记忆中。柏原鸨太郎编的这个故事之所以大行其道，也是因为关于这三人相遇之初的“真实”证言太少的缘故。

三个人之中，关于富江的记录很多。这里不妨引用筱木虹子的证言，她自开明女子学校建校到 1903 年在该校担任教师。

“总之，说她是豪族之女，是从英国回来的，等等，都确有其事。富江小姐很美，不管走到哪里，都会有一大群学生跟着，再远也不会认错。（中略）她还邀请朋友到家里去，开学习会啦，一起读英语小说啦，让教英语的土庄老师既高兴，又担心什么时候自己会被她挑出错误。”

就像这样，老师也好学生也好，对富江的各种事情都印象深刻。富江放学后经常和女生们一起打篮球，把在银座丸善买

1 日本幕末时期主张积极学习海外先进文化，顺应世界潮流的一派。——编注

的、当时非常贵的钢笔当礼物送给朋友的事，似乎也都是事实。不过其中并没有证言特别提到富士和音乐。她们的交好开始于何时，并没有确证。

不过，对于日本科幻的第一世代，也就是零零年代的科幻史是如何开始的，我们能够给出明确的答案。

下面，终于可以对“零零年代”这个确凿无误的事实加以讨论了。

一切始于 1902 年 5 月。

该月与次月，面向女学生的资讯、文艺杂志《女学同朋》，以两期连载的形式刊登了读者投稿的小说作品，即被很多人称为日本首部科幻小说的《翠桥相对死事》。作者中在家富江。

江户末期的弘化四年，喝醉了酒的木匠在翠桥（过去真实存在的桥，位于今天的大阪府天保山市）掉进了球磨川。他做了一个怪梦，最后醒过来的时候，发现世界发生了天翻地覆的变化。他来到了几十年后的明治世界，看到了铁路发达、煤气灯照亮街道的景象。

许多书评家将这部作品视为富江从《浦岛太郎》中获得启发的创作，在这个错误的前提下加以评价。然而这部作品并不完全是富江的原创。小说的前半部分，只是将华盛顿·欧文的小说《瑞普·凡·温克尔》中的若干人名和地名做了修改，而主人公最主要的经历（与年迈老友的重逢、妻子的死等等）几乎是一样的。也就是说，这实际上是所谓的“改编”。不同的地方只有后半部分，也就是木匠出于失去妻子的悲痛，将妻子的骨灰放入作为嫁妆的火盆从而殉情的部分。

在日本对于海外文学的介绍欠缺的那个时代，盗用或擅自改编海外小说的情况很普遍[1]，虽然说后半部分是独创的，但这部作品也没有脱离那个范畴。不过，当时没人能指出这一点。事实上，《翠桥相对死事》获得了出乎意料的好评。明治三十五年六月二十日的《东洋日日新报》全文转载了这部作品，该报误以为这种时间旅行的创意是富江的独创，盛赞它为“以天外之技破除时空法则，古今无双”，并夸赞富江“才华横溢如斯之才女，必将与勃朗特姐妹比肩”。直到其他报纸批评《翠桥相对死事》与森鸥外翻译过的《瑞普·凡·温克尔》（译名《新浦岛》）雷同之后，对它“独创性”的评价才在一零年代一时间失去了市场。但在国家主义高涨的三十年代，《翠桥相对死事》又被作为从《浦岛太郎》中获得启迪而创作的小说重新介绍，那以后便没有人再提起它与《瑞普·凡·温克尔》的关联性了。因此，误以为《翠桥相对死事》的创意来自《浦岛太郎》的观点至今依然根深蒂固。

无论如何，从结果上说，《翠桥相对死事》是日本科幻的鼻祖，这一点无可否认。报纸的宣传为这部作品带来了诸多好评，同年，它在实相社出版，认知度进一步提升。此后，受到这部作品的影响，京都女子学校二年级的仙野志津发表了《抽签》（通过神社的鸟居去往未来，主人公是女学生）、女性运动家牟田瑞惠发表了未来探访小说《西历一千九百五十年帝都绘卷》。这股创作热潮，是日本科幻作者至今主要是女性的直接渊源。

1 譬如日译版的《基督山伯爵》，除了黑岩泪香的译本，当时一些广为流传的版本中都加入了原作没有的内容，声称是原创。参见《〈基督山伯爵的女儿〉事件》（清水良，展论社）、《“改编”家的时代——喜田畑望月〈基督山女伯爵〉》（清水良，改造出版局）等。——原注那段时间，读了富江的作品后从翠桥跳进河里的读者络绎不绝[1]，翠桥甚至一度被封锁起来禁止进入，足见《翠桥相对死事》对明治社会的影响不容小觑。

而在富江的作品引发轰动的时候，宫前富士以本名向《女学同朋》写信，暗示富江正在撰写新作《返回昔日》，也就是说，不是去往未来，而是回到过去的时间旅行。她甚至还挑明了设定：从翠桥东面落水会回到过去，从西面落水会去往未来。

看到这里，我想会有很多读者不解吧。正如诸位所知，同样借助翠桥进行时间旅行，描写“回到过去”的《九郎判官御一新始末》（1902）的作者，不是富江，而是音乐。

明显带有马克·吐温《康州美国佬大闹亚瑟王朝》色彩的《九郎判官御一新始末》，写的是前萨摩武士加纳岳六为了抓捕新撰组残党，从翠桥上飞身跳下，醒来发现自己来到了源平合战最激烈的时候。他运用枪支、火柴等那个时代没有的工具和未来的知识，联合安德帝与源义经，把都城迁到海上，进而统一了整个日本。

这部作品刊登在《女学同朋》后，被《自由新闻》转载。转载《翠桥相对死事》的《东洋日日新报》，是当时销量第二的报纸，相比之下，《自由新闻》只是个短命小报，从中可以感受到世人对这两部作品的态度差异。

说到底，尽管《翠桥相对死事》获得了很高的评价，但在面向女学生的杂志上刊登的同人性质的作品能被大报纸转载，

1　翠桥距离水面其实并不像看起来那么高，所以即使是打算跳下去自杀的人，也没有死亡的。据《志文国报》记载，明治三十五年的三个月间，有七人跳河，其中两人受轻伤。——原注

并迅速获得文学家的认可，着实有点荒唐。这其中很大的原因在于，富江的父亲中在家鸿然是葛岛纺织的创始人，在实业界和媒体界都有人脉，而音乐是点心店老板的女儿，没有强有力的后盾，这也是她的评价姗姗来迟的原因。

尽管如此，日本首次描写“回到过去的时间旅行”的《九郎判官御一新始末》，还是于次年同样由实相社出版，在社会上流传开来。只是，几乎在出版的同时，也有人表明了对其内容的否定立场。那不是别人，正是音乐的同学，宫前富士。

“御一新若身在文治[1]时，则无余地生于明治维新，更无法由翠桥至文治。（中略）岁月之事，莲胤法师曾巧喻为大河。蜿蜒细流终成大河，上游之水改道而行，下游之川便干涸而亡。若以人力干涉既成之川，其下游何来可用之水？知理者断无飞身翠桥以溯昔日之愚行。著《御一新始末》者，难免浅虑之讽。”

这就是富士向《女学同朋》投稿的《谏言》，指出了改变历史会导致主人公消失的矛盾，在世界上首次提及了“时间悖论”。至此，富江作为“时间科幻”的创始者、音乐作为“回到过去”的创始者、富士作为时间悖论的倡导者，这个组合终于完成了。自此，富士被赋予了“评论家”这一特殊角色。这也是她常常对富江大加赞赏，对音乐严厉批评的结果。

不过，据说在当时的开明女子学校，三个人的关系极为要好。根据当时的记录，富江提议在学校表演改编自叶芝作品的戏剧，由富士撰写剧本，音乐担任主演，大获成功。这个时期，富江的学习会似乎也一直在继续。

1 日本镰仓初期年号。——编注

就在人们认为她们要变回普通女学生的时候，富江和音乐相继发表了新作。

首先是富江的第二部科幻作品——《光荣的信号手》，先刊登于《大学》，随后由《自由公论》转载。那是在1904年（明治三十七年）1月。

维也纳会议期间，铁路信号机的一名信号手从某个没落王族口中听说了一个奇异的传闻——铁路信号机中混入了拿破仑复辟的假情报，却找不到发送这一信息的人。信号手感觉到"信号网"自身具有智能，通过铁路信号机同那个看不见的"智能"进行对话。尽管拿破仑已被囚禁，但信号网试图创造一个他的信息幽灵，搅乱欧洲大陆，令法国东山再起。

这篇作品以"网络诞生的智慧"这一超前的设想吸引了广大读者，还影响了鸟居贡、木庭阳光这样的思想家，甚至一零年代兴起的新宗教"信知会"。

《光荣的信号手》被搬上舞台，在永乐馆为首的多家剧院引发轰动。《翠桥相对死事》也紧随其后被搬上舞台，剧名为《翠桥独相对死》，仅永乐馆一处便有八万人次观看，比《光荣的信号手》还要火爆。

舞台剧的成功令富江一举成名。不仅各家报社纷纷前来采访，她还受到许多大学的邀请，做了无数演讲。[1]

同年四月，音乐也发表了第二篇作品，题目是《人类脑髓》，刊登在以男学生为目标读者的《学士立国》杂志上。[2]

1　当时的照片中，富江总是穿着女子学校的紫色裙裤，一副勇敢无畏的表情。但照片总是侧着拍的，没有正面。——原注

2　音乐起初打算用化名发表这篇作品，向《女学同朋》投过一次稿，但对方以只接受女性读者投稿为由拒绝了。——原注

《人类脑髓》描写了明治四十年大阪频繁发生的大规模停电事件。停电的原因是一个旧士族的弱智次子每天夜里到处剪电线。他被捕之后称，电话网已经成为一个“大脑”，电线发出的微弱电波已经控制了人类，我们现在不过是那个大脑运转的一部分而已。随后他便被关进了疯人院。

这篇作品发表后，引发了各种毁誉褒贬。

批评主要集中在通信网络本身具有自主意识这点上，它被认为是对富江作品的抄袭。至于言辞最激烈的批评者富士，则在《女学同朋》上发表文章称作品中男子说的电线网成为巨型大脑的设想，与纳撒尼尔·霍桑《七个尖角阁的老宅》中的思想极为相似，《人类脑髓》连核心构思都是盗用的。

然而《光荣的信号手》中王族之女隐瞒身份假扮街头小贩的情节，其实与《七个尖角阁的老宅》的开头部分十分相似，因此《光荣的信号手》才是从《七个尖角阁的老宅》中得到启发写成的。不过这得等到太平洋战争结束之后才有人指出了。

无论如何，《人类脑髓》虽然达不到《光荣的信号手》的知名度，但确实被很多人读到了。

或许是因为这个原因，《人类脑髓》发表之后不久，三个人的关系开始出现了变化。富江不再同时拉上她们，只是单独和富士谈笑，或者借刺绣的名义和音乐独处。富士与音乐渐渐疏远，而少女们自然也分成了音乐派和富士派。有人说富士派的人更多，音乐开始逐渐回避富士。不过这也并非定论。

她们终于再度聚首，是在 1905 年（明治三十八年）3 月，开明女子学校的毕业典礼上。学校为了表彰成绩优异的学生，要求三个人并排坐在一起。

开明女子学校的学生都来自有身份的家庭，各家企业自然纷纷发来贺电，发给富江与音乐这样的才女作家的贺电更是堆积如山。所以毕业典礼从早上 9 点一直开到了晚上 6 点。毕业生和教师们都昏昏欲睡，富江则一边与富士在脑中下着国际象棋，一边和音乐玩起了没有牌的百人一首[1]。

她们从开明女子学校毕业的第二年，由于日俄战争的结束，在海运投机中遭受重大损失的校理事长村雅杜甫宣布出售学校。

看中这一笔生意的是富江的父亲，中在家鸿然。

鸿然通过多家报纸、杂志，宣布设立以“14 岁至 18 岁”的女生为教育对象的私立学校“明治女子学校”。

它沿用了开明女子学校的校舍、宿舍，教师团队也基本上保留了下来，而富江、富士和音乐也作为语言和文学的教师，站在了讲台上。这件事引发了社会的强烈关注，虽然只招收 80 名学生，但报名者多达 462 名，因而不得不紧急开展面试选拔。

1907 年（明治四十年）的第一届 80 名学生中，也包括了开明女子学校的在籍学生、后来的海军大将石桥道建的独生女，相生钢铁大亨陆前阳之的次女和三女，以及岐阜县曹洞宗住持的女儿。这些住校的少女们中间，涌现出以善丸与祢、武良聪子（武良智）、氏原千鹤子为首的一大批代表了一零年代的科幻作家。因为这所学校出身的人几乎都对学校内的事避而不谈，

1　印有和歌的纸牌游戏，裁判读和歌的开头，参赛者从散放在地面上的牌中找出相应的牌。——译注

除了她们两个，没有人知道怎么在没有牌的情况下进行这个游戏。——原注

于是日后便有了这所私立学校在做某种超能力开发的传说，不过大部分都是编造的[1]。

关于该校的实情，记载最为详细的是1920年（大正九年）出版的堂岛铁朝的《真话　开明私塾》。堂岛的父亲是《新东洋月报》的记者，堂岛受父亲的指示“调查”明治女子学校，于是他男扮女装成为学校的学生，记录下了内部的情况。

根据《真话　开明私塾》的记载，该校教的科目除了英文、数学、国语、汉文、地理、历史、理科之外，还有裁缝、家政、体操、琴曲、点茶、插花、礼仪等等。宿舍的清扫、三餐也由学生轮班负责，以极为完备的形式自力更生。据说这一切都是富江的提议，而且富江在这里同样大受欢迎，学生们都很仰慕她，她每到一处都是人山人海。

此外，据堂岛的描述，学校还会日常举办海外作品的读书会，其形式“与中在家老师过去办的毫无二致”。堂岛参加过的读书会中，有一次品读的是詹姆斯·马修·巴利的《小白鸟》。而正如堂岛在书中指出的那样，善丸与祢的《乞丐训》（1908）中由孩子们在公园里建立起来的国家逐渐被世界吞没的故事，与《小白鸟》有相似之处。考虑到这些小说可能是从读书会的内容中受到启发而创作的，那就不难解释为何富江等人几乎所有作品的主要构思都（被认为）来自海外作品吧。

但在1908年（明治四十一年）2月，她们的命运发生了改变。富江接受美国教育学者勒内·托尔曼的推荐，宣布去美国留学一年。虽然许多学生表示哪怕一年都不想离开她，恳请同行，

1　这种传说能够广为人知，很大程度上是二十年代的福来派科幻作家的“功劳”。——原注

但都没有得到批准。

虽然安排了其他教师，但明治女子学校哪怕只是暂时失去富江这一支柱，都带来了很大的动荡。

那个时期，在学生们看来，甚至连音乐和富士的关系都修复了。

经常有人看到她们两个人在教员室里一边吃着音乐自家店里的日式甜点，一边争论不休的场面。争论的内容从时间的性质到未来的社会形态、宗教等等。有几次争论得太过激烈，甚至错过了上课时间。

还有件事，尽管在零零年代的科幻史中并没有那么重要，但还是想在此提一下。这一年，又诞生了一本利用翠桥的时间科幻小说。

再度将翠桥用作“跨越时间之桥”的，不是之前的两位作家，而是富士。她在邦曾社出版了自己的第一部小说《草镜》（1908）。不过这本书只出版了几十本，现在已经没有完本了。

其内容大致是：翠桥所在的球磨川上有一排竹筏，在上面可以从水面的波纹中读到所有人的未来。据说，这本书写的虽然是个故事，但没有采用小说的体裁，更多的是在表达对未来的预测和作者的思想。

由于原书散逸，这些内容只是根据从富士的回忆录中搜集到的信息推测的。不过富士自己常常将其称为“可耻的失败作”，甚至还有富士将朋友那里的《草镜》收集起来烧毁的传言。

当时，由于富江等人的小说受到欢迎，女学生中流行将自己的作品少量出版，而出版此类书籍最多的便是邦曾社。这是一家性质恶劣的公司，以富裕的良家子女为目标，以纪念出版之类的形式帮他们出书，索取高额报酬，因而在三年后被勒令解散。富士也许对这种情况有自己的想法，但没有提及太多。

在这一时期科幻小说的代表作品中，由明治女子学校的相关人士创作的有善丸与祢的《乞丐训》、小平音乐的《铜疮》（1908年出版，日本第一部末日科幻，明显借鉴了爱伦·坡的《红死病的假面具》）、桦天里的《群蜂山岗》（1907年出版，值得注意的是，在网络智慧题材被写烂的当时，它是唯一一部以生物集群智慧为主题的作品），还有无数受到富江与音乐的作品影响而写的小说。这可以说是零零年代科幻最为绚烂的时期。

然而到了1908年10月，这种绚烂受到了可怕的打击。

零零年代最重要的作品——《藤原家秘帖》的前篇发表了。作者居然是赴美学习、不在日本的富江。

富江在离开日本前，将书稿托付给了一位既不是富士也不是音乐的教师，那位教师按照富江的嘱咐，在1908年10月将书稿交给了《东京每日》的记者。富江身在与日本远隔重洋之地，引爆了这颗文学的炸弹。

故事情节与她以往的作品大相径庭。

一条天皇治下，某天黎明，中宫定子召见清少纳言，命她将自己讲述的故事记录下来。那是关于几座当时并不存在的、数百年后的都城的故事：空中满是飞翔的人力车、永无夜晚的都城——东京；所有人都如和歌般咏唱自己的心情、一个个飘浮着在道路上穿梭的都城——江户；拥挤到必须在别人头上行走、将人体切开作为零件贩卖的商铺林立、只要愿意就能长生不死的都城——镰仓；等等。这一切都是定子从藤原家遥远的子孙眼中看到的。

这一作品在问世的同时，便引发了空前反响。

表面上是奇异的工具和概念的罗列，但将无数座都市以不同于现实的姿态呈现出来，像是一种文明批评，作者似乎将某种意图隐藏在了对未来都市的逐一描述中。

对于这部只发表了前半部、还没有给出结尾的故事，读者的“饥饿感”也助长了话题的热度。不过最令人震惊的，还是作者对读者的献辞。

“敝人虽已完成此文，但未敢在此将其言尽，因欲览诸家妙想之故，愿有才者不吝续编。”

换言之，作者是在邀请别人为这部作品的“后篇”执笔。

征集其他作者“续写”的荒唐行径，却引来了诸多回应。文学家高窗汤愈、团礼次，还有让人意想不到的基督教牧师押川方存等人都挑战了“后篇”的续写[1]。大家纷纷在各种媒体发表自己的“后篇”，当时的女学生们当然也没有示弱，收到大量投稿的《女学同朋》不得不发行了一期特刊。

然而，明治女子学校反而没有什么明显的活动。仰慕富江的女学生应该很多，但在全国的女子学校中，唯有这里没有出现竞相创作“后篇”的情况。

其原因在《真话　开明私塾》中得到了解释。

《藤原家秘帖》以及征集后篇的公告发表的第二天早晨，富士就一副大受打击的样子，几周后甚至变成了“幽鬼辟易之憔悴，唯双目炯然，披头散发，恍若山姥，宫前先生之美荡然无存”。富士似乎无法在维持教师形象的同时，解决书写无愧

1　其中，通过 1943 年小说图灵测试的，除了押川的小说之外，全都是女学生的作品。另外，获得最高分 180 分的，是音乐写的“后篇”。——原注

于富江故事的“后篇”这个难题（这一野心任谁都一目了然）。

另一方面，音乐还是一如既往出现在讲台上，但她似乎对富士废寝忘食写小说的模样看不下去了。传言说她曾把富士带到宿舍外面训斥，但后者歇斯底里地回答说：“我是被选中的人！”

在这样的状况下，女学生们大都把《藤原家秘帖》视为禁忌，无论公开还是私下，似乎都没有撰写“后篇”的勇气。

遗憾的是，对明治女子学校详细情况的记述，就到此为止了。因为《真话　开明私塾》的作者堂岛铁朝没有亲历之后的事情。在充满警惕心和紧张感的校园里，他的真实身份最终被揭露出来，遭到了驱逐。[1]

唯一可以确定的是，同年 5 月 31 日，最重要的“后篇”发表了。其作者果然不是富士，而是音乐。

以下便是音乐所写的“后篇”，发表于《文燕》。

中宫定子最终坦白了自己的身份，她和她的族人是从未来向过去生活的人。

在明治二百年的遥远未来，首都东京诞生了“电波脑髓”，它统治了地球上的一切，人人遵从它的命令，在地上建起无数发电伞和发电网，只为了大脑的继续进化而工作。

她们这一族人，为了抵抗大脑的统治，将未来的知识一点点向过去传递，在过去的时代撒下“技术”的种子，试图创造出一个可以打败“电波脑髓”的历史。

1　他被女学生们团团围住，遭受了极其残酷的私刑。女学生们剥光他的衣服，把肥皂强行塞进他的嘴里进行清洗，作为连续撒谎的惩罚。就在这时，听到骚乱声的音乐赶来，拦住女学生们，给了他一把老虎钳，十分礼貌地告诉他，只要在这里放弃男人的身份，就可以原谅他。——原注

族中的某个人将数百年后发明的飞行技术传授给民间的发明家；某个人将未来的医学知识伪装成本草学传播开来；某个人把工程师和军人团结到一起，让武器的发展提早了数百年；某些人将未来发生的事情用暗号写在和歌集中。而每个人都在自己寿命将尽的时候，把自己的孩子送往更远的过去。

使用自己所知的未来技术，一边改造过去的世界，一边逆流而上，这就是藤原家一脉相传的使命。

对于音乐来说，这篇作品是迄今为止所写内容的总决算，塞满了如怒涛般狂涌的创意，甚至洋溢着一种疯狂的气息。

在作品中，清少纳言强调了返回过去的非现实性，而中宫定子给出了这样的回答：

“时之形非如水，而似无数幽深沼泽。人如青蛙，自一处沼泽跳往另一处沼泽，这便是世人所说的时间。”

用现代的方式解释这一理论，说的是“时间并不具有连续性，而是无数彼此独立的时间点。人类只是从一个时间点跳到另一个时间点。因此，过去不会像河流的上游影响下游一样影响未来，改变过去也不会产生矛盾”。毋庸赘言，这是音乐有意写下的，是对富士时间悖论的反驳。

中宫定子用了一生的时间，成功将蒸汽驱动的知识扎根在宫廷中。她结束了自己的任务，计划将下一个任务交给自己的女儿修子，把她送往更遥远的过去。至此，定子结束了对清少纳言的讲述。

故事的结尾，是多年以后年迈的清少纳言隔着竹帘目睹了定子所说的蒸汽机械——在未来世界被称为月升楼的东西。最后一行以中宫定子的辞世遗言作结：

“立誓不忘，泪色犹存。”

从作品发表到富江回国只剩下半个月左右的时间，而在这半个月里，舆论已经认定音乐所作的“后篇”获得了压倒性的胜利。尽管如此，依然不难想象，还是有很多人，特别是明治女子学校的学生们，正屏息静气等候着富江的回国，以及她对别人所作“后篇”的评价，还有她自己完成的“后篇”。

然而，这一期待落空了。富江回国的当天，1909 年（明治四十二年）6 月 10 日，明治女子学校接到了解散命令。处分的名义是它违反了《治安警察法》[1] 的第一条。政府为了解散学校，将它认定为“结社”，而非教育机构。

导致这一结果的因素数不胜数。有些人对《人类脑髓》的内容信以为真，于是到处去剪电线；学生们对堂岛铁朝施以私刑；《藤原家秘帖》中以实名描写了当时政府、皇家的若干重要人物（九条氏的四女等人是当时的皇太子妃）；还有其他众多原因都可以视为引发该事件的火种。受去年红旗事件 [2] 的影响，第二次组建的桂内阁加强了对社会运动的打击。

下令解散学校已万事俱备，只等一个契机。就在这个关键时期，6 月初，作家高窗汤愈在球磨川附近遭受了一群拦路强盗的暴行。他做证说“行凶者是一群女学生”，进而又声称“那是富江的支持者干的，她们嫉妒我写的‘后篇’”。这成为压

1　日本在 1900 年（明治三十三年）颁布的法律，目的是压制集会、结社、言论的自由。——编注

2　1908 年（明治四十一年），大杉荣等 14 名社会主义者在东京神田高举红旗进行示威活动，后遭逮捕。——编注

垮骆驼的最后一根稻草[1]。

当警队闯进明治女子学校的时候，富士正把自己关在教员室里，用钢笔奋笔疾书，堆积的稿件简直要把她埋住了。据说，她双颊深陷，憔悴至极，连警察来了都没有发现。直到稿纸和笔快要被拿走的时候，富士才终于意识到警察的存在，由于抵抗和撕咬，她被当场逮捕[2]。

对宿舍进行搜查的警察们，遇到了准备迎接富江的众多女学生和教师，却在哪儿都没有找到富江和音乐的身影，这令他们大为疑惑。

同日，多名女学生目击到她们两个人从翠桥上纵身跳下。据说，她们站在桥的栏杆上，富江朝音乐伸出手去，像是在引导对方一般落入水中。但是，在同一地点看到这一幕的目击者们，不知为何分成了两派，一派说是从东侧跳下去的，另一派说是从西侧跳下去的。这一争论直到最后也没有解决。

过了一天，《东洋日报》上出现了醒目的标题“两位绝世大作家忽然消失”，报道提供了以下信息：

警察搜索了球磨川的河底，并未发现她们的遗体，连遗物都没有找到。富江应该已经完成了的《藤原家秘帖》“后篇”，同样无处可寻。富江的父母也没有要求警方进一步搜索。女学生与教师们全体出动大肆搜索，但以徒劳告终。

1　后来查明，这是写稿受挫的高窗汤愈的谎言。在真相大白的第二天，他被人发现溺死在球磨川中。——原注

2　富士一生创作了七十多部科幻作品，她在学校解散前写的内容后来被拆分开来，在她最重要的几部作品（预见了交流辅助工具的《电人文库》、预见了对抗观测武器的《死石透镜》等）中得到了转用和发展。——原注

从那以后直至今日，两位作家始终杳无音信。

由于零零年代两位最重要的作家同时消失，加上明治女子学校这一创作阵地的解散，日本科幻一度完全灭绝。就这样，日本科幻的零零年代迅速地发芽、绽放、凋谢了。

一零年代中叶，宫前富士的《本邦八千年草子》[1]引领了日本科幻的复兴，其详情留待今后研究。

1　富士晚年接受了杂志记者的采访，关于一零年代以后重新开始创作的问题，她留下这样一句话："为了再次相见，只能加快世界。"说完这句话的第二天，富士死于移植器官排异反应引起的心力衰竭，享年五十一岁。她是第一位踏上月球土地的日本女性。——原注

献给美亚羽的手枪

你手中有一把枪，泛着冷光的黑色的枪。你小小的手掌因为那陌生的漆黑重量而不知所措，渗出汗液。你深夜潜入书房，走近伤痕累累的古董书桌，书桌褪色的木纹宛如怪物的眼球，令你胆怯。你打开书桌的抽屉，里面有刀尖生锈的手术刀、fMRI[1] 用的连接插头、X 光照片等杂七杂八的东西，还有最深处的一把枪。你蹲在书桌前，竭尽全力张开手握住把手。

就像有人曾经做过的那样，你用颤抖的手，把枪口贴在太阳穴上。你感受到枪口的触感和体温以它为中心上升的错觉。但这把枪并不会射出什么，因为它很久以前就被使用过了，所以它不会再醒来，永远不会。

枪的名字叫作“WK066”，全世界生产过几百万把的枪。它也许是给无数人带来安宁的祝福之枪，也许是让无数灵魂湮灭的诅咒之枪。此刻你对准自己太阳穴的这个 920 克的铁块到底是哪一种？年纪尚小的你无从回答这个问题。

你的呼吸不知不觉变得急促。彻底被枪吸引的你，终于想起拿起它是为了弄清什么了。于是你放下枪。

你看着枪，用舌头拨动臼齿上的开关。你的眼前，准确地

1　功能性磁共振成像，多用于脑部功能定位。——编注

说是你所戴的眼镜式终端上，显示出许多文字、文章。那是这把 WK 的“说明书”，记录了它是为了将谁和谁联系在一起而诞生的。你静静地睁着眼睛，等待终端根据眼球的运动调整焦距。

然后你开始阅读神伢实继和北条美亚羽的爱情故事。

一个他们如何互不相爱的故事。

即使说了干杯，神伢实继也没有干杯的对象。填满会场的无数桌子周围，出席者们都在碰杯，但实继这桌只有他一个。在实继的眼中，每一位畅谈的客人都像是隔着毛玻璃一样模模糊糊，最多只能通过衣服的颜色形状区分男女。虽然只要摘下眼镜就能看清他们，但这只会让那些通过社交软件向实继发出“请勿打扰”信号的家伙更加戒备，他的视线自然转向了会场里少数可以清晰“看见”的人，也就是没有开启“请勿打扰”的人。

新郎那桌有人正在鞠躬，是这场仪式的主角，神伢志恩。这场婚宴本就是实继的哥哥、神伢家的次子神伢志恩与财阀千金的结婚仪式。但实继对志恩没有直接的了解，只知道他的才能是他们兄弟中最受期待的。迄今为止，志恩已经通过自己提出的植入治疗法根治了许多精神疾病，而且还在继续攻克新的疾病。人们曾认为他会完全破解神伢脑疗提出的大脑地图，然而他在十四岁时离家出走了。

现在实继所看到的志恩，有一双和蔼可亲的圆眼睛，柔和的脸庞与谦卑的举止更像销售人员而非研究者，看不出任何雄心壮志。

但是，他并不是普通的老好人，这一点不管是谁，只要搜索“神讶志恩”便会一目了然。十四岁时，他便带着几名优秀的员工，在事先有过约定的联合企业的资助下，建立了独立的脑科学研究机构。

是的，志恩是神讶家的叛徒。无论在资金还是规模上，神讶志恩建立的东亚脑外虽然还不至于威胁到神讶脑疗，但无疑是一个值得警惕的生意对手。东亚脑外发表的几项技术，都是他在神讶脑疗时主导推进的，比如基于镜像神经元同步的情绪附加体验系统，在他走前几乎已经完成了。而本次结婚，也是志恩的策略之一，是为了在资金上获得强大的后盾。

所以，神讶脑疗的医师联络会尽管只是收到了形式上的婚礼邀请函，但也需要对神讶志恩回以最低限度的礼仪。其结果，就是将目前神讶“最无价值的人”——实继，派来做代表。他是个十五岁的学生，并且专业并非脑医学而是经济学。对于组织而言，这是最为恰当的判断，而风险只有一个。因为出席者全都是支持志恩并想将神讶脑疗包围起来的企业人士，所以志恩必然会十分尴尬，仅此而已。

实继不自觉地喃喃自语道：“如果是哥哥，应该能处理得更好吧……”他反应过来后慌忙捂住嘴，但已经迟了。耳边的骨传导耳机检测到“哥哥”这个词，提醒有来电。

“是啊，如果是我的话，大概会无视拒绝信号，强行搭话吧。就算对方明确表示‘不要找我搭话’，找他说话也不犯法。不过，你是我们家最怕生的，自然做不到。这是医师联络会给你的荣誉职位。”

“别再嫌弃我没用了。我也是尽我所能在努力工作。”

通话对象是哥哥神伢和弥。他是神伢家的长子，对外交际活动很多。植入手术将他的交流欲提升到了和食欲同等的水平，所以他总是有种想找人说话的冲动，只要有机会，就会把妹妹桐佳、弟弟实继、他的秘书等人作为说话对象。他会掌握分寸不骚扰商业伙伴，应该是怕起到反作用吧。

“你参加这个宴会，不用谈生意也不用寒暄，吃饭就行，真轻松啊。”

优美的男中音十分悦耳，耳环型骨传导耳机中安装的通信软件对和弥的声音进行了转换。

“我从医师联络会接到的指示，只是出席宴会。”

“那就由神伢第一医院的院长直接向神伢实继交代任务吧。”

男中音停了片刻。大概是软件没有把咳嗽识别为有意义的词语，将之省略了。

“完成了这个任务，说不定医师联络会也要在你面前俯首称臣。”

实继下意识地用手捂住耳朵，仔细听着。医师联络会的若干监视员应该也在全神贯注监听这段对话。但是，和弥的下一句话却是：

“追女人。”

实继差点当场倒在桌上。由于手里还拿着玻璃杯，洒出来的苏打水弄脏了桌布，侍者跑了过来。即使隔着毛玻璃，实继也能感觉到周围的视线。他低头说了声“对不起”，逃也似的溜出了大厅。

“喂喂，不用大惊小怪。从当年的哈布斯堡家族[1]开始，没用处的人就是用来政治联姻的。”

实继一个人站在大厅前的走廊里，想要摆脱无力感似的摇了摇头。

“那里面好像名家云集，全都仰仗着东亚脑外……”

“神冴志恩的女儿，”耳机里的回应不容他犹豫，“东亚脑外，是目前医师联络会的最大忧患。如果你能把那个在东亚脑外担任高层的女儿搞过来，万事就迎刃而解了。神冴与东亚的重新联合，还有你的出人头地，都不是做梦。”

“就是做梦啊。等今天刚结婚的两个人生孩子，那是多少年后的事情了？而且我可没有那种反社会的性癖，追求哥哥的女儿。”

“不是不是，是养女。她是个在地震中失去家人的孤儿，被联合国教育机构收养。她写过几篇论文，十二岁时完成了记忆辅助设备的理论，是世上少有的天才儿童。志恩听说了她的名气，为了把她弄到自己手下协助研究，在形式上收养了她。”

原来如此，这倒是可以……实继刚一点头，马上又摇起头来。

“情况我知道了，但我可没有本事追求一个初次见面的女生。”

“这只有试过才能知道。从记事以来一直生活在象牙塔里的人，你不觉得追求起来很容易吗？而且你理想的对象好像是什么‘远比自己聪明的人’吧？这可是千载难逢的机会。好了，

1 奥地利旧皇室。——编注

先整理下衣服，然后……”

在和弥开始教他怎么和女性讲笑话时，实继单方面切断了通话。因为经过了软件处理，原本隐晦的幽默变得平白无趣。

他对着大厅的门叹了口气，做好准备再度与满是毛玻璃的空间对峙。只是不知为何，他想起哥哥说的“先整理下衣服”，于是整了整衣领，又紧了紧领带，最后弯下腰伸手去系松掉的鞋带。

突然，耳边传来嗖的一声。他弯着腰抬头一看，只见刚才自己脖子的位置上，有什么东西闪着银光。一回头，他立刻从原地跳开了。眼前出现了一个白衣身影，举着银色的尖锐武器。实继用了一两秒钟才意识到白衣人是在背后朝自己的脖子刺了一刀。白衣人动了，直奔实继而来。这次银色的刀刃瞄准的是眉心，由于实继猛然坐倒，所以只挑飞了他的眼镜。实继坐着横扫一腿，敌人一屁股摔倒在地。银色的武器落在地上，实继发现那是医疗用的手术刀。

多亏眼镜掉了，实继才清晰地看到了对方。不知道是不是新做的白衣，洁白得简直让眼睛发痛。对方戴着镜片极厚的眼镜式终端，是研究人员所用的规格，可以安装各种软件。头发束在脑后，大概是为了避免影响实验吧。

对方还有一双让人捉摸不透的大眼睛。个子比实继略高，却是个少女。

“没有那么简单呀。”

平静的声音，却让实继背后如电流般蹿过一阵寒意。少女并没有皱眉，只是歪了歪柔软的嘴唇，脸上浮现出厌倦般的失望神色，整理着白衣。但是，她瞳孔深处藏着杀意。那是一副犹如冷酷的刽子手一般平静又蕴含杀气的冰冷双眸。

虽然逃过了生命危险，但对眼前这个人的恐惧，让实继脑中一片混乱。他发现自己在用西装下摆反复擦拭手心的汗水，好不容易才挤出一句话：“你在干什么？”

这个问题虽然切中核心，却很愚蠢。对方无精打采地耸了耸肩。

“除了纯粹的杀人未遂，还有别的方法解释我刚才的行为吗？”

明明语言相通，实继却感觉自己像是在和外国人交谈。只要以特定的节奏用舌头触碰犬齿，在会场外待命的护卫就会收到警报，但他不想欠护卫们的雇主——医师联络会的情。

“你是什么人？”强行挤出的声音有点嘶哑，不过她爽快地回答了。

“北条美亚羽。”

美亚羽？[1]好像在哪里听说过这个名字，实继正要搜索，才想起眼镜式终端已经掉了。

她像是看穿了实继的想法，说道：“我自己从小说里借来的名字。二十一世纪初叶的反乌托邦文学。”

听到这话，实继想起自己是在哪里听到这个名字的了。

“……‘圣经’？”

“哦？我听父亲说过，你们果然管那个叫‘圣经’。”

所有隶属于神冴医师联络会的人，都拥有一套实体书。虽然是口袋本，却是雪白封面烫金的豪华装帧。那是一套选集，

1　伊藤计划的小说《和谐》中女主人公的名字。——译注

收录了写于上世纪末至本世纪初的有关脑科学的长短篇小说，分三本，加起来近1000页。它是医师联络会在十几年前选编的，用作展示脑科学黎明期的愿景和误解的教科书，由于外观相似而被称为“圣经”。“圣经”的所有者都是与神伢脑工学医疗相关的人士。由于事情发生得太过突然，实继现在才终于开始意识到眼前的少女是谁。

“你是志恩的女儿？听说他看重你的技术，收你做了养女？”

少女美亚羽默默点了点头。也许是知道了对方的身份之后才有了喘息的机会，实继心中骤然升起一团怒火。

“我能理解对于东亚脑外的你来说，我是‘敌人’，但总不能因为这个就要取我的性命吧？请问你为什么要刺杀我？”

美亚羽没有立刻回答，而是蹲了下来。实继做好了防备，但她只是把实继掉在脚边的终端捡了起来。

“因为好奇。我想观察一下，如果神伢实继死了，神伢脑疗和东亚脑外会怎么行动。”

她随手把眼镜扔过来，实继慌忙在胸前接住。

“不过我决定放弃这个实验了。已经没办法出其不意了，而且这事操作起来出乎意料地麻烦，比在研究室里挥手术刀麻烦多了。”

说完，她打了个小小的哈欠。美亚羽言行上的不可理喻让实继联想到杀人狂，这让他不禁又打了个寒战。他无法理解，一个冲动之下就想杀人的家伙，之前是怎么正常进行社会生活和研究的。

“恕我失礼。虽然我这个凡人完全无法理解你这么做的目的，但仅凭兴趣和好奇就要取我的性命，这实在难以接受。”

实继正要转身离去，却听美亚羽自言自语般地低声说：

“我不会拦你的，回到大厅，把婚礼看完才是明智之举吧。不然的话，你们的联络会肯定不会让你好过的。”

美亚羽白衣飘飘地从门前消失了。

实继脑中回荡着她的话，在无人的走廊里犹豫了一会儿，最后还是决定回到大厅。推开门，里面很黑，到处都是欢呼声。每个人手里都举着餐后鸡尾酒仔细端详。实继也慌忙从服务生手中接过杯子，把酒杯举到眼前。杯中的鸡尾酒上浮现出发光的文字。通过印在玻璃杯上的 AR[1] 编码，可以将文字和图像映在液体上。这不是什么罕见的技术，不过此处显示的内容才是关键所在。

这是东亚脑外计划在获得资金支持后投入实际应用的新技术——可以精密描绘脑内图像的 fMRI 软件，使人迅速掌握某种语言的植入物，让人长时间不需要睡眠的药片，治疗异常性爱的药……无数信息出现后又消失。恐怕所有出席者都对手中玻璃杯上展现的未来图景感到欣喜和敬畏吧。记者们纷纷撰写新闻稿，其他人则在社交网络上发布信息。

在这样的场面中，实继一个人面对东亚脑外的先声夺人心生畏惧，但绝不能对玻璃杯中那些新技术的宣传片表现出震惊的神色。否则，神伢脑疗代表的愚蠢表情一定会被有心人拍下，用于东亚脑外的宣传。

“最后，请允许我为今天的婚宴收尾。”

1　增强现实技术。——编注

从新郎志恩的话中可以听出，他似乎还藏着王牌。服务生捧上装饰着贝壳与花纹的方形盒子，像个八音盒，在新郎和新娘面前各放了一个。

“接下来，由我的女儿，也是今天介绍的诸多技术的理论创立者，为大家说明。”

美亚羽向前走去，白衣在灯光的映照下越发鲜明。

“东亚脑外第二研究所开发部主任，新东亚大学脑科学教授，令我骄傲的女儿，北条美亚羽。”

在一片掌声中，她既没有寒暄也没有说开场白，直接通过骨传导耳机向出席者介绍起来。

“神伢信奉的‘圣经’中，有一篇澳大利亚作家写的小说。”

她一扭脖子，束起的头发轻轻摇晃。实继感觉美亚羽好像在看自己，不知道是不是错觉。

“有一对情侣，害怕彼此的爱情终有一天会消逝，于是用植入物将自己的感情固定下来，希望实现永恒的爱，结果却将害怕爱情消逝的不安永久烙印在了大脑里。这个是喜剧，不过放在过去可能是悲剧。”

她话中迂回的幽默，让一些人忍不住笑出声来。

“我们开发了这样一种植入物，它会识别事先标记的用于认识特定个体的神经元，当这些神经元被激活时，便会刺激负责产生好感的反馈路径。也就是说，它可以让一个人永远爱着另一个人。毫无疑问，它是永恒之爱的保证。对于决定相伴一生的伴侣而言，它将是不可欠缺的。需要强调的是，它不能用于洗脑。因为如果没有在本人的同意下进行长期 fMRI 检查，就无法确定目标神经元。”

新娘和新郎差不多同时打开箱子，里面放的是泛着哑光的黑色手枪，远远看去都能感觉到它的分量。会场上一阵骚动。新郎和新娘各自拿起一把。

"市场上的植入物多数是由鼻腔注入的，但众所周知，直接植入大脑的话效率更高，当然成本也更高。这一次，我们将植入设备设计成了手枪，而不是注射器。"

大厅里更暗了，灯光对准了新郎新娘。

"之所以这么做，只是为了戏剧性的效果。"

新郎和新娘两人相互走近，彼此用手枪抵住对方的额头。刚刚骚动的大厅，此刻鸦雀无声，每个人都屏息静气等待着。

"我们将这把枪命名为'Wedding Knife'[1]。有了它，'无论是疾病或健康'这样的结婚誓词，不再需要从嘴里说出。手术刀插入大脑，就像刀插入蛋糕。从今天起，他们的爱将由不可动摇的科学予以保证。祝福这份永恒的牵绊。"

扳机扣下。砰的一声，像是玩具爆竹被拉响的声音，而不是枪声。这只是演出吧，虽然那个东西外观看和手枪一模一样，但射出的不是子弹，而是用来注入超微设备的针头。两个人没有倒下，也没有睡去，而是面带微笑，彼此对望，仿佛预先排练过一样。随后，志恩放下枪，接着说道：

"当然，植入手术是由纳米机器按照程序进行的，所以我和妻子的大脑目前还没有变化。6 小时后，植入物将会启动，我们将获得不朽的爱情。对配偶的爱、对孩子的爱、对邻人的爱，尽管反馈路径各不相同，但随着这项技术的应用，人类的

1 "婚礼之刀"，缩写为 WK。——编注

心中将会充满爱，不会再憎恨任何人。”

北条美亚羽一副完成了任务的样子，离开新郎新娘身边。她一边走进黑暗中，一边念叨着，不是对着耳机，像是对着某个人：

“人类，征服了爱。东亚脑外将会改变世界，不可动摇的爱将会改变人类。我们正坐在特等席上，欣赏这个发生巨变的时代。”

第二天早上，东亚脑外的世界战略开始了。临床试验已经结束的多项技术同时发布，给世界各地带来了影响。譬如中美洲的许多毒品组织被摧毁，亚洲几个国家的教育制度崩溃。

对社会冲击最大的技术还是 WK。志恩与新娘互相开枪的场面，以及十几个小时后获得永恒爱情的他们公开接受采访的录像，点击量转眼便超过了一亿次。

“当然，早在开枪之前，我们的爱就是真实的。不过现在，我仅仅这样与妻子在一起，心中便会翻涌起幸福和温暖，无穷无尽。真正的爱并不是戏剧性的。她的笑容永远都是我的幸福，与她对话永远都能使我安宁。这种确信才是真正的爱。”

志恩与妻子面带微笑，幸福对视的身影，让世界为之狂热。

“拒绝永恒之爱的人，不配成为伴侣”，这不是东亚打出的宣传口号，而是这个时代的人们自发产生的“思想”。如果你真的打算一辈子爱一个人，那么除了语言上的承诺，在化学层面加上一重保证又有什么不可呢？对于一般大众，WK 也成为超越养老金和保险的人生保证。在发布后的一年内，受益于这把枪的夫妻便超过了十万对。东亚的“爱”以无比优雅的姿态侵蚀着世界。

与之相对，神伢脑工学医疗医师联络会的部分成员采取的战略则相当丑陋。在越南，与东亚脑外合作的纳米机器制造商因为突然的罢工而被迫停产。在美国，积极引入东亚脑外植入手术的大学医院，由于一些微小的工作失误而遭遇了大规模的医疗诉讼。

即使如此，东亚的势头也没有停止。在两股势力斗争的旋涡中，实继带着颇为舒爽的心情，静观美亚羽的预言逐渐变成现实。

但最终，美亚羽并没有改变世界。

因为世界首先对她露出了獠牙。

实继坐在成田机场开往新东亚综合医院的出租车里，看着眼镜式终端上显示的一组新闻。在实继与河内的医疗部件生产商谈判的期间，这个消息第一时间传遍了世界，也发送到了实继手里。但由于在遵照医师联络会的命令完成谈判之前，他无法提前回国，所以直到“事故”发生的两周后，他才乘上飞往成田的飞机。

他的兄弟姐妹中，大哥在西雅图，大姐在圣何塞，都在参加各自的学会。也许正因为如此，医师联络会的部分成员才会胡乱行事。

报道只传达了冰冷的事实。神伢志恩与妻子以及养女美亚羽，在每月一次的公共交通停驶日乘坐非自动驾驶的私家车经由新东名高速前往学会会场。由司机驾驶的轿车在急转弯时转向不足撞上护栏，严重损坏。尸检结果表明，事故发生前，司机的眼球遭到了强激光的照射。通过当天的前科人员位置信息推断，疑犯是“自然脑派”的恐怖分子，而他已经在附近的服务区厕所内上吊自杀。他曾因为施暴而被逮捕，依据判决，在脑内被植入了抑制攻击冲动的植入物，而他仍能实施此次犯罪的原因尚未查明。

现在，神冴实继的商用平板电脑上全是“东亚脑外将专利131、1791、2201、2202 转让予神冴脑疗”“镝木技术研究所解除与东亚脑外的合作”“神冴脑疗取得东亚制药50%的股份”之类的文件，事故发生当天起它们便蜂拥而来，几乎要撑爆他的设备。

“就在这里停吧。”看着文件，实继心中感到不快，不知道是不是晕车的缘故。他在距离目的地数百米的地方下了车。

所以完全出于偶然，他走在通往医院的路上时，在人行横道的对面发现了她——“事故”唯一的幸存者，在白色的病号服外面套着白衣的少女。

北条美亚羽拄着木制的拐杖，以此来弥补腿部的缺陷。由于事故，不得不切断她的腿。虽然被衣服挡住了看不见，但义肢应该已经装上。最新的义肢可以读取大脑的电子信号来保持平衡，也可以向特定部位施加力量，经过几周时间的适应，便能和天生的腿一样，随心所欲地行动。现在就是在训练吧。但是，这样的康复训练通常都有医护人员陪同，不难想象她冷静而坚决地拒绝陪同的景象。

从远处看不出她的表情，但她偶尔会停下脚步，肩膀上下耸动，像是在大喘气。看到她稍事休息后又调整好姿势继续迈步的身影，实继觉得自己去和她打招呼未免太过鲁莽。对他来说，美亚羽是个怪人，因为莫名其妙的理由便试图杀了他，又用挑衅的语言向神冴下战书。如果是面对那时的美亚羽，他大概什么都敢说。但现在的她却显得如此软弱，如此“像个人”，反而让他感到畏惧。

就在这时，一辆摩托紧挨着她驶过。拐杖脱手，她失去平衡，跪倒在柏油马路上。

实继下意识地一个箭步跑到她身边，朝着试图靠自己的力量站起来的她伸出手。她犹豫了片刻，抓住了他的手，站起身来。抬头正要开口，大概是想道谢吧，嘴却半张着没有出声。

当时她的表情变化，实继大概一辈子都不会忘记。耻辱瞬间袭来，憎恨仿佛将她的心染成了漆黑，那双眼睛，让实继感到自己正从没有尽头的楼梯上一级级滚下。

还是她打破了这灼烧心脏的沉默。

“这下你满意了吧。”

她放开手，那势头让人担心她又要失去平衡摔倒。

“杀了神冴志恩和他的妻子，把女儿搞成没用的残废，不过最让你开心的还是现在这一刻。我承认输了，但不管失去什么，我都不会对你大吼大叫的。硬要说的话，就是恭喜。恭喜你们成功地摧毁了我的一切，研究、财产、灵魂。”

实继说不出话来。美亚羽说的每个字，仿佛都给周围蒙上了憎恨的寒意，使世界逐渐冻结。他站立的地面化作冻土，寒意从脚下窜起，身体不禁颤抖起来。实继不知该往哪里看，犹豫了半晌，终于想起拐杖还在地上，便将它捡起递向她。

“我代表神冴脑疗向你道歉。用残忍的手段夺走了你无数重要的东西，还伤害了你的身体。”

美亚羽粗鲁地夺过拐杖。“不需要道歉，你早点滚开就好。”

她用笨拙的动作，拖着义肢转过身去。

实继想要拽住她一般冲着她的背影说：

“那是医师联络会的少部分人干的，大多数人都在谴责那种做法。我们神冴兄弟虽然是创立者家的，但和他们的争斗一直保持着距离。”

“你没有责任？那很好呀。”

美亚羽正要走开，实继慌忙绕到她面前。

“请等一下。我……我是来保护你的。”

美亚羽盯着他，眼底那冰冷的光比她用手术刀瞄准实继的时候寒意更甚。实继一口气说下去，像是为了不被她的眼睛吞噬似的。

“只有一个办法对抗神冴，保护你的大脑。那就是以神冴之名保护。如果你加入神冴一族，医师联络会就没办法动手。对他们来说，在神冴一族内的人是不能碰的。而且如果吸收了你的智慧，也就没有对你出手的理由了。所以我想请你加入我们，作为我们兄弟中某个人的养女。”

美亚羽眯起眼睛，长长的睫毛投下阴影，露出嘲弄的笑容。

“这是你说的那个‘医师联络会’的提案？”

实继一时语塞。美亚羽毫不留情地继续说道：“‘不想死就乖乖加入’，是要让我接受这样的威胁？”

“……请把它视为交易。”

强行把美亚羽拉进自己擅长的谈判领域，这是实继急中生智想到的策略。

“神冴脑疗对有能力的人会致以最大的敬意。研究设备和环境都能满足你的要求，而且超越东亚。另外，如果你继续开展研究，对神冴做出巨大的贡献，医师联络会也不可能无视你的意见……你甚至可以控制它。如果你想复仇，加入进去是最好的方法，我也会帮你的。”

实继突然就地坐下，双手撑地，深深低头，做出谢罪的姿势。因为他想不出还有什么方法能保护这个封锁内心的少女。正午的石板地灼烧着他的额头。

“求你了。我们家绝不能再让你，志恩的女儿，遭受更大的不幸。请向我们投降吧。我怀着最大的诚意求你。”

在一片沉默中，电动汽车不合时宜地响着刺耳的喇叭声从他们身边经过。实继感到汗水正从自己的脸上滴落。

“……一个星期之后给你答复。”平板机械的声音从头上传来，没有愤怒，也没有轻蔑。

然后是拐杖的声音，一步，一步，她的脚步声越来越远。抬起头，只看到少女拄着拐杖前行的背影。直到她的背影消失，实继才终于伸出手，轻触骨传导耳机。

他告诉医师联络会，神冴美亚羽做出了肯定的答复。

对医师联络会的正式报告是在两个月后。

“请允许我向北条美亚羽教授提出几个问题。三天前，您提交文件，成为神冴实继的养女。您可以在此证实，这是您的自愿行为，而不是被胁迫或在丧失意识时采取的行动吗？”

“嗯，没错。”

这是一间铺着榻榻米的日式房间，偶尔会从远处传来鹿鸣，打破静寂。

实继和美亚羽并排端坐在坐垫上，面对面试官一样排成一排的十几名医师联络会常务理事。这样的描述既正确又不正确。虽然环境古色古香，但实继、美亚羽、联络会的各位，没有一个人真正身处在这个空间里。这个房间不仅空无一人，它本身也并不实际存在。

一个用玛丽·雪莱作为头像的理事问："美亚羽在新东亚主持的研究中，也有关于抑制身体残疾者幻肢痛的实验，我在神伢负责这类项目。幻肢痛发生的模式随着发展阶段的不同有所差别，即使掌握了 fMRI、MEG[1]、Domino[2] 的相关数据，也难以通过植入物进行长期抑制。你在住院期间，有没有想到什么解决方案？"

"您好像从一开始就误解了。那个研究不是为了抑制幻肢痛，而是为了诱导。核心思想是把幻肢痛消失的条件具体化。不是阻断特定神经元的激活，而是将可以在患者做出特定动作时产生镇静作用的植入物植入一段时间，使患者的身体形成条件反射，最终达到在没有植入物的情况下打个响指就能抑制幻觉痛痒的效果。"

"原来如此，我去试试。感谢你的建议。"

尽管是用聊天软件就能完成的会谈，也必须进行相当夸张的准备，实现面对面的交流。其理由只有一个，这是联络会对美亚羽的"面试"。因此，实继和美亚羽特意把只在一些比赛会场使用的简易摄影装置搬到了各自的书房和病房里，将拍摄的影像投影成相邻而坐的模样。至于其他联络会的医师，则只

1　脑磁图，一种直接反映大脑神经功能活动的无损伤检测技术。——编注

2　多米诺供器官，活体供器官的特殊类型，将移植受者在接受器官移植时所切取的器官再移植给其他受者。——编注

是坐在沉浸椅里说话而已。因此医师们可以看到实继和美亚羽的全身像，而实继和美亚羽只能看到理事们各自设定的动态头像。他们两个以全身的形态坐在这个虚拟的房间里，面对着十几个浮在空中的脸。

头像种类各不相同，有人用的是虚拟角色，有人用的是雪莱这样的历史人物，也有人在头部模型上贴些几何图案。这并不是要搞什么隐瞒身份的秘密组织，只要用他们的真名搜索，马上就能找到他们的履历和照片。这些只是在面试时暂时隐藏他们身份的面具罢了。其中有人用了自己的面部肖像，但那是让自己看起来年轻二十岁的修正影像，反而显得最能伪装。下一个向美亚羽提问的，就是这个人。

“你的腿怎么样了？不会影响你进入神冴研究所之后大展身手吧？”

美亚羽从坐垫上站起身——其实是从医院病床上起身——当场转了一圈给大家看。

“托各位的福，我现在的生活和以前相比也毫不逊色。”

“很好。虽然是不幸的事故，但没有失去你这么优秀的研究者，可以说是不幸中的万幸。你父亲肯定也很欣慰。”

实继知道，那人做的是和 WK 同样的植入物研究，但被东亚抢了先机。他是策划那场事故的最大嫌疑人。

“正像菅井先生说的，那确实是不幸的事故。警方提出了协助调查的请求，联络会可以全面协助吗？那名凶手明明接受过犯罪抑制手术，为什么还会杀人？我们说不定可以弄清技术上的原因。”

讽刺他的是狼獾的头像。今天实继的大哥和弥因身体原因缺席，姐姐桐佳是他唯一的伙伴。看着菅井与桐佳的针锋相对，实继对美亚羽的无动于衷感到反常。虽然隔着遥远的距离，难以体会她的感情，但听到有人提及那起事故她却连眉头都不皱一下。她的心里究竟发生了什么样的变化?

虽然怀着这样的不安，不过各位理事的提问还是顺利结束了，面试没有出现任何波折。实继正要松口气，双曲线头像的首席理事终于发问了。

“美亚羽，你上周曾经临时离开医院。那时候我自作主张，在没有通知你的情况下派了护卫跟随。有报告称，你在地铁站附近遇到一名分发宗教手册的老年女性，你在接收手册的同时，还偷偷给了她什么东西。”

首席理事的话引起了一阵骚动。大部分理事似乎都不知道这件事。

“我们跟踪了那名老年女性，但在筑波站下车后跟丢了。现存无几的东亚脑外医疗团队之一就在筑波大学里。”

实继也是第一次听说这个隐秘行动。他吃惊地看着美亚羽。

“没什么大事，我只是拜托研究员，帮我继续推进停滞的实验罢了。只是简单的生物学实验，把乌鸦变成天鹅这种程度的而已。不是值得你们担心的问题。”

她毫无表情的脸色没有丝毫变化，语气也没有丝毫惊惶。但是所有人都知道她在策划着什么。首席理事会如何裁决，实继与其他理事一起，屏息静气地等待着。

“我们很想‘放心’。我们想弄清，你是否对我们怀有毫无根据的、完全出于误解的敌意？这也是为了你自己。”

实继皱起眉头，他无法推测理事的意图。不过，接下来的话让他完全明白了。

“我想对你进行植入手术，消除你性格中攻击性的部分。”

“请等一下，”实继的插话刹那间让会场的气氛变得剑拔弩张。为了不让自己下意识的发言被视为对医师联络会的反抗，实继结结巴巴地说，“那个，她优秀的大脑，可能和那种攻击性的性格紧密连接在一起，不可分割。所以，采用植入物进行性格转换，未必符合神冴的利益。如果变成顺从的凡人，对双方都有害无益。”

“实继，这里没有询问你的意见！”首席理事严厉地说。

“这种措施通常只用于罪犯。如果消息传出去，会被认为是严重侵犯人权的行为，引发舆论风波。”

狼獾向实继伸出援手，但拦住他们的并不是来自医师的反驳。

“可以。”这是来自美亚羽的回答。她那双毫无感情的眼睛没有丝毫动摇。“只要我接受特定的植入手术，不反抗神冴，就行了吧？”

对于这毫无反抗色彩的回答，首席理事似乎也有些不知所措，双曲线仿佛都有些扭曲。

“对，是的，没错。你接受吗？”

她点点头，几个头像发出叹息声。他们原本也以为很难让北条美亚羽屈服。会议室里的气氛明显变得让人安心起来。实继有种孤立无援的感觉，只能挤出僵硬的笑容。首席理事没有理会他，换了柔和一些的语气说：“那么，请尽快去神冴中央医院办理住院手续。我们会派最好的医师团队为你做 fMRI 检查。”

“没必要那么麻烦。”美亚羽开口道。她的话使刚刚缓和下来的气氛再度紧张起来。

大家紧张固然是因为她说的内容，但同时也是因为她的语气中恢复了东亚脑外天才少女的威严。不等其他人开口，她便取下了右腿的义肢。义肢像豆荚一样裂成两半，内部空间里藏着一个黑色的物体。谁都看出那是什么。黑色的手枪。

“住手！”有人叫道。实继急忙跑过去试图抢过手枪，但他的手抓了个空。不在场的人当然不可能伸手抓到。实继扑倒在地，随即迅速爬起来，但她已经抵住了太阳穴，扣动了手枪的扳机。在实继眼中，她跪下到摔倒的过程变成了慢动作。他想伸手去抱她，但手臂又从她的身体中穿过。她倒在地上，嘴唇微动。

所有人都知道她开的枪不是真枪。所有人都知道那是植入的工具。但是植入的效果，在场者也没人能够预测。在同时进行多项大脑手术的情况下，如果不把大脑的大部分区域置于休眠状态，那很可能引发事故。她失去知觉，既表明设备在植入物进入大脑前对身体进行了麻醉，也意味着这将是一场对大脑进行的相当大规模的改造。可是她为什么这么做?

实继是在场所有人中唯一“看到”她说了什么的人。话很短，不需要读唇术的训练也能分辨。

“毁灭吧。”

浴室的门打开了，高个女人回到实继所在的客厅。她衣服的袖子和下摆都是卷起的状态，是为了防止被水打湿。

“辛苦了。”实继点头道谢。

“唉，那孩子已经是我们的家人了。”神伢桐佳整理着衣服，大大咧咧地点点头。由于做了运动欲求定期高涨的植入手术，她的生活基本上都在医院和健身房之间往返，所以拥有运动员般的肌肉，隔着衣服也能看出发达的四肢。地震的时候，她曾把卡车抬起来，救出压在下面的孩子，而且给孩子做了应急处理之后，不等瘫痪的交通工具恢复，她就骑自行车冲回医院，整整干了48小时的急救工作，没有出现半点差错。这段逸事甚至让弟弟实继都感到畏惧。

神伢雇的护工由于身体不适来不了，所以刚好在家的桐佳——平时她都睡在医院——答应帮忙照顾美亚羽。

帮她脱衣服，协助她从轮椅转移到浴室的椅子上，用海绵擦洗她一个人洗不到的身体部位，还帮她进出浴缸。如果没有别人的帮助，现在的美亚羽连澡都洗不了。

双腿瘫痪，是北条美亚羽用子弹给自己的大脑戴上的枷锁。义肢变成了腰下的废物，再也不会焕发生机。

桐佳从冰箱里取出蛋白质饮料，打开盖子。

“哎，不过这次是因为我在，以后还是需要你能处理才行，毕竟你才是一直在她身边的人。”

实继胆战心惊地看着姐姐把纯粹的营养灌进肚子里，回答说：“就算顶着照顾的名义，只要不是恋人，帮助异性洗澡就是犯罪。”

“怎么想取决于当事人的意志。眼前有人遭遇困难的时候，如果固守一般观念，那该帮忙的地方也帮不上忙。这话你最好牢牢记住，年轻人。”

桐佳快活地笑了，拍了拍实继的后背。光这两下就让实继的内脏差点跟着振动起来。他咳嗽着，目送桐佳夜跑离开。

过了一会儿，轮椅转动的声音靠近了客厅。

“我进来了，实继先生。”

实继假装埋头看论文，飞快滑动沉浸椅上的屏幕，但也不能无视对方。他应了一声，转头望向乘坐轮椅的少女。那正是神冴美亚羽。

她的外貌和原来一样，深邃的大眼睛，没有任何变化。但那双眼睛里不再是智慧和坚强的意志，而是纯洁与天真，就像婴儿一样，像是另一个人……这也是理所当然的，她射出的子弹破坏的不仅是双腿，无数植入物恰如她所设定的那样，蹂躏了她的大脑。

高度抽象思考能力的衰减对一般人的生活没有任何影响，但对于脑医学研究者来说却是致命的。她虽然“记住”了自己从事过的研究，但不要说解释那些论文，就连“理解”都做不到。她的性格也朝内向转变，就连实继和桐佳，也需要两周时间才能与她进行对等的交谈。攻击性降低的结果是，现在的她，不要说对实继挥舞凶器，就连骂人的话都不会出口，勉强把她带去自己的研究室，看到小白鼠的尸斑照片都会掩目。

植入依赖症的患者，会像整形依赖症那样，不断改变自己的人格，但这是极为罕见的案例。然而，一次性进行这么多的植入手术，也是史无前例的。

而且很显然，还有一项重大的手术正在进行。

实继故作平静地说：“你要看的书在书房里。那个房间还没给你看过，带你去吧。”

好在书房就在一楼，实继可以推着轮椅过去。

实继推着轮椅背上左右突出的扶手，看着美亚羽的后脑。现在她穿的淡蓝色睡衣是网上买的，有女孩子的气质，却是以前的美亚羽绝对不会穿的。她自己的家里几乎没有什么便服，睡衣更是完全没有，可以窥见她那过分简朴的生活。外出的衣服也要重新买。

实继打开书房的门，推她进去，从桌子旁边的书架上取出一本书递给她。

“瞧，这本。不过你应该已经看腻了吧？”

实继一边把书递给美亚羽，一边问道。美亚羽迫不及待地笑着翻开书页。

“没关系，看再多少次我都不腻……啊！”

也许是不习惯纸质书籍，她的手指差点被书页划伤。

“没事吧？受伤了吗？”实继焦急地问，下意识地拿起美亚羽的手。

而她吃了一惊，稍稍低头，脸颊微微泛红，像个恋爱中的少女。

事实并非只是“像”。

美亚羽对实继抱有异性的好感。

这是北条美亚羽射出的最后一发子弹。其指令是：把自己对神伢实继的认识，变成能够引起恋爱的情绪。

从“自杀”中醒来的时候，虽然被病房里的护卫和神伢的兄弟们包围着，但她眼中除了实继，对其他人都视而不见。在场所有人都一目了然的是，她就像产生了雏鸟情结一样，呆滞的视线始终落在实继身上。然后，她慌慌张张地躲进被子里，像是因为身着简陋的病号服，为自己衣冠不整感到羞耻一样。

内向的大家闺秀，从未想过研究室的生活。此外，又对自己一生中很少遇到的同年龄层的男人一见钟情。对医师联络会而言，美亚羽从一位左右世界未来的最重要人物，彻底蜕变成无须关注的凡人。

还没有来得及为此叹息，医师联络会便顾不上美亚羽了。在她“自杀”的两个月后，美国政府认为，若干脑科学技术有可能转为军用，于是神伢位于多个国家的研究机构都被政府接管。医师联络会的关系遍布各国政经界，却依然没能阻止进一步的干涉，几个人因此下台，势力分布发生变化。其中，以神伢和弥为首的稳健派地位再度上升。实继也被任命为某大学医院的理事，尽管只是装饰。

至于北条美亚羽给自己大脑塞进那么多植入物的理由，只有一个可能。她为了不被神伢所利用，不惜将自己的才智付之一炬，以此实现对神伢和医师联络会的复仇。但是，复仇的对象没有等到复仇的那一天，就要自我崩溃了。

“美亚羽。”

“什么？”听到实继忍不住的呼唤，少女用明快的声音应道。实继本想问她对于神伢发生的变动有什么想法，但又觉得对眼前的少女提出这样的问题没什么意义，于是说了一声“没什么”。美亚羽一脸茫然地歪着头看他。

美亚羽总是把自己关在房间里，实继不断对她说，偶尔也该出趟远门。差不多半年后的秋天，机会来了。在实继再三的劝诱下，美亚羽虽然依旧推托说“还没有力气出去”，不过实继还是用扫墓为借口把她带了出去。

抛弃了神冴家的志恩，葬在妻子老家的墓地里。

墓地位于关西，两个人依次换乘了电车、公共汽车等好几种交通工具，这都得益于无障碍设施的完备，但在百年以前建立的墓地中，是享受不到这种便利的。

只要走上石阶，马上就能抵达墓地，但实继不得不推着美亚羽爬上蜿蜒的斜坡，爬到顶的时候，实继已经气喘吁吁了。

“实继先生，您不要紧吧？”

“嗯，不要紧。不过，下回年度体检的时候，我大概会申请和姐姐做一样的植入吧。”

“我觉得实继先生现在这样很好，锻炼出来的体格肯定不适合你。现在这种瘦瘦的样子才适合实继先生。”

“我不知道该把你这话当作安慰呢，还是当作委婉的讽刺啊。”

美亚羽噘起嘴说：“这可不是讽刺。”实继和美亚羽的关系已经到了可以互相开这种小玩笑的程度。虽然美亚羽变得非常内向，但智商并不低于常人，对社会常识和幽默的“记忆”还是有的。

好不容易抵达了墓地，为了推轮椅而空着双手的实继，从背包里取出花束。美亚羽在墓前献上花，实继供上点燃的线香。两个人双手合十，沉默了片刻。

实继用眼镜式终端扫描墓碑，接上神冴志恩的生活日志。那是逝者的终端记录的庞大数据，包括录音和文档资料，供遗属与逝者对话。但是，公开的数据量如此之多，也是很少见的。与保护个人隐私相比，他更愿意给后世留下记录吗？实继出于好奇，搜索了“美亚羽”“初次见面”这两个关键词。出现的是志恩与美亚羽第一次见面时的影像文件。似乎是在联合国教育机构中美亚羽的住处，她背对着无数明亮的显示器坐在旋转椅子上，双腿翘起。志恩低头看着她说话。

“我读了关于短期记忆强化设备的论文。很不像是你这个年纪写的。”

“强化记忆的实用性还不如生活日志。那样的研究带给我的赞誉，只是大家基于我的年纪做出的评价罢了。我还有几项尚未得出结果的研究，人们没有用它们来评价我，说实话我比较遗憾。”

志恩笑着说：“这话真鼓舞人心啊。”但美亚羽的表情却显得很懊恼，正像她说的一样。

似乎是意识到这一点，志恩若有所思地摸了摸下巴。

“全世界的年轻脑科学研究者中，你确实不是最厉害的。但是，目前的成绩并不是全部。重要的是我们的目标是否一致。如果只是单纯地说希望之星，我知道中国福建、德国、尼日利亚，都有孩子的成绩比你更好。但是他们都因为思想上的差异，做不了我的养子。”

“思想？”

“嗯，我提了个小问题，他们没有给出我期待的答案，这也就是接下来我想问你的问题。”

志恩顽皮地竖起手指。美亚羽绷紧了身子。

“如果答对了，我希望正式缔结领养关系。但如果答不出来，那就结束。”

美亚羽无言地点了点头。志恩继续道：

“哎，其实和讲给小孩子的童话差不多，不用那么紧张。

很久很久以前，有一只受诅咒的天鹅。诅咒让它天生长的是黑色的羽毛，像乌鸦一样全身漆黑。在一群白天鹅中，只有它的身体是黑色的，这让它感到很孤独。有一天，它思前想后，给自己从头到尾涂上了白色的油漆。因为它觉得，只要身体变成白色，就不会在伙伴中间感到自卑了。但是，它遭受的诅咒太强，不管涂上多少白色的油漆，身体还是黑的，染不成白色。这让它十分苦恼。那么为了融入伙伴中，它还能想到什么办法呢？”

童话般的问题让实继摸不着头脑。美亚羽的眼睛里，也浮现出迷惘的神色。

“不知道的话，那就没办法了。抱歉今天打扰你的研究。我会按计划向你提供资金援助，但收养的事情就当没提过吧。”

志恩正要转身，纤细的手抓住了他的袖子。

“等等，我知道了。我知道那只受诅咒的天鹅做了什么。那只天鹅……”

实继没能听到答案。因为墓地里响起爆炸的声音。

“危险！”话音未落，美亚羽便推动轮椅，冲到实继面前。干涩的声音之后，她在轮椅上猛地抽搐起来。她被枪打中了，这次不是植入物，而是真正的子弹击中了她的小腹。实继看到了。

他冲上前用身体挡住轮椅上的美亚羽。美亚羽的声音既惊讶又焦急。

“凶手抓住了。现在马上派医护人员过去。”

突然，耳边响起优雅的男中音。虽然没弄清情况，不过好像脱离了危险。不对，美亚羽已经中枪了。实继转身检查美亚羽的状况。

“我没事，不要紧。”

“怎么可能没事！不要动！”实继打断美亚羽急促的声音。

他强行撕开美亚羽的衣服，检查枪伤。裸露出的雪白肌肤上，没有任何伤口，也没有流血。奇怪，实继觉得自己亲眼看到了子弹朝美亚羽的身体飞去，惊讶之余，才意识到衣服都没破，子弹当然也不可能打中身体。这时候，他发现轮椅下面有一本书。

是神冴的“圣经”，美亚羽把它带出来了。这本书借了她半年，她一直反反复复百读不厌。把书翻过来，被穿透的封面映入眼帘。子弹插在中间的书页上，又厚又硬的封面，减弱了子弹的势头。如此的巧合简直令人相信上帝的存在。实继马上又转向美亚羽。

“抱歉，因为我，让你陷入生命危险。”

“那个，实继先生，先不说这个……”

“看来不需要医疗小组了。”背后传来陌生的粗鲁声音，实继身子一僵。他紧绷着身体转过身，只见来人亲切地举起右手。

他用了一秒钟时间，才意识到这个脸色苍白、看起来很不健康的驼背男人是谁。

“……哥哥。”这是几年来第一次当面见到和弥，也是第一次不通过软件转换，亲耳听到他的声音。几名医护人员打扮的人站在他后面。

“有报告称，菅井院长——应该说前院长，有些不好的动作。所以我偷偷给你和桐佳配备了全天 24 小时的监视。他好像以为只要把我们兄妹三个消灭掉，就能阻止现在的变化。所以在没有护卫的情况下四处乱逛的你就成了他的目标。抱歉我拿你当了诱饵。”

“菅井……那个人还在主持医师联络会吗？”

“很遗憾，这次袭击差不多掌握了切实的证据，他应该完蛋了。”

和弥扬起嘴角笑了，那是他独有的会心笑容。实继终于松了一口气，自言自语道：“真搞不懂，就算杀了我，也改变不了历史的潮流啊。”

“行了实继，不过你虽然是在照顾妙龄少女，但是眼睛看得太多可是会被讨厌的哦。”

和弥把医用毛毯扔了过来。实继困惑地看了看旁边的美亚羽，只见她正用手拼命遮挡着衣服上从胸口到小腹的破口，发出不成声音的嘤咛。实继慌忙用毛毯盖住她。和弥狠狠嘲笑了一番这个混乱的场面，然后把医护人员中的一个选为“谈话对象”，吵吵闹闹地走下石阶。

美亚羽总算平静下来的时候，实继又向她郑重道歉。

“不用在意，能帮上实继先生，我很开心。”

美亚羽的回答依然纯洁无瑕，但她还没有说完。

“因为，我喜欢实继先生。”

由于语气太过平常，实继一下子并没有意识到这是少女终于发出的爱的告白。随后他回过神来，起了一身鸡皮疙瘩。他勉强挤出笑容，嘴上说着“谢谢”，背后不禁冒出一层冷汗。

当年想要杀掉自己的少女，这次挺身而出拯救自己。看到她羞涩的笑容，实继的内心被罪恶感死死勒住。她的献身是基于对自己的好感，然而那只是植入物创造出的虚假感情。她的生命，差一点就消散在这虚假的恋情中。

毁灭吧。随着时间的推移，这个诅咒在头脑中愈发频繁地出现。而最可怕的是，说出那个诅咒的人，和刚刚坦白“喜欢实继先生”的人，是同一个。

这是一座坐落在神乐坂深处的日式宅院，从它的三楼望出去，街道上各种灯光的数量不到上个世纪的三分之一。这是为了防止光污染而做的限制，不过在每年一度的祭典之夜，不仅黄色的光芒盛放，还点缀着红色与绿色的灯光。

神冴脑疗旗下的食品厂正在进行一项研究，通过使用fMRI监测试吃者的大脑活动，根据包括痛觉在内的所有感觉的变化，制作出极致的美味。这里是在这项研究过程中诞生的餐厅，提供的菜肴虽然美味但价格太高，无法面向一般大众销售，而且每天只能接待一组客人。在比分子料理更加激进的思想之下诞生的菜肴，从前菜到甜点，没有任何一道菜的外观和味道具有一致性。不断发出爆破音的棉花糖状汤，宛如水晶的鸭肉料理，魔方般的意大利面，用两根试管中的液体混合而成的冰沙，这些菜肴每一道都让美亚羽发出观赏魔法般的感叹声。

等她享用完甜点，实继终于进入正题。

“这么长时间，辛苦你了。我想送你一点东西，表示感谢。”

美亚羽的眼睛闪耀着期待的光芒。这样的时候，她看起来比实际年龄还要年轻三四岁。

实继从包里取出那个东西。装饰华美的盒子，就像是稍大一点的八音盒。美亚羽小心翼翼地轻轻打开盖子——她看到了一把枪。

“我们找到了你留在东亚的 fMRI 检查数据。”

从菅井那儿收缴的物品中发现了美亚羽的数据。菅井藏匿它的目的大概是为了重现美亚羽的才能吧。正因为他一直私下保存着这些数据，美亚羽才能得救，实继对此不禁感到有些讽刺。他望着还在低头看盒子的美亚羽，用欢快的声音说：“这样，你就能恢复成北条美亚羽了。”

为了让现在的美亚羽也能理解，实继仔细地做了解释。

“拍下你现在的大脑 fMRI 画像，与以前的大脑图像对比，可以发现哪些部位做过什么样的处理，从而恢复到原先的大脑状态。接下来，只要调整植入物，装进这把手枪，然后开一枪，你就能恢复成过去的样子了。”

实继在脑海里描绘的是这样一幅未来：恢复了敌对之心的美亚羽，再度向神冴宣战。这一次，她是会和海外资本联手，还是从神冴脑疗内部下手呢？无论如何，这一次她肯定会改变世界吧。实继甚至觉得，即使神冴在那个过程中崩溃也没关系。

美亚羽还没有抬起头。实继没有注意到她的异状，继续兴致勃勃地说道：

“不必用虚假的爱情来恋慕我。你可以从大脑这个笼牢中逃脱出来，也可以将时间用在研究上。要多少预算都会批给你。就算你要从神冴独立，也不会再有暗杀。你的心灵和环境都可以恢复到……”

“我不要。”轻轻的声音，打断了实继的话。大滴泪水从她低垂的脸颊上滑落。

“求求你，请不要杀我。”

实继无法理解美亚羽在说什么。从出生到现在，他还从没有见过女孩子在自己面前哭泣过，惊慌失措之余不禁站起身来，但接下来该怎么办，他一无所知，只能怔怔地看着美亚羽断断续续地诉说衷肠。

“我知道我和她拥有相同的记忆。她痛恨你们，因为你们夺走了她的研究。她不爱任何人。她那一生，对你，对任何人都没有好感。但我更想像我自己，怀着对你的爱生活下去。”

实继花了几秒钟才理解她说的“她”指的是谁。他的震惊不亚于有人对着他的头开了一枪。

“不不，你误会了，以前的你和现在的你是同一个人。有同样的记忆，用同样的大脑思考。即使性格和喜好会有一些变化，你也不会消失。只是……‘感觉’会有点不一样而已。想法会有点变化而已。”

实继搜罗着语言，心中忽然生出疑惑。难道，美亚羽扫墓的目的，不是为了父亲，而是为了“过去的她”？意识到这一点，实继不禁打了个冷战。

“对了，不管是 WK 还是植入物，所谓调节自己的大脑，其实只是在‘有可能自然获得’的前提下诱导出其中的一种而已。比如年轻时喜欢吃西餐的人，上了年纪以后会变得喜欢吃日料，谁也不会说他‘变成了另一个人’。新婚燕尔时深爱妻子的丈夫，与年深日久有了第三者的丈夫，也不是不同的人。只是同一个人的心境有点变化罢了。植入物只是让那样小小的心境变化更容易发生，并不会从无到有创造出来，也不会消除灵魂。”

“您怎么能断言他们是同一个人呢？不再深爱妻子的丈

夫，不就已经是另一个人了吗？实际上，人这种生物，不就是通过一点点小小的情绪变化，不断杀死一个又一个过去的自己吗？”

尽管窗外映入眼帘的光有着丰富的色彩，但实继却陷入一种漆黑一片的错觉中。他感到自己似乎曾经在哪里有过同样的经历。实继意识到自己的狼狈，语气变得更加慌乱。

“如果你的逻辑正确，你——北条美亚羽设计的无数植入物，就是在杀戮无数人。通过性格改造型植入物杀死原本的人格。WK 也通过固定爱情走向的方式，断绝了有可能产生的人格。但是，那样的想法，与你的理念相差很远。你只是希望把烦恼的人引导向更好的‘生活方式’吧。”

“即使她这么想，”美亚羽的回答毫无停滞，就像她早已意料这种争论总有一天会到来似的，“我也不这么认为。”

实继觉得自己在美亚羽的理论中找到了漏洞，盯着她含泪的眼睛，兴奋地说：

“你说你喜欢我。但是按照你的理论，我每天都在变成不同的人。这也就意味着，你会每天都换一个人格不同的人喜欢。”

“我认为，对人类来说，和所谓的‘我’相比，所谓的‘你’是一种不那么明确的连续体。你虽然胆小但也乐观，会为了别人而努力，我喜欢这样的你。但即使你明天突然对世界绝望，跑上街头去把路上的行人一个个刺伤，或者突然喜欢玩弄女人，或者变得悲观，或者变得自私，我还是会继续爱‘你’的吧。即使人格已经变了，但只要‘你’还是‘你’，我就可以继续爱你。人的心灵非常脆弱，就像是被新的‘我’这种海浪不断冲刷的沙堡，所以并不存在绝对的‘我’，所以才会在与同样不连续的‘你’，在与‘他人’的关系中，构筑‘我’的影子，不是吗？”

这个理论有问题。虽然一时无法判断哪个部分有问题，但这个理论是错的。眼前的美亚羽，再也不是不惜用脑科学技术戏剧性地改变人格的天才。她害怕对大脑动手术，不以理性的事实为依据，坚持模糊的人格，是个感性的人。基于这样的判断，实继灵光一闪，认为从感情角度也许可以劝说成功，于是一口气说下去。

“我觉得，通过洗脑的形式，给人植入好感，喜欢上原本并不喜欢的人，这样的人很可怜。”

他的声音充满热情，身子探出桌子，激动地说：

“这样的人值得同情。但是，那样的爱——我认为令人恶心。正因为如此，我才会下意识地对你，对这个原本并不喜欢我、只是通过脑部手术喜欢上我的你，一生都不会产生好感。你的感情是绝望的，绝对不会得到回应。”

实继觉得自己的声音有点太激动了，于是缓和了语气。

“这是用来解放你的枪。把你从思考的围栏中解放出来的枪。让你逃离扭曲之爱的枪。带你走向自身幸福的枪。让你变回真正的自己的枪。”

说完他坐下来，感觉椅子很不舒服。他很想润润嗓子与舌头，但并不想伸手去拿玻璃杯。刚才自己的话是不是说得太过，伤害了她？刚才说的话，是不是相当于用“恶心”否定了她的人格？和“你这个人恶心死了”有什么区别？不对，她不是具有“正常”人格的她，所以否定也没有任何问题。

“可是，对我来说……”美亚羽哽咽着说，“虽然对大脑，对科学，什么都不懂，但喜欢你的、现在的我，才是真正的‘我’。”

实继无法理解自己心中炽热的感情旋涡到底是什么。焦躁，怜悯，还是恐惧？

“明天的我，可能和今天的我不同。但我希望，明天的我，也能将继续喜欢你，作为我自身的证明，支撑我活下去。”

面对她喷涌而出的爱慕，实继不知道自己该说什么。明明开着暖气，心却像是被冰冷的手攥住一样。他什么话也说不出来。

“开枪射击自己的北条美亚羽，沉溺在复仇中——是的，我‘记得’——她竭尽全力让别人讨厌自己，尽可能远离自己，要变成没有任何用处的人，因此埋葬了自己的人格。她自杀了。那时候，她放弃了自己的大脑和身体的所有权。所以，她拥有大脑的所有权而我却没有，这不公平。”

美亚羽断断续续地说，声音里混着泪，时不时抬手擦去泪水。她忽而低头，忽而抬头，但还在继续说。

“你不回应也没关系。但请让我继续喜欢你。”

实继无法点头。因为他想让那个北条美亚羽回来，为了给自己、给神冴赎罪。因为他相信，那才是正确的。因为自己无法爱一个被人创造出来爱自己的人格。他再次用上曾经说服过美亚羽的方法。他双手撑在桌上，深深低头。

“求求你。没有你的同意，我无法把你的大脑恢复原状。我没能保护你的头脑，请让我赎罪。你一定不会后悔的，请答应我。”

沉默仿佛持续了很久。安静得几乎可以用心跳声计时。眼前酒杯的光芒，沐浴在夜空的霓虹灯下，带着金色摇曳不定。

“请抬头。”

实继抬起头，看到她合上盖子，双手把盒子推向自己。

“如果你一定想让我消失，找回那个人，我会放弃一切。”

“所以……”她继续道，手中充满力量，那是种让手指颤抖不已的虚幻而强大的力量。

“在那时候，请将这把枪交给我，并对我说：‘去死吧。’”

她用哭肿的眼睛尽力挤出笑容。那是挑衅，是觉悟。这是她那饱受化学物质蹂躏之后再不能对任何人发出攻击的大脑、连怨恨实继都做不到的大脑，所做出的竭尽全力的抵抗。实继已经什么都说不出来了。

即使是自己的存在被否定以后，第二天早上，美亚羽对实继的爱恋也没有改变。

不仅如此，她对实继的爱意更甚以往。她会和实继说许多话。读过的书，喜欢的音乐，以前的家人，神伢的兄弟。她无时无刻不想和实继说话，简直连和弥都望尘莫及。她央求实继带她一起出去。和实继一起看电影。就像是患了不治之症、余命无几的人一样。就像是希望多一点时间和喜欢的人在一起、将美好的回忆烙印在心中的人一样。那成了她的生活方式。

而实继则为自己无法爱她而苦恼。他第一次发现自己对虚假的爱情如此厌恶。半夜惊醒的次数越来越多。他开始失眠，陷入在书房桌子上、在行驶的汽车里小睡的生活。

所以，他迎来那个上天的启示的时候，正躺在担任理事的医院的沙发上。他翻身的时候，感到背后硬硬的，结果找到了一个角状的东西。仔细端详，发现那是用 WK 的扳机加工而成的。许多接受植入物手术的结婚者都会随身携带这个小玩意儿，类似结婚戒指。

就在那一刹那，灵感突然造访——神伢美亚羽，通过植入手术永远爱上了神伢实继。但神伢实继大概永远不会爱上大脑被处理过才爱上自己的神伢美亚羽。而神伢美亚羽恳求自己不要再做植入手术。

这样的话，不是很简单吗？

从这三个条件导出的解就是——“让神伢实继爱上她”。

他联系了研究楼里的医生，跑步的话五分钟就能见面。

这是为了知道扫描“神伢实继”的大脑、设计植入物、进行手术，一共需要多少时间，是为了改变自己的大脑。

这就是我如何爱上她的。

“从昨天开始你就在埋头写什么东西，方便告诉我吗？”

美亚羽自己推着轮椅，打开书房的门进来。我回头望去。她的声音如同晨露一般，痒痒的，很好听。

“我用尽了话语来描述自己是怎么爱上你的。”

她扬起嘴角，脸颊微微泛红，双手捧住脸颊，想要遮住的模样虽然有些夸张，但也因此更显可爱。

为什么以前的自己不能爱上美亚羽呢？回顾自己过去的情绪写这篇文章的时候，有种大惑不解的感觉。以前的自己在今天这个美亚羽身上感觉到的种种和以前的美亚羽格格不入的部分——略带羞涩的笑容、如同孩子般纯真的眼睛、鸟鸣般柔和婉转的声音，所有这一切，都是今天的自己喜欢她的地方。以前的自己太盲目了，竟然不爱如此可爱的女人。

是的，之所以用第三人称写这份说明书，是因为我怎么也无法理解曾经那个同样用我的大脑思考却到最后都没有接受这个美亚羽的神冴实继，我理解不了把接力棒交给我，放弃一切的那个人。

被囚禁的人，不是北条美亚羽，而是神冴实继。无法接受植入物带来的爱恋，可悲的非理性主义者。他在射入植入物之前，还在犹豫不决。那植入物的作用是改造自己的大脑，让他喜欢上美亚羽。他害怕自己爱上那时并不爱的人，手指搭在扳机上足足犹豫了五分钟。最终之所以扣下扳机，也只是因为不想再为此烦恼而已……说到底，过去的神冴实继，只是个伪善者。他是个不会爱人的残缺的人，只会挥舞着不明所以的伦理观，试图将善恶与好恶正当化。

我抱住美亚羽，手指拨弄她的头发。我感到她的体温似乎在上升。如果此刻我怀中的这份温暖不是真实的爱，那么这世上就不存在所谓的爱了。

我爱你，太爱你了。虽然没有说出口，但这是我想对美亚羽说的真心话。而在美亚羽心中，也有同样的想法。

就这样，神冴实继与北条美亚羽——尽管曾经都对彼此没有丝毫爱意，现在相亲相爱，幸福地生活在一起。

我们，现在，非常幸福——非常非常幸福。

你读完了输入的最后一个字。

呼吸困难，喘不上气。心跳无法控制，你甚至害怕那心跳声让别人听见。此刻沉甸甸压在你心头的，是冰冷的空虚。阅读的疲劳令你的头昏昏沉沉。回到床上睡觉去吧，那样的话，也许到了早晨，今天所见的一切都会忘记了。你怀着这种毫无根据的逃避心理，关掉了说明书的文本。你预感到那句“毁灭吧”

将会永远留在你的心中，尽管说话人和说话对象也许都已不在世上。仿佛为了甩掉脑海中回荡的那个声音，你准备结束操作。

但是，就在将要关上文本的一刹那，眼前突然出现了巨大的手写文字。

“如果可以这样结束我们的故事，那该多简单啊！”

潦草的文字。输入的文字和手写的文字混合而成的文章并不稀奇。但让你战栗的是，突然变成手写时的第一句话，仿佛迸发出强烈的感情。那笔画平直，向右倾斜的文字，毫无疑问出自神冴实继之手。

你甚至没有再一次确认周围，紧盯着新涌出来的词句。

如果可以这样结束我们的故事，那该多简单啊！如果可以这样给我们的故事画上终点。如果我能对她的扭曲视而不见，永远盲目地爱她。

“声音痒痒的，很好听”？“虽然有些夸张，但也因此更显可爱”？

化作词句很简单。即使是自己心里没有的东西，写出来也很容易，但是……

我坐在书房的椅子上弓着背，一心写这篇文章的时候，美亚羽进来问我。我转向她的方向，唯一能做的就是抽搐着脸颊，强迫自己微笑，挤出一句“没什么要紧的”。她似乎从我有所隐瞒的模样中感觉到什么，悲伤地垂下眼睛，低声说了句“对不起，打扰了”，离开了房间。

刹那间，我有些后悔。她是不是把我的态度视为对她的厌恶了？不过这样不是也挺好的吗？如果这能促使她重新考虑变回“北条美亚羽”的话。我这样告诉自己。不，虽然她的人格是虚构的，但她的存在就可以这样被否定吗？我又陷入矛盾的深渊。这才是真正发生在我身上的情况。

我并不爱她。对于现在的她，我只有同情和怜悯。

手术失败了。不，我甚至不能接受手术。

就在即将进行大脑的精密检查之前，一位神伢的老人，已经退居二线、担任名誉职位的老医生联系了我。不到两个小时，他就出现在会客室里，腋下夹着卷起的电子纸，比带平板电脑麻烦多了。他说这是防止这些内容泄露到网上，然后他把电子纸摊开给我看。

“先说结论，不管向你体内注射什么纳米机器，都无法正常运作。”

“不管注射什么纳米机器？”我下意识地重复了一遍。

现代的脑神经植入物，是一些纳米机器，它们依据电子信号的指令深入大脑，使大脑对特定的刺激产生特定的反应。要是纳米机器不能运作，意味着植入物无法使用。

“这是你脊椎的 X 光片。请看这里的光点。”

随着医生的声音，电子纸上出现了几张白色节状椎骨堆叠在一起的 X 光片。医生在电子纸的画面上放大图像，只见每节椎骨的周围，确实都有一圈白点。

“这些微型单元只要检测到纳米机器的侵入，便会在体内产生特定的酶，将纳米机器分解成对人体无害的氨基酸。也就是说，一旦纳米机器侵入人体，它们就会加以破坏，剥夺功能。我们团队把它们称为‘冷漠结构’。”

我一把抓过电子纸，死死盯着放大的白影，恨不得把它看出一个洞。

“之所以起这个名字，是因为它会使人体免于纳米机器的干涉。即使某个国家的独裁统治者通过植入手术，让全体国民都成为为自己无私奉献的人偶，体内预设了冷漠结构的人，用不了三小时就能自我分解掉纳米机器，抵抗洗脑。它无法用手术摘除。它是为对植入物的伦理有所抗拒或者怀有危机感的一部分要人开发的系统，没有在大众中普及。”

我盯着那张X光片看了几十秒，终于开口问道：“这东西什么时候……为什么会在我的大脑里？”

“植入时间是在你十二岁体检的时候，至于为什么，那是医师联络会的全体意见，除了你的哥哥和姐姐。”

医师联络会，这个本应该拔掉了毒牙的怪物之名，又像亡魂一样钻了出来，动摇着我的心。

“过去曾经流行过恢复视力的外科手术。术后确实效果很好，但许多案例却会在多年后出现严重的后遗症。眼球会有这样的情况，大脑更不能保证不会发生类似的问题。今天，脑神经植入物几乎每天都在推陈出新，广泛应用，但您知道目前还在生效的植入物中，最古老的是什么时候制造的吗？仅仅三十年前。所以，没有任何临床证据能够证明，将来——比如百年之后，所有的植入物都还能继续正常控制患者的精神。对您的家人来说，也是一样。”

“你是说哥哥和弥、姐姐桐佳？”

“是的。虽然他们目前的生活和普通人没什么区别，但在五十年后，也许和弥先生会毫无征兆地放弃工作和研究，甚至连睡眠和进食都放弃掉，不顾一切地找人说话，以至于不得不关进隔离病房。谁也不敢断言，这种事情绝对不会发生。尽管根据我们在老鼠和猴子身上的大量实验推断，它的可能性无限接近于零，但绝不是零。因为，飞速投入实用的植入物，在人类样本身上，并没有做过五十年、一百年的观察。植入物是全面规定人类生活方式的系统。正因为如此，一旦有什么意外，其精神就会完全失去作用。到那时候，只有不受植入物控制大脑的人，才能成为神冴的领袖。”

医生一改辩解的语气，换作了强有力的鼓励。

“你是保险。神冴脑疗相当于用全世界的人类做样本，开展规模极其庞大的人体实验。如果实验者们平安地度过一生，自然没问题；如果实验失败，那就由你这样的非实验者推动社会的运行。”

我感到一阵眩晕。说是实验，这其实是以大半人类为赌注的豪赌。赌赢了，人类就能成为新人类，过上新的安宁生活。赌输了，下作赌注的人类大脑就会被全部夺走。所以必须留下旧人类这个筹码——神冴脑疗留下的筹码，就是我。

“一开始应该是由神冴志恩背负这个责任，但他脱离了神冴，所以你就突然变成了人选。也就是说，你……”医生犹豫了一下，我开口问：“是备选的备选？”他点了点头。

我一拳砸在桌子上，心中满是愤怒。不是对眼前的医生，而是对志恩。他如此自私，把自己的责任推给无知的他人。就因为他，我永远失去了让美亚羽幸福的手段。

“……按照现在的技术，冷漠结构一旦埋设到体内，便无法通过手术切除或解除。不过你也应当为之自豪，因为你是比和弥先生与桐佳女士更为重要的人物。你可以永远不受植入物的左右，用自己的大脑思考。善与恶，一切行动的价值，都可以基于自由意志做出选择。你永远都是自由的。”

自由吗？

我想起医生的话，感觉到体内的力量逐渐消失。

靠那样的东西，并不能把她从痛苦中解救出来。我拿起发射植入物的手枪，用手指摩挲漆黑的枪口。我无法爱她。她永远爱我。既然如此，那么答案只有一个。我的大脑无法改写，那么为了美亚羽这个人的幸福，只能说服她，送给她手枪。

并对她说：“去死吧！”

我坐在书房的椅子上，把枪收进抽屉，转而取出一把反射着微光的手术刀，用五根手指紧握住它，插进桌子里，然后像切蛋糕一样割下去，给桌子刻上肉色的伤痕。再插一次，割下去。再一次。再一次。

埋头于毫无意义的工作，胸中热意翻滚，嘴唇自然而然地动了起来。

为什么啊！

“为什么只有我啊！接受审美干扰镜的学生[1]！甾马族和昊阿族的少年兵[2]！亮氨酸脑啡肽过多的患者[3]！所有这些人，不都是通过调整大脑，推翻了原本的价值观，以全新的看待世界的视角生活下去了吗！‘圣经’里不都是这样解决的吗！”

“实继，因为他们都是‘圣经’中的出场人物。”

毫无预兆，耳边突然响起男中音。那是哥哥的声音，爽朗，

1　出自特德·姜《赏心悦目》。——译注

2　出自伊藤计划《无差别化引擎》。——译注

3　出自格雷格·伊根《快乐的理由》。——译注

又多管闲事。

“那个时代所写的脑科学幻想小说，主要着眼于解构爱情、正义、道德之类的概念。为了实现这一目标，主人公自身必须接受技术的恩惠，对大脑进行手术，用手术后的眼睛去看世界。明白吗？要是没有主人前后视角的对比，便不能彻底推翻现有的价值观，也就无法用于脑科学启蒙。”

“是啊，说到底，不对大脑动手术就能获得的视角能有多少呢？”

声音突然变得柔和起来。那是神岈桐佳优雅的声音。

“‘圣经’之所以被称为‘圣经’，不仅仅因为它的外观。大脑被调整、现存的道德观被颠覆、获得全新世界观的主人公们的故事，与接受了耶稣的教义，获得全新世界观的弟子们的故事，并没有本质的差异。大脑的某个部位受损的患者，寄存于其中的价值体系被新的‘教义’取代，他就可以成为‘圣经’中的登场人物。简单吧？”

我用手指敲击骨传导耳机的电源键，声音终于消失了。然而，本应关掉的耳机突然以更高的音量，响起另一个女性的声音。

“实继先生没有这样的退路。请用你无法进行植入手术的大脑，体验活生生的人类痛苦。正义、道德、爱情、灵魂，凡此种种能通过植入物瞬间消除的妄想、执念，将永远伴随着你。你永远找不到它们的答案，只能如此痛苦下去。”

是美亚羽的声音。不，不对。这冷冰冰的话语并非出自现在那个天真的少女。我知道这是谁的声音。我把整个耳机从耳朵上扯下来，耳朵像是奶酪一样从根部一下子裂开。但是这次的声音却直接在大脑中响起，震撼着我的整个大脑。“毁灭吧。”

我被自己的叫声惊醒，意识到我握着手术刀，趴在桌子上睡着了。我擦了擦额头的冷汗，心跳如同擂鼓。忽然我感觉到背后有人，回头一看，只见轮椅上的少女手里还拿着毯子，僵在那里。大概是看到我筋疲力尽睡着了，她怕我感冒吧。哪怕只能从形式上回报她的体贴也好，我扬起嘴角，做出比刚才更友善的笑容。然而我在她大大的眼睛里看到的是那个心里只有科学的少女的影子，一时间什么话也说不出来。

美亚羽终于无声地露出虚弱的笑容，把轮椅换了个方向，离开房间。

“果然……不行啊。”

我茫然地听着她背对我的呢喃，把头转回到桌子前。

在她离开房间、响起关门声的几秒之后，我脑中仿佛掠过一道闪电，让我一下子跳了起来。

然后我打开眼镜式终端，看着自己之前写下的东西。和美亚羽的相遇，见到康复期的她，用手枪自杀，改变了人格的她，墓地里的一幕，争论。我又读了一遍这些只有私人感受的记录，入神地看着自己写的文字，包括想象接受植入手术后爱上美亚羽的自己，以及其中的暗示。被囚禁的人到底是谁？我站起身，揪着自己的头发，懊悔不已。为我至今都没有发现真相而懊悔。为这过于漫长、过于迂回的经过而懊悔。斩断纠葛、拯救美亚羽的，实现这一目标的唯一手段，就是真相。

我冲出书房，感觉自己的心跳比刚才还快。我一口气跑到她的房间，没敲门就冲了进去。她正坐在轮椅上看一本文库书。发现我进来，她慌慌张张地把书放到毯子下面。我没在意她的动作，弯下腰，视线与她平齐，抓住她的双手，对着这个不知所措的少女说：

“为了我，去死吧。”

尽管没有立刻哭出来，但她的表情十分怪异，又像哭又像笑，和她颤抖着说出“请不要杀我”时的表情一样。不，那时的她好像是低着头的？总而言之，她的反应让我慌了手脚，急忙补充说：

“三个小时就够了。”

那与其说是手术，不如说是降灵术。她在床上支起上半身，久违地穿上了那件白衣。虽然是为了恢复从前的美亚羽，但这些准备与其说是科学，其实更像玄学，连我自己都不太适应。

虽然预先对手术内容做了充分说明，但美亚羽似乎还是很不安，抓着床单的一角，担心地看着我说：

“她……北条美亚羽，不仅痛恨你，而且还很狡猾。请不要被她骗了，千万不要听她的话。”

“没事的。我只是告诉她一些事情，不用担心。”

她像是下定了决心似的，紧紧抿着嘴，打开床上那个八音盒似的盒子的盖子。然后，用拿取水晶工艺品般的动作，取出里面的东西。那是为了今天而新制作的手枪。不过还是吸收了黑暗一般的黑色。她把枪抱在胸前，抬头看着我，开口慢慢说道：

“如果，如果我的人格再也没能回来——我希望你能记得，直到最后一个神经元改变反馈路径之前，在变为北条美亚羽的最后一刻之前，我都一直爱着你，实继先生。如果你告诉我，你永远不会忘记这一点，那么我就相信，即使是我这样虚假的灵魂，降生在这个世界上也是有意义的。”

“我发誓，我虽然无法爱你，但我不会忘记始终爱着我的你。”

她用力点了点头，把手枪递到我的手中。扣下扳机是我的任务。判断他人人格的正当性，对其中一方宣告死刑的做法，必须成为我一生背负的罪孽。这是我的选择，我的任性。是我剥夺了美亚羽的权利。因此，扣下这个扳机的，只能是我。为了使我记住自己的傲慢。

我用枪口抵住美亚羽的太阳穴。她深吸一口气，沉默着闭上眼睛。

我缓缓扣下扳机。美亚羽的身体僵硬了刹那，随后便没有了气力。她朝后方倒去，我用双臂接住她的上半身，轻轻放倒在床上，然后盖上毯子，防止感冒。虽然义肢不会感到寒冷，但我还是有些在意，把毯子摊开，一直盖到膝盖下方。

麻醉似乎生效了。她的胸口开始规律地上下起伏。白衣上的小皱纹微微晃动起来。

射入她大脑的，是为了将“神冴美亚羽”变回“北条美亚羽”的植入物，是将两人的病历数据加以比较后设计出来的。不过，其内部还注入了酶，也就是冷漠结构制造的那种。在酶的作用下，恢复了北条美亚羽大脑的植入物，将在不到三个小时的时间内自毁。至于“自杀”时已经埋入她大脑中的植入物，因为距离很远，所以不会受到影响。

也就是说，接下来唤出的北条美亚羽的人格，只能维持三个小时。

使用这个系统，也许可以让两个人轮流——比如每隔一天——使用同一个大脑。前提是多次开展这种史无前例的人体试验之后她的大脑还能保住。这种手段用一次都是赌博。不论从人道上说，还是从医学上说，都不可能允许。

等了几十分钟。终于，她慢慢睁开了眼睛。

美亚羽轻轻起身，环顾四周，一脸困惑地朝我看来。那抱歉的表情，丝毫不像从前的她。

为什么她没有恢复原先的人格？理论上说，植入物应该已经开始活动，在恢复“北条美亚羽”的人格了。

我疑惑地凑过去，想要检查她的太阳穴。美亚羽突然探出两只手，朝我的脖子伸过来——是陷阱！在我反应过来的瞬间，她的手已经用上全部力气，掐住了我的脖子。

我想尖叫，但只能发出无声的呻吟。她的拇指指甲几乎掐破了我的喉咙。我的视线渐渐昏暗，意识逐渐远去。就在快要窒息的时候，我抓住她纤细的手腕，用力从自己的咽喉处扯开，然后身子后倒，逃了出来。

“好像做了一次非常恶趣味的通灵啊。恶灵就该有恶灵的样子，附身到生者身上杀人，是恶灵的本分。”

我倒在地上。有什么东西和她的话一起打中了我的肚子。刚刚摆脱呼吸困难，新的痛苦又让我蜷缩起来呻吟不已。开始模糊的视野里，看到的是她对准我小腹的义肢，还有抱着义肢的少女那张无聊似的毫无表情的脸。

我明白了，手术没有失败。刚才醒来的人毫无疑问是“她”，而睁开眼睛后的行为都是演技。没错，她是北条美亚羽。那个破坏性的灵魂正在与我对峙。我感到仿佛要刺穿我的视线。“这样啊。”我嘟囔着站起来，伸手摸了摸脖子，她的爪印清晰可见。

“我明知道你的心里充满了对我的憎恨……而且她也提醒过我，不要被北条美亚羽欺骗。”

美亚羽突然低下头，喉咙里发出咯咯的笑声，令人毛骨悚然。

“‘不要被北条美亚羽欺骗’吗？明明就是自己，应该说是‘自己的大脑’吧。那个女人的狡猾真让人目瞪口呆。一直在说谎骗你的，不是别人，就是她啊。”

她似乎看出了我的困惑，笑着从枕头下面抽出一本书。

“无论从物理上还是概率上说，你真以为这样的东西能挡住子弹？”

那是“圣经”，挡住子弹的那本书，在墓园里保护她不被枪击中的那本书。

“这点纸张是挡不住子弹的。这是假的。”

她像敲门一样咚咚敲着“圣经”的封面。

“什么意思？”我静静地问，脑中回荡着“请不要被她骗了”这句话。

“当然，你肯定没想到吧。在打算干掉你的时候，菅井医生曾经想拉拢‘美亚羽’，因为他认为‘美亚羽’应该比谁都憎恨神冴脑疗。但他不知道‘美亚羽’已经被你迷得神魂颠倒了。菅井接触她的时候，她意识到自己可以利用那个暗杀计划。”

她毫不在意我的震惊，滔滔不绝地说下去。

“本来应该是她向菅井雇用的杀手发出信号，指挥他开枪。但她估算到狙击手已经就位，于是用预先装在轮椅扶手里的空包弹模拟出枪声。你之所以仿佛亲眼看到子弹飞过来，是因为她前一天在你的眼镜式终端里偷偷装了程序，让它浮现出虚拟的子弹而已。所以从始至终一颗子弹都没有射出来。把暗杀的消息泄露给神冴和弥，让他迅速抓住狙击手的，也是她。”

我听着她的话，双眼瞪得老大，身体像是麻痹了一般动弹不得。

“她知道你是目标，预先准备了这本书。从网上搞来子弹，插进书里。虽然是生手的小伎俩，不过只需要在那慌乱的一刹那给你看一眼，就足够蒙混过关了。只不过，不管销毁多少证据，这里还是留下了。”

美亚羽用食指敲了敲自己的头。

“……为什么？美亚羽为什么要这么做？”

我预感到答案，但还是问出了口。她故意用柔和的语气回答说：

“为了成为一个挺身而出保护你不被射杀的坚强女人。”

美亚羽翻开“圣经”，怜爱地摩挲着印刷的文字。

“我变成她以后，一次都没有‘读过’这本书。对她来说，脑科学和哲学之类的东西，全都毫无价值。她只是装作读它的样子，讨你的欢心而已。眼睛看着文字，内容完全不进脑子。”

美亚羽瞥了我一眼。

“那么，你知道她躲着你真正看的是什么类型的小说吗？以前的恋爱小说。WK 的普及让恋爱小说濒临灭绝。自己自然而然具有的感情，就算被人写成文字，又有什么必要去读呢？恋爱的感觉没必要去外部追求，只要品味自己的内心就行了。然而，她迷恋阅读恋爱小说的原因……”

美亚羽探出身子，把脸凑近我，就像是悄悄告诉好朋友秘密基地在哪里的少年一样。

“是因为她要在恋爱小说里寻找能够笼络你的故事。‘冒死保护你’，就是她很喜欢的故事，而且她认为在现实中也可以应用。再加上她同样很喜欢的场景，‘把子弹当作恋人的馈赠接受下来’，就拼成了这种廉价戏剧。”

她把书扔到床上。啪嗒一声，书页合上了。

“在调查菅井的时候，虽然他坚称神冴美亚羽也有参与，但和弥根本没当回事。他说：‘构造出来爱实继的人格，不可能让实继陷身在危险中。’虽然他知道自己说的是谎言，因为他和神冴美亚羽一起捏造了证据。”

美亚羽轻蔑地哼了一声。

“她的大脑确实把爱你和被爱放在最优先的位置。正因为如此，为了这个目的而欺骗你，也被视为正当的。她虽然也注射了抑制攻击冲动的植入物，但为了获得爱情这个最大的目标，也可以做出监禁你、让你置身险地的行为。她虽然被‘对你的爱’束缚，但那也给了她自由，只要与‘对你的爱’有关，那么无论怎样的道德伦理都可以无视。这就是她的本性。”美亚羽得意地笑了。

“那个内向胆小的性格，有多少是演技？当她恢复自己人格的时候，肯定会这么说吧，‘那人讲的全是胡说八道。请不要相信她说的任何话’，眼泪汪汪地拼命向你献媚。她的心机可不输我啊。”

她提高了音调，学起了“神冴美亚羽”的声音。脸上还带着邪恶的笑容。看起来就像是戴着口不对心的面具，令人毛骨悚然。

“好了，听说你是为了埋葬我，为了让她幸福，才把我叫出来的。现在你知道她完全不是个天真无邪的人，是不是很不安？”

美亚羽透过厚厚的眼镜，凝视着我。眼神犹如冰剑，泛着冷酷无情的光芒。我又像从前一样感到刺骨的寒意。那个灵魂，仿佛连我的心都要冻结。但是……

“我很吃惊……不过，没有你以为的那么吃惊。”

她狐疑地挑起眉毛，而我的心情其实非常平静。

“我都知道。那个美亚羽并不是单纯的好人。她更聪明、更富有人性。因为她一直在对我撒很大的谎。”

终于轮到我了。为了不让我的决心动摇，我提高了声音。

“她撒谎说，不想被我——被神冴实继讨厌。北条美亚羽是个不爱任何人的冷血者。北条美亚羽不会爱上任何异性。但那不对。只要分析以前的北条美亚羽的大脑监测数据，就会知道那是撒谎。”

我侵犯了大脑这个最大的隐私。我粗暴地偷窥了美亚羽的大脑。我没有那个权利，也没有那个权限。但我看到她开枪自杀前的病历时，自然便知道了。

“你爱上了那个发现你、邀请你去东亚脑外的男人。你爱上了神冴志恩。你对他产生的不是对养父的感情，而是对异性的恋爱情感。”

这是我的底牌。这一次轮到美亚羽沉默了。

“她隐瞒的事实是，当年自己的大脑曾经爱过并非神冴实继的人。是的，你的大脑中已经存在了一条反馈路径，只要识别出神冴志恩，便会激发异性之爱。你并不是用植入物从无到有构筑了恋爱情感的反馈路径。子弹射入大脑之后，改变了激发恋爱情感的神经元。你只是替换了‘恋爱对象’。”

神冴美亚羽害怕的是，自己对神冴实继的爱，被我发现是在利用“对志恩的爱”，从而引发我对她的厌恶吧。

“当年在那个结婚仪式上，你曾经用凶器指着我，差点杀了我。那时我把它解释为你的阴郁心理和反复无常，但那是极大的误解。你在那地方杀人，这件事具有决定性的意义。如果当天你在那里杀了我，之后会发生什么？神冴和东亚的全面战争吗？不，没有那么长远的目标。你想要的只是打断结婚仪式。只要打断了结婚仪式，志恩与他的未婚妻之间互相把植入物射入对方大脑的行为，就会暂时推迟。一旦用 WK 将对某人的爱烙印在自己的大脑里，便会一辈子生效。美亚羽就是那样。你必须想办法阻止神冴志恩结婚，抢在成为志恩妻子的女人用你发明的 WK 夺走他的心之前。只有一点我不明白，你明明可以不用这么迂回的手段，为什么没有直接把你的想法告诉他呢？”

“够了。”美亚羽打断了我。

“因为我不能说。否则，一切都会结束。”

她的语气中已经没有了棘刺。

“我父亲无法理解他人的感情。喜悦、愤怒、悲伤、幸福、爱情，全都无法理解。他天生是个感情迟钝的人。他唯一知道的，只有自己的内心与他人不同的事实。”

我尝试回想在那个结婚仪式上看到的志恩是什么样的人，但想起的只有如同推销员般柔和的笑容。

“父亲之所以做出那么大的业绩，也是因为想要有朝一日，通过植入物将自己没有的‘人类感情’植入自己的大脑。他想成为一个人。就是这样。”

她忽然抬头望天。灯光在睫毛上舞动，她的脸显得比平时更加美丽，但也更加忧郁。

“你知道遭受诅咒、身体漆黑的天鹅，为了逃避孤独，做了什么吗？

“这是第一次见到神伢志恩的那天他问我的问题。答案简单得令人发指。‘既然自己无法变白，那就去改变其他天鹅。’他朝其他所有天鹅泼黑漆。他相信那样自己就不会被排斥了。

“听到我的回答，他回过头来，脸上闪耀着惊讶和喜悦的光芒——至少看起来是那样的。

“他说：‘接下来是第二个问题。很久很久以前，有个人不知道自己什么时候该笑，什么时候该哭。他在自己大脑里装了一个机器，让自己能理解人类的感情，于是变得会哭会笑了。但是，他的内心并不高兴。他知道，自己并不是真的和其他人一样，能够在生活中体会到情感，而是借助机器的力量蒙混过关，这令他感到隔阂。他为此烦恼不已，最后终于找到了让自己不再孤独的方法。那会是什么方法呢？’

“‘把那个机器放到所有人大脑里就行了。让世界变得适合自己。’我回答。

“他激动地叫了一声，朝我伸出手。

“‘回答正确，小姐。可以的话，你愿意帮助黑天鹅吗？’

“后来，父亲告诉了我。他之所以离开神伢脑疗，是因为医师联络会强迫他向自己的大脑注入冷漠结构，阻碍一切植入物，就像你一样。他不能容忍自己成为人类的手段被剥夺。”

人类这个词，讽刺般地用了重音。

“父亲孤立于拥有丰富情感的人类社会之外，因为他很难真正理解爱情和亲情。他想给所有那样的人植入情感，因此埋头于研究中，仿佛对他人毫不关心一般，还把那个用故事中消除了感情的人物的名字给自己起名的少女放在身边。”

“认为是自己的同类？”

她露出寂寞的笑容，点了点头。那样子不像北条美亚羽，分明像是神冴美亚羽。

“他的判断是错的。我一下子就被他的灵魂吸引了。但我知道，如果我说出自己的想法，那一切都会崩溃……我无法成为‘圣经’中的登场人物。”

她深深叹了一口气，像是卸下了长期背负在身上的包袱似的。接下来的话，不像是说给我听，而是说给她自己听的。

“之所以在外面也要穿白衣，是要用古怪的打扮做自己的铠甲。普通人的小伎俩而已。憧憬着超脱与豁达，强行否定感情，为了寻求自己的安身之处不惜破坏世界这样的人不可能像故事中的美亚羽那样。憧憬她，冒用她名字的人，其实只有一个距离她最远的凡庸灵魂。我只是个跟在破坏者后面的影子罢了。”

她恐怕是在说自己名字由来的那部作品吧，我不太清楚。但我能理解的是，她并不是个不食人间烟火的人。

她只是个在永恒的单恋后失去了爱人，自己选择死亡的柔弱之人。

“利用酶与植入物构建的系统，技术上可以让我和她交替生活，但我并不想在失去父亲的世界里活下去。”

然后，她又一次恢复了她特有的恶毒语调。

“所以，你故意把我复活出来，指出我对父亲的爱，以此嘲笑我吗？笑我是个低俗平凡的人，想和这个没有了思念之人的世界诀别？”

“不是。”我回答说，同时看了看手表。剩下的时间不多了。必须完成将北条美亚羽召唤回这个世界的最大目标。

“为了让神冴美亚羽幸福，我必须弄清一件事。我必须知道我的想法是否正确。”

我知道自己的语气变得激动起来，却无法控制。

“直到你出现在我面前，我才终于相信，我无法爱上神冴美亚羽的原因，并不是因为我怜悯‘通过植入物爱上他人的人’。真正的原因是，我爱的是你，北条美亚羽。”

时间停止了。美亚羽没有任何回应，夕阳的阴影掩盖了她的表情。房间里唯有寂静，宛如凝固成照片的风景一般。我趁着自己还没有停止呼吸，再一次回想刚刚亲口说出的那句话的意思。

第一次相遇时，她想要我的命，而我为什么没有对任何人说呢？对于康复中的她，我为什么要伸出援手呢？她在将要被注入抑制攻击性的植入物的时候，我为什么要保护她呢？看到变成无害人格的她，为什么想要让她复原呢？为什么宁肯让神冴美亚羽哭泣，也要强迫她使用植入物呢？为什么？

那是因为，我爱上的不是那个美亚羽，而是这个美亚羽。

是想要改变世界的野望吗？是深不可测的知性与渴望吗？是想与命运抗争的冰冷而坚强的眼眸吗？是将自己的大脑都用作复仇工具的决心吗？还是所有这一切？我不知道。但是，此刻面对着她，我知道自己的心怦怦直跳，脸颊发热，声音颤抖。

“我身上发生的故事，并不是关于人类身份的思辨。只是某个女人对我有好感，但我对另一个女人心有所属的恋爱故事，仅此而已。”

我无法回应植入物制造的爱情。我一直这么说、这么写，其实都是对自己的欺骗。嘴上说着神伢美亚羽和北条美亚羽只是“情绪”的差异，却又将神伢美亚羽作为一种“人格”，想要将之恢复成北条美亚羽。这种诡辩的源头正在于此。因为我喜欢的是北条美亚羽，所以希望神伢美亚羽消失，我不想正视这个以自我为中心的傲慢的自己。重新阅读自己所写的文章，我发现自己的逻辑充满矛盾，发现自己宁愿自相矛盾也要恢复北条美亚羽。因为我无可救药地爱上了眼前这个戴着厚厚的眼镜、身穿白衣的女人。

“我爱你，北条美亚羽。我想听你的回答。”

“答案你早就知道了。因为你看过了我的大脑数据，基于数据恢复大脑状态，才重现了我。神经元在识别到某个特定对象时，会激活掌管何种感情的区域，你全都知道。”美亚羽无奈地摇了摇头。

是的，我看过她的病历。所以她头脑中的答案，我已经知道了。但是……

“我必须从你口中听到答案。否则我将永远无法摆脱。”

这次的沉默不是几十秒就能结束的。床上的美亚羽纹丝不动，时间一分一秒地流逝着。但我并不急着要她回答。窗外终于没入黑暗，只剩下一片黑色。新月没有什么光芒，也看不到路灯的光线。静静包裹时间的漆黑很快就会笼罩整个世界吧。

风，拍打着夜晚。

“我，不会爱上你。亲眼见过你之后，我再次意识到，你是连父亲的万分之一都不及的劣质副本。是的，虽然你和父亲的相貌如此相似，简直让我想要杀了你，但内心却天差地别。我现在依旧深爱着神伢志恩。我给你的回答是：拒绝。”

我一下子没了力气，是失意，还是解放呢？明明在提问之前就知道答案，但自己的身体还是如此坦诚地表现了出来，这令我意外，也令我羞耻。

“有可能破坏世界的人，先走了一步。你没有破坏世界的力量，也没有那份意志。所以我不会被你吸引，也不会爱上你。这是无可动摇的真相。”

这是我初恋的终结。我仿佛感觉到两个自己，一个是心中涌起火热旋涡的自己，另一个是极度冷静地站在远处眺望这一切的自己。眼前的女人不爱我，这一事实得到了脑科学与恋爱故事两方面的证明。我感到轻微的眩晕，试图抓住某种可能性，但即使如此我也明白，我这一生绝不会产生像志恩那样强烈的冲动，为了自己的安宁，便要破坏整个世界。

“我完全无法理解你为什么会被我吸引，”她耸耸肩，“不过，那个女人——神伢美亚羽，不知道为什么，知道你爱的不是她，而是我。没有任何根据，只是直觉。”

我不禁啊了一声。美亚羽似乎对我的反应很满意，轻轻笑了起来。

“关于人类心灵的微妙之处，她应该比我更了解，虽然她对你隐瞒了这一点。我现在穿的这件白衣，她也想悄悄扔掉，你知道吗？因为她觉得，‘留着那个女人的气味’。生物学上是同一个人，但还是这样嫉妒我，这到底算是理性还是感性？虽然也是我的大脑，但实在无法理解。”

与从容不迫的话语相反，她开始睡意蒙眬地揉起了眼睛。

不知不觉中，呼吸也变得深沉起来。在酶的作用下，大量植入物分解的过程给她的大脑施加了很大的负荷。很快她就会失去意识，再度醒来时又会变成“神冴美亚羽”。而“北条美亚羽”将从这个世界上永远消失。

“到头来，你召唤我出来，只是让我甩了你。只是把负数变成零而已。这并不是说你会喜欢上神冴美亚羽。也许你会有新的恋人。而且，我还把她隐瞒的事情告诉了你。”

美亚羽的笑容更明显了，挑逗般地舔了舔嘴唇。

我下定决心，必须向再度醒来的“神冴美亚羽”提许多问题。真正喜欢的书。为了笼络我而使用的手段。关于北条美亚羽，关于我，究竟是怎么想的。也许她会回答我，也许会和过往的态度一样，用演技敷衍过去，但我还是要问。因为我对她一无所知。我必须再一次见到她。于是，我自然而然地说道：

“明天的我不是今天的我。我也许会爱她，也许不会爱她。有人说过，我的大脑永远是自由的。”

我夸张地耸耸肩，因为我对自己的话感到害臊。

“自由，自由……”美亚羽反复念叨了几遍这个词，忽然扬起了嘴角。

“想得美！”

美亚羽狠狠瞪向我，右手刹那间伸到毛毯下面，掀开毛毯的同时，一把枪抵住了我的额头。这不是WK那种注射植入物的玩具般的枪。

“你在惊讶什么，神冴实继？”美亚羽一气呵成的动作让她也气喘吁吁起来，但对着我额头的枪头却纹丝不动。射击般的视线也没有丝毫变化。我动弹不得，连眨眼都不行。一切都过于出乎意料，我无法理解发生了什么。

“为什么……做这种事？”我终于从颤抖的嘴唇挤出短短几个字。

“这是必然的。你不是偷窥了我的大脑吗？我的心里依旧充满了对你的憎恨，就像神伢美亚羽的心里充满了对你的爱一样。这是让我和她双赢的办法。用这个打爆你的脑袋，就可以让我从你脑中永远消失。你会死在这里，下辈子你就终于能爱她了。好主意吧？这把枪，是东亚脑外最后的发明。”

“……这不是发射植入物的枪吧？”

“我可是东亚脑外的开发部主任，我的东西当然是东亚的王牌。”

我的额头开始渗出冷汗。她狂乱的心跳仿佛透过枪传了过来。当然，那只是错觉。我的内心某处有个声音在说，她唐突的行动可能是因为神志不清吧。但那直视着我的坚定眼神，明白无误地告诉我这个推测并不正确。

啊，美亚羽肯定从一开始就想这么干。她要用这把枪破坏我的大脑。

“你会永远忘记我，永远爱上神伢美亚羽。这是为此准备的子弹。安心毁灭吧。”

她指着我的，不是玩具般的枪，而是名副其实的玩具。她伸出食指，竖起拇指，剩下的三根手指握在一起，像小孩子一样，用自己的手做出枪的形状。她非常严肃地竖起拇指，用食指顶住我的额头。没有子弹，没有植入物，也没有能够射出有形之物的枪口。没有可以摇撼灵魂的撞针，也没有能够破坏世界的扳机。

但是枪声响了。在因植入物的停止而不断消逝的意识中，试图改变世界的女人，为了留下小小的魔法，在最后一次呼吸中，微微动了动嘴唇。那声音比吐气更加微弱。

“砰。”

她的头微微垂下，嘴角还留着笑意。我紧紧抱住她。

那双嘴唇已经不动了。眼睛紧紧闭着。

现在，让她成为她的植入物，正在逐一停止吧。而她大脑中的意识，也像倒塌的多米诺骨牌一样，开始描绘新的图案。新的图案虽是过去曾经存在之物的变形，但绝不是同一个东西。她与她之间有着遥远的距离，比今天的自己和明天的自己之间的距离更为遥远。她们是不会相遇也不会理解的陌生人。

美亚羽。我献上手枪的女人。献给我手枪的女人。我爱的，不爱我的女人。爱我的，我不爱的女人。无法相容的两个人。现在，在我的臂弯中静静沉睡的，是哪个美亚羽？我自己也不知道。我对大脑，对爱情，都没有理解到能够弄清这些事情的程度。只是，也许，她此刻流下的泪，是一个美亚羽为另一个美亚羽流下的。

这一次，你终于真的读完了说明书。文件关闭了。

规格书中并没有记录最关键的结局。

神冴实继有没有基于自己的大脑，基于不可侵犯的自由，爱上神冴美亚羽？或者正因为自由的缘故，到最后也没有爱上神冴美亚羽？说明书中并没有记录。

但是，你不需要结局。因为你已经知道了这个故事的结局。

走廊里忽然传来声音。一直在埋头阅读说明书的你，没有注意到声音的靠近。不过现在，透过书房的门，你清楚地听到了它。那是轮椅在地板上滚动的声音，还有跟随在后面的脚步声。

很快，书房的门开了。你跑到他们身边。你飞快地转动脑袋，思考该如何为自己发现的秘密而道歉，又该如何恳求他们的谅解。

你知道这个故事的结局。

因为你就是这个故事的结局。

神圣铁处女

鞠奈姐姐：

金秋时分，甚念平安。横滨入夜便有切肤之寒，已经到了打掛[1]不可或缺的日子，不过怕热的姐姐必定还像空袭那日一般，穿着纤薄的衣服，浑然不惧寒意吧。单是想象一下，我就仿佛要打喷嚏了。

已经有一年时间没有给姐姐写这样的长信了，赠送外套时也只是打了电话，而且给姐姐的书信通常要怎么写，我也忘记了。我带着紧张与困惑交织的奇妙心情，戴上姐姐送我的银丝眼镜，拿起钢笔。

回想起来，姐姐刚到汉堡的时候，我也曾三天两头给你写信呢。只是姐姐马不停蹄在欧洲各处奔波，书信怎么也追赶不上。如果没有军方负担电话费，我们早就要破产了吧。

当然，虽然我总觉得不能当面交谈就无法袒露真心，不过在喜欢说话的姐姐看来，电话远比书信自然，也更亲切吧。姐姐真是懒得动笔呢。

不过话虽如此，我也不太愿意去想柏林和横滨、布鲁塞尔

1 日本女式和服的一种。——译注

和横滨之间数小时的电话费会有多少钱。与姐姐惊人的活跃相比，我这个只会做点琐碎家务的懒人，终究会对宗像先生心怀畏惧。虽然姐姐肯定会批评我说“那种小事根本不用在意”。

回想起来，从幼年时开始，姐姐就对自己的行为举止毫不在意，连睡姿都改不过来。即使有人很失礼地说“姐姐粗枝大叶、妹妹沉着稳重”，你也满不在乎，但又大方温柔。也许正因为姐姐是这个样子，所以才能轻松承担起扭转局势的重任吧。

我至今都能回想起来，十几个人，都是老人和孩子，挤在防空洞里，在悄悄逼近的寒冷与远处的轰炸声中颤抖不已。那就像是发生在昨天一样。风呼呼地吹，我们只有十二岁，当时高畑先生和光郎也只有六七岁，他们先哭了起来，然后情绪就像蔓延的野火一样，不要说更小的孩子，就连和我们差不多年纪的孩子都开始放声大哭，哭泣传染着，老人们费尽力气安慰大家，简直像是地狱一样吵闹。

至于我，我当时听说燃烧弹也落到了工厂那边，就急着去问小野田的奶奶，想知道母亲是不是平安。满脑子想的都是这件事，所以一点忙都没帮上，真是愧对大家平时给我沉稳的评价。但是，坐在我身边的姐姐不一样，你原本对周围的躁动充耳不闻，一副昏昏欲睡的样子，突然睁开眼睛，刷地站起来。我下意识地伸手去拉你的衣摆。

那是因为，姐姐平时总是大大咧咧的样子，所以我担心你会对别家的小孩子挥拳头让他们闭嘴，就像有一次你去抱小猫，结果用力太大把它弄死了一样。

所以当姐姐抱起光郎的时候，我惊讶得倒吸了一口冷气，同时也对自己的偏见感到羞愧。光郎吵得厉害，连高畑的外婆都安慰不了。但是很快，原本还像被蜜蜂蜇了一样哭闹不休的光郎，如同断了发条似的闭上嘴巴，满脸的泪水也停了。他抬头望着姐姐的样子就像刚从梦里醒来似的。我记得，那个场景让老人们都目瞪口呆。

但是，姐姐的行动还不止这个，你一个接一个地抱紧孩子们，刚刚还在哭闹不休的小家伙，都变得像是十几岁的小大人一样稳定下来，也都不再哭泣了。那像是在表演某种奇术一样，让我想起年幼时父亲带我去剧场里看的魔术。

防空洞里的哭声消失的时候，轮到老人家们纷纷惊叹起来，都在半开玩笑地说，小鞠奈要变成全国第一的奶妈了呀。而姐姐又打起了盹，就像刚才睁开眼睛时一样毫无征兆，让我又是自豪又是羞愧，甚至连母亲和工厂的事情都忘了。

啊，不知不觉闲聊了这么多。写信的时候我就会变得比姐姐还话多，这是我的坏毛病。这件小时候的事，也不知道和姐姐说过多少次了。但它给我的印象太深刻了，不管说多少次都说不够。

回首往事，姐姐总会让我大吃一惊。

在心理研究室的那天，我正准备离开，姐姐抢先一步从椅子背后跳出来，吓了我一跳，把实验用的人体模型都碰倒了。还有前几天，看到姐姐慰问巴黎的死囚收容所的新闻，我连报纸都吓掉了。姐姐的行动，是我这样平凡至极的人完全无法预想的。奔放、快乐、开朗、健谈、热闹、永远在笑，每个人都喜欢。这样的人，竟然是和我有血缘关系的姐妹，想想都觉得不可思议。

不行不行，性急的姐姐肯定着急坏了，所以我也该进入信的正题了。

说到正题，我想用一种有些矫揉造作的方式来说，也就是姐姐读到这封信的时候，我已经不在人世了。这封信送到姐姐手里的日期，应该刚好是我死后的第二天。

怎么样，吓到了吧？

我刚刚死在姐姐面前，信随后就送到了。而且信里似乎很清楚自己的死亡和死期。如果能让姐姐瞪大眼睛，那么这个恶作剧还是有价值的。遗憾的是，我没办法看到姐姐此时的表情了。如果可以的话，我真想亲眼看看姐姐那个永远挂着可爱与天真微笑的嘴角，是怎么因为惊愕而扭曲的。

愚见以为，让姐姐停下来，偶尔吃惊一次，也能对今后的你稍微有点帮助吧。所以，我还安排了几封信，以后会陆续寄给姐姐。

既然我坦白了自己的计划，那么姐姐自然也应该知道，我的突然死亡并非意料之外，而是计划之中的事。所以，在收到下一封信之前，请姐姐仔细想一想，为什么我会在姐姐面前死去，谁是主谋，谁又是凶手。

不过虽然说了这些，但即使是善于解谜的姐姐，恐怕也会感到无从下手吧。所以这里提示一下解谜的线索：姐姐第一次知道的事。

我再也不用见到姐姐了。仅仅想到这一点，便让我感到发自内心的平静。

那么，在收到第二封信前，请务必保重，不要弄坏了身子。我希望让姐姐更加惊讶。

之前送给姐姐的外套，请尽快丢进火炉里烧掉。因为姐姐赠给我眼镜，所以绞尽脑汁送了回礼。但那种成熟的时尚服装，根本不适合姐姐。

本庄琴枝

鞠奈姐姐：

上封信后，姐姐过得可好？

距离我殒命刚刚一周时间吧。当然，如果姐姐早早克服了我死亡带来的冲击，又去各地慰问的话，收到、读到这封信，应当是很久以后了吧。

我在第一封信中写了那些奇怪的话，给姐姐的心灵带来了沉重的负担，然后又让姐姐等了这么久，也许有点太坏了。如果万一姐姐因为我的故弄玄虚连饭都吃不下去，那就很严重了，所以你千万不要感到后悔或者懊恼，不要胡思乱想自己到底做了什么让我生气的事情，或是有什么能够拯救我生命的方法等等。并不存在任何一种能让我不死的方法。或许，从姐姐和我生为姐妹的那一天开始，这样的宿命就已经定下了。

啊，我又只顾着想象，信笔乱写了。对了，如果那个防空洞里的孩子们当中，没有宗像少佐的侄女，也许我们的诀别可以推迟一点，不过事到如今再说这些也没有意义了吧。

不知道有没有和姐姐说过，第一次在母亲的病房外遇到宗像先生的时候，我非常非常害怕。那一天好像是学校为了准备集体疏散而休息的日子。我提心吊胆地走在医院的走廊里，因为在与母亲的病房相隔两间的病房里，聚集了一群与这里格格不入、脾气暴躁的年轻人，总是大喊大叫，给周围人添麻烦。那间病房旁边有两三个眼神很凶的人，我胆战心惊地走过他们身边，好不容易来到母亲的病房前，宗像先生如同哨兵一样站在外面。

如果他是表情严肃、看上去就像很专横的军人，那么我也可以很谦卑地讨好他。但是他却用那种姐姐也熟知的笑容，像对亲戚的孩子一样朝我点头致意，这让我产生了无法言喻的不祥预感。

“我是陆军的宗像清一大尉，本庄鞠奈小姐就是你吧？”

他用冷静的声音这样问我的时候，我不知道他找姐姐有什么事，不禁很不安，几乎不知道如何回答。如果不是已经在病房里的姐姐回答说“是我，那边是我妹妹琴枝”，我可能会像个傻瓜似的一直呆呆站下去吧。我们走进病房。姐姐和宗像先生在已经睡着的母亲病床旁边开始交谈，我却怎么也说不出话来。

“你们俩都是十二岁的年纪，看起来却都这么聪明，我在这个年纪的时候还只是个流鼻涕的小子，根本没办法比啊。”宗像先生说着话，爽朗地笑了起来。我一度以为自己把他想得那么可怕可能是误解，但他连我们的年龄都做过调查，反而让我更加起了疑心，眼睛一刻都不肯离开他坐在椅子上的身影。宗像先生开口说话的方式，也像是装作闲聊般若无其事的样子。

“哎呀，我来主要是为了我的侄女。她比你们小六岁，总是因为一点小事哭个不停，比如肚子饿了之类的，简直像是被什么爱哭鬼附体了一样，父母都拿她没办法。但是自从空袭那一天开始，她整个人就像变了一样，又听话，又伶俐，这反而让她父母很担心，怕她出了什么状况。而且传闻说，镇上好些孩子都像是变了个人，都成熟起来了，连小宝宝晚上都不哭了。

“不管怎么说，事情都很奇怪，于是我去问了孩子们的爷爷奶奶，得到的回答也很奇怪，说是因为本庄家的女儿照顾过孩子。我还是半信半疑，但又听说，只是把那个孩子带到了邻镇的孤儿院里，那些让大人都束手无策的爱哭鬼，也全都变得规规矩矩老老实实，像画出来的乖孩子一样。这就让我很想亲眼看看到底是位什么样的魔术师了。”

宗像先生的话里，有几处让我吃惊的地方。首先，我第一次知道被姐姐抱过的孩子不但会停止哭泣，连脾气都变了。至于空袭那天之后，姐姐受牧师的邀请去孤儿院的事情，虽然我也知道，但只听姐姐说那里都是些很可爱的孩子，而实际上好像是个挺有问题的地方。这些都让我非常惊讶。

但话说回来，我也很疑惑，一名军人为什么会对这种无聊的话题有兴趣呢？接着往下听，我的疑惑越来越大。

“隔了两个病房的那个年轻人啊，半个月前因为腿断了住院，其实是个很烦人的家伙。他掌管着这一带的赌场，总是有手下人进进出出，经常因为一点琐事就对来探病的人拔刀相向，虽然很想赶他出去，但也怕事后报复。唯一的优点是治疗费支付很及时，但那些钱的来源也很可疑。”

宗像先生突然说起了似乎与我们毫无关系的患者，不过现在回想起来，可能也是在试探我们的价值吧。

他又说：“但我也常常觉得，世上应该没有天生的坏人吧。他很早就失去了父母，只能靠敲诈勒索生活。他从小就不知道什么是父母之爱，这让他走上了邪路。如果能给予他爱，也许可以改变他的精神，令他走上悔改之路。所以，如果鞠奈小姐愿意的话，能不能给他一个洗礼呢？”

这就是所谓的滔滔不绝吧。我入神地听他一口气说完，才忽然意识到他是想利用姐姐的某种未知的力量。一名军人出现在这里，只是为了让一个误入歧途的人改邪归正。我感到阴谋的气息，向姐姐递了一个眼色，但也不知道姐姐有没有察觉。姐姐毫不犹豫地回答说“好的”，于是宗像先生表示了感谢。大约是觉得我不太好搪塞，又说了几句好话。

“不用担心，如果有什么危险，我会马上制止的。如果不放心，琴枝你也一起来看看吧。”听到这话，我感到自己的心思完全被看穿了，只能唯唯诺诺地答应下来。

隔了两个房间的病房，在外面都能闻到烟味。我们两个躲在走廊里一台手推车的后面，看着宗像先生赶开众人走进去，紧张得喘不过气。宗像先生走到那个年轻人的病床旁边说了些什么，不久之后姐姐也走了进去，这场面真让人十分忐忑。从远处看，那个年轻人盘腿坐在床上，面相凶悍，目光锐利，但姐姐却假装脚下绊到了什么，自然而然地扑过去顺势抱住了他，那真是不输专业舞台演员的冷静。

年轻人很是意外的样子，带着困惑和怒气“喂”了一声，伸手想把姐姐拽开，但旁观者都明显看出那只手失去了力气。他被姐姐抱在怀里，像是被附身了一样，眼神涣散下来，脸上的表情难以言喻，仿佛想起了遗忘已久的过去。

姐姐突然放开手，抽回身子，一边挠头一边说：“对不起，我绊倒了。”年轻人则用温和平静的声音说：“没关系，不用在意。”这真像是歌剧中美妙而令人感动的落幕。

顺利解决了这件事，宗像先生似乎很满意，之后给了我们好多年都没吃到过的金平糖，还给母亲送了慰问金。只是他的眼神比以前更锐利了。

宗像先生走了以后，我刚刚舒了一口气，姐姐便问我是不是喜欢他，这个出乎意料的问题让我慌了手脚。我明明还不相信宗像先生，不仅刚才一直盯着他看，还检查了装金平糖的袋子，寻找有没有什么可疑的地方。

然后到了第三天，躺在病床上的母亲说，那个病房的年轻人去向警察自首了。自首的案子是半个月前惹得满城风雨的宝石商谋杀案。听到这话，我吓破了胆，但姐姐却并没有显出特别吃惊的样子，只是坐在窗台上晃着腿，动作很危险。

现在回想起来，宗像先生一开始还对姐姐的能力有所怀疑吧。他大概早就知道那个年轻人是抢劫杀人的凶犯，如果一切都按计划发展自然很好，如果没有得到想要的结果，那就不用再管这个十二岁的少女了。但是亲眼看到了姐姐的能力后，他立刻就做了安排把我们吸收进去，确实是个坚决果断、不可小看的人。即使没有遇到姐姐，他也会成为一名富有能力的帝国军人吧。宗像先生能在短短的时间里从大尉升为少佐，肯定也不仅仅是因为姐姐的力量。

哎呀，我又像以前一样写了一大篇。接下来的事情就写在下一封信里吧。其实我是继续接下去写的，不过姐姐就需要再等一段时间了。在收到下一封信之前，祝愿姐姐无病无灾。

本庄琴枝

鞠奈姐姐：

距离我殒命终于到一个月了吧。虽然这么说，对托付寄信的人也再三嘱咐了投递时间，但姐姐读到这封信的日子，想必也不会完全符合我的预计。至于我，距离写完第二封信还不到半小时。我坐在废弃的研究室里，带着对寂寞的少许惧意，一边回想往事，一边写下这封信。过去曾有那么多的学生、医师、技术人员在这里忙碌，如今真是难以置信。

只是，宗像先生安排我们参观的这个心理研究室，或者说洗脑研究室，虽然研究的是洗脑和催眠这些很可能涉及军事机密的内容，但从我们这样的孩子也能进入（虽说是特殊待遇）的情况来看，绝不算是重点部门，倒不如说是散发着怪异气息、令人敬而远之的地方。

昏暗的研究室里，井然有序地摆放着体重计、脑电仪之类的测量设备，那景象就像学校的体检一样。那时候让我们惊讶的各种怪异设备中，如今还在的只有一把让客人坐的高背椅子。上面有插着电极、能盖住整个头部的罩子，有点像是烫发用的机器，所以看起来也有点像是理发店。只是，当客人们做过各种检查，坐到那把椅子上的时候，姐姐施展的手段要比理发师神奇多了。

姐姐在面对身上连着各种测定仪器的人体模型、到处插着管线的假人时，就像在玩过家家的小孩子。当把戴着项圈的猛犬和猴子等野兽抱在胸口时，又像是驯兽师。而最让我印象深刻的，终究还是在面对真人时的样子。远远望着宛如圣女般的姐姐与接受洗礼的对象，一种无法描述的念头便会蚕食我的内心，让我无法抑制。

姐姐面对的人，有时是公务员模样的小个子男人，眼镜后面隐藏着混合了卑微与傲慢的眼眸；有时是金发碧眼的异邦人，周身散发出高贵感；有时是蒙眼堵嘴的青年，伤痕累累的身体里充满了愤怒，依然没有放弃抵抗；有时又是神经质的老年女人，信奉邪教似的喃喃念佛。然而所有人都一样，在那之后，便会带着清纯洁净的表情，离开姐姐的臂弯，仿佛灵魂受到了洗涤似的。那景象宛如白日梦一般——不，事到如今也不必隐瞒了，在我看来，那就像是噩梦般的景象。

在我内心滋生的某种东西也许被察觉了吧。我盯着姐姐，看她把招进研究室里的人一个个"治疗"好的时候，宗像先生朝我招手，给我一个麻袋，说请我帮个忙。我就这样被带离了姐姐身边。走在路上，宗像先生告诉了我非常有趣的事情。

你心存戒备也没关系。鞠奈小姐具有的力量确实很突出，不过倒也不是史无前例。把相近的东西放在一起，用数值对它们做比较，这对分析和解释某种能力最为有用。如果将精神看作一种物质，可以通过给予冲击来使之变形变质，那么，给精神带来冲击的能量强度，便能加以量化。我们用意大利传奇圣徒贝尔纳多内[1]之名做它的单位。

我确实是按宗像先生说的，怀着戒心听他说了这番话，不过无论如何，那位圣徒一生探索基督教的真理，最后在受到某

---

1 即圣方济各。——译注

个贫民拥抱的瞬间感受到无上的爱，于是获得天启，理解了真正的教义。所以我听到这话的时候，忽然想到，那个所谓的贫民，也许和姐姐拥有同样的力量。

在实验的间隙，姐姐应该也听过同样的话，不过我想姐姐肯定没有认真对待。但我至今都能背出当时宗像先生说的数值。长期使用毒品是30贝尔纳多内，电击导致的濒死体验是50贝尔纳多内，在没有光和声的密室中隔离生活30天是100贝尔纳多内，而姐姐的拥抱大约有200到300贝尔纳多内。我还得知，这种模拟能量并不是与精神的变质程度成正比，而是与承受能量者的体重有关。也就是说，在给予同样程度冲击的情况下，即使成年人很容易抵抗，但如果是孩子，或者体重非常轻的话，精神就会受到特别大的影响，甚至连生命都会受到威胁。

“所以鞠奈小姐也许能够本能地估算出对方的体重，下意识地调整力量的大小。”宗像先生感慨地说。他指挥我把抱着的麻袋放到研究室一角的圆桌上。那麻袋因为太重，我不得不紧紧抱在怀里。

然后，我按照他的吩咐解开麻袋口的绳子，里面先是传出喵喵的叫声，又探出脑袋和一只爪子。这不是活猫吗？我惊讶地叫了起来，差点被锋利的爪子划到，慌忙后退。

轻巧地跳到地上的猫，甩开一起掉落的麻袋，露出戒备的神色看着我。宗像先生“嗯”了一声，摸起下巴。

“姐妹也不见得具有同样的力量啊，被鞠奈小姐抱过的猫全都老实得很。”听到宗像先生这话，我才意识到自己被算计了。

他的期望确实落空了。我和姐姐不一样，并没有足以改变人心的神奇力量。

宗像先生似乎把我的困惑当成了失望，继续说道："不过你和鞠奈小姐一起生活了这么多年，但看起来并没有受到她的力量洗礼。不知为何，你好像有免疫的能力，有一堵鞠奈小姐穿不透的防御墙。"

既然说到这里，我也不得不坦白真相了。

"实际上从很早以前开始，我就不喜欢被人抱，连父亲母亲的手都会甩开。所以姐姐可能抱过我几次，但大概力量还没生效就被我甩开了。"

"原来如此，这就说得通了。不过你作为她的妹妹，可能天生就有规避这种力量的倾向。那样的话，应该也不会出什么事，不过我会注意的，你自己也留心。"他这么说的时候，我吃了一惊。他看到我的样子，又说："哎，对你来说可能还太早了。"然后他摸摸我的头，流露出比平时稍显寂寞的神色。那天回去前，宗像先生给了我们一瓶汽水，瓶子精美通透，我至今都还记得它的重量。获赠不合时宜的奢侈品让我心生愧疚，藏在衣服下面的瓶子感觉凉飕飕的。

回去的路上，我听到豆腐店的喇叭声。小时候，姐姐吵着想要那个发出奇妙声音的乐器，于是父亲从旧货店买了只二手的喇叭，所以一听到喇叭声，我就想起父亲暖暖的笑容。那隔了一条小巷传来的走调高音，也让我想起父亲温柔的模样，仿佛有什么东西在撩动我的心弦。回想起来，姐姐从小就喜欢缠着父母要抱，或许温柔的父母多少也受到了那种力量的影响吧。父亲和母亲再忙也不会抱怨，看到我们做了错事也不会责罚，而是加以悉心教导。我想起宗像先生安排的女佣似乎会和姐姐保持距离。

想到这里，有一个更加让人不舒服的想法浮现在我脑海里。如果我接受了姐姐的拥抱，变成了一个纯良的人，那这种纯良真的是我自己的东西吗？对了，宗像先生旁敲侧击地问姐姐的力量对我有没有效，那是什么意思呢？我不禁心生恐惧和疑惑。

我偏偏是和姐姐一起走在昏暗的回家路上时想到这些的。姐姐正挥着已经空了的汽水瓶，逗弄电线杆周围飞舞的红蜻蜓。我盯着姐姐白皙的脖颈，像是冻僵了似的动弹不得。忽然姐姐朝我回过头来，带着无忧无虑的笑容问我怎么了，我回答说“没事，没什么”的时候，却在暗暗祈祷姐姐不要看穿我的内心。

不过，我掩饰说，自己想起了父亲给姐姐买喇叭的事。姐姐眯起眼睛说：“真怀念呀，琴枝想要的话父亲也会买给你的。大家这么幸福地生活在一起就足够了，再也不需要别的什么了。”姐姐说着露出了酒窝，我却心不在焉地听着。

现在可以说实话了。从那天开始，我就害怕起姐姐来。比如夜里，在听到姐姐睡觉的呼吸声之前，我都不敢入睡。比如傍晚，宗像先生的亲戚送来麦麸做的点心，脸颊泛红的姐姐抱着点心跑过来的时候，我的脑海中浮现的只有自己转身逃走的画面。但这种恐惧又不能说出口，面对姐姐时的辛苦，如同武道的修炼一般，强烈地撼动着我的内心。虽然和邻居们相比，我们的生活变得非常舒适，但由于学校的朋友们全都疏散去了信州，我待在姐姐身边的时间比平时更长了，这愈发让我喘不过气来。

不久，我无法继续承受自己对姐姐的恐惧，开始更加强烈地祈祷战争早点结束，以为那样一切就能恢复原状了。然而尽管祈祷成真，还是什么问题都没能解决。我和姐姐比起来，果然只是个肤浅的小孩子而已。

我又写得太多了。虽说是燃眉之急，不过为了这封信熬夜对身体并无益处，同时也是为了让自己平静下来，所以请允许我暂时搁笔。姐姐也请多多保重，不要染了风寒。

本庄琴枝

鞠奈姐姐：

如果姐姐等不到这封信，或者说不仅是书信，连妹妹都彻底忘记了，那就最好不过了。

虽然说是唯一的血亲，但让你为一个去世半年的人烦恼，也不是我的本意。整日为同一血脉的姐妹烦恼不安会有多么辛苦，我有着刻骨铭心的感受。

之前寄给姐姐的信中，我已经坦白了自己对姐姐的恐惧。知晓姐姐能力的人应该有很多，但世界上真的能理解我这种恐惧的人，大概只有宗像先生吧。因为研究所里见到的那些人，全都是一副已然开悟的表情。那些告诉我姐姐的力量会在静电的作用下增强，姐姐入睡的时候也能发动能力的技术人员们，也都是一副得道高僧般的神情。恐怕参与宗像先生计划的人员，从上到下全都和姐姐见过面，甚至被姐姐拥抱过吧。

回想起来，社会风向的转变也很奇怪。两三个月前还在高喊“战到最后”的报纸广播，忽然开始明显偏向于厌战和平的言论，甚至在公然指责军方无能时，也没有受到任何惩罚。这到底是自然的变化，还是因为姐姐接触过的对象中已经有了足够高层的人物的缘故，我当然是无从得知的。

无论如何，能将记者、报社社长、议员、军人等各种人士都带到那个洗脑研究所，或者在基地、酒店、议会之类的地方让他们与姐姐会面，宗像先生的手段令人称道。

当我向宗像先生提起这件事的时候，他连连摇头否认。

他说那都是鞠奈小姐的功劳，毕竟只要让一个人改变了想法，那个改变想法的人便会说服十个自己认识的人，把他们带到鞠奈小姐这里。再改变这些人的想法，他们又会带来新人。就像稻草富翁[1]和鼠算[2]那样，转眼间就把这个国家的首脑掌握在手里了。本来只是想改善外交关系，但效果好得过了头，反而让人很是不安。他把头上的军帽摘下来拿在手里，这样问我：

“你还能做出不好的事吗？比如伤害你所憎恨的人？”

宗像少佐问我的时候，端坐在驾驶座上，我坐在他的斜后方，窥见他的目光一如往常满是平静，但也非常严肃。我反复咀嚼他这个问题的含义，然后给出了肯定的回答。

“宗像先生呢？”我反问的时候，他笑了起来。

“你看看就知道了，我做的事情并不是为了国家，也不是为了世人，如果能对得起天地，也就没必要偷偷摸摸的了。所以，一旦我开始考虑自己的所作所为是否有悖于人道，那就不是我了，到那时候就只有靠你了。”

1　日本民间故事，一个穷人从稻草开始，依次交换到橘子、绸缎、马匹、豪宅，最终成为富翁。——译注

2　日本古典算题，求一对老鼠经过若干时日，最终能繁殖出多少只老鼠。——译注

我想，对宗像先生来说，我是他的帮凶吧。自从收养了我们之后，姐姐一直对我们的关系疑神疑鬼，不过直到最后，宗像先生也没有对我表露过一丝男女之情的暗示。

梳妆完毕的姐姐终于从玄关里跑出来，轻盈地滑进车里，所以我没能追问宗像先生的真实想法。

汽车终于开动的时候，我看了看坐在旁边的姐姐。“啊，姐姐的衣服扣子扣错了一个。”我说着不自觉地伸手去摸你衣服的时候，刹那间又战栗起来，不知道你有没有注意到？

当我把姐姐的扣子一个个解开，又一个个重新扣好期间，我脑海中冒出一个可怕的想象：姐姐会不会一时兴起突然抱住我，断绝后顾之忧呢？

然而那时候我也不敢缩回手来。从小时候开始，姐姐扣错的扣子都是我帮着重新扣好的，这样的仪式已经成为家常便饭，所以我担心现在缩手很可能会让姐姐意识到我对你的恐惧。

“好好照照镜子啊。”我说。姐姐说：“抱歉抱歉，下次注意。”这段应该有过无数次的对话，现在在我耳中听来十分空洞和虚无。把扣子解开、重新扣好的简单动作，却让我的手指颤抖不已。我只能祈祷姐姐把这当成是汽车摇晃的结果。

对了，在横须贺送别的时候，我对姐姐说了什么？

哦，好像是说姐姐像个随行翻译什么的玩笑话。

对于背负重任出海远行的人来说，这话大概有些失礼吧。虽然姐姐笑了。

我祝姐姐好运，姐姐说：“琴枝要好好的，我会带你最想要的东西回来。”回想起来，那是我们最后一次面对面交谈了。

宗像先生的部下开车送我回家的时候，我从开着的车窗外闻到海风的气息。去时丝毫没有注意。我这才意识到自己刚才神经绷得有多紧。

一周后，午间广播里传来和平谈判成功的消息。那时我刚好在做精灵小马的手工，正把一次性筷子插进黄瓜里。我停住手，细听新闻。

国家能在没有失去领土领海，甚至没有支付赔偿金的情况下实现停战，果然也是因为姐姐拥抱了他国的什么人吧。

我松了一口气。姐姐该做的事情已经做完了，一切都会恢复原样了，我们也会变回普通的姐妹了。虽然还有一丝不安，但我已经非常兴奋，和女佣交代了几句，便直接出了家门。

街头巷尾都是为和平庆祝的喧闹人群。在电器商店旁边的十字路口，我看到有人在演讲。我在洗脑研究所见过那个壮年男人，他在椅子上坐过。令人吃惊的是，他正在热情洋溢地描述着新世界将会如何如何，周围果然还有好几张曾经见过的面孔。还有小孩子们在发传单，其中有高畑家的光郎、庙里的俊之介、后山的美与，还有一些不认识的面孔，应该都是被姐姐感化的人吧。

我抓起递过来的传单，盯着蒿草纸，恨不得在上面看出一个洞来。传单上写着，演说的男人是个放弃了本土决战思想的上议院议员，在做慈善活动，致力于传播思想，建立一个没有争斗、没有冲突、所有人都能生活在安宁和幸福之中的世界。

停下脚步接受传单、倾听演讲的人，对于这种早些日子还会招来宪兵的行为，既没有嘲讽，也没有冷笑，而是听得入神。当然，这也是因为报纸和广播都在推动宣传非暴力的思想和言论自由的风气。

但我手握传单，因为不同的原因僵立在人群中。

我原以为姐姐是在宗像先生的指示下，为了拯救国家而贡献力量，但是看到这张传单，我的脑海中涌起忧愁的念头：难道姐姐想要改变的不止这一个国家？我掩面逃回家里，本想继续装好精灵小马，但怎么努力都没办法让它站起来。

姐姐与宗像先生一起匆匆去了美国，又马不停蹄前往了欧洲。这应该说是晴天霹雳，还是意料中的灾难呢？当然，国内已经没有人需要姐姐施展力量了，而蛊惑各国首脑和外交官确实符合国家的利益。然而在我心中，宗像先生留下的话还是在不停回响。

这里还要不得不坦白的是，我在和平到来的那天晚上，勉强咽下了一碗黄瓜丝拌面，之后就完全失去了食欲，几乎吃不下什么东西，每天吃饭的次数也少了。女佣再怎么劝我也没有办法。最近这段时间，除了白水和咸菜，我什么都吃不下去。此刻研究所镜子里照出的我就像个幽灵。实际上，我之所以把信分成好几封写，也是因为身体太虚弱，没办法写下很长的文章。

请不要担心。下一次寄出的，是我写给姐姐的最后一封信。不知道送到姐姐手中，会是在一周后、一个月后，还是几年或者几十年之后。恳请姐姐耐心等待。

本庄琴枝

鞠奈姐姐：

金秋时分，甚念平安。终于到了最后一封信。在我死后的两年里，即使邮寄方式有所改变，我想应该也能顺利送到姐姐手中吧。

因为这封信是拜托值得信赖的慈善家邮寄的。他为自己之前犯下的罪过忏悔，并在恩赦之后将自己的财产投入到战争孤儿的食堂运营中。虽然说出他的名字姐姐也未必记得，不过他就是当年与母亲隔了两个病房的那个年轻人。

是的，只要受过姐姐力量的洗礼，即使经年累月，也不会做出违背约定、遗忘誓言的不义行径。

其实，不在一封信里把话写完，而分成好几次寄给你，也是出于一些报复心的。我想让姐姐体会到我所经受过的漫长煎熬。不知道这个愿望有没有实现。就像姐姐总让我吃惊一样，我也让姐姐吃惊了吗？

接到宗像先生的电话时，我失魂落魄。啊，姐姐最终还是对他下手了。电话里他那深不可测、让人感受不到真心的声音，已经完全没有了戾气。至于电话的内容，则是让我把留在家里的研究成果全部销毁。

姐姐发来电报，也是在那个时候吧。“宗像先生的事　抱歉　没有办法”，只有十二个字。不知道是出其不意的袭击，还是趁他睡着的时候，不过可以想象发生了什么。或者，姐姐是让言听计从的人们包围了不曾疏忽的宗像先生，迫使他屈服了。我虽然慌乱，但也早就隐约意识到，那个为了国家利用姐姐的人，迟早会落到姐姐手里。所以不久之后，我的恐惧便被一种“该发生的事情终于发生了”的达观战胜了。

正因为宗像先生对姐姐的力量了如指掌，所以他比任何人都害怕姐姐，也因为如此，才一直把我留在身边吧。既同样知晓姐姐的力量，又没有被那种力量吞没，他把这样的我当作护身符一般珍惜吧。那就是我和他之间的联系。所以分开之后不久，他和我各自走向毁灭，大半也是注定的。

正如我在前面的书信中坦白的，我一直害怕姐姐。但是，就在仅仅几天前，我忽然明白了。其实姐姐也同样害怕吧。

姐姐一定在想，如果自己的力量能改变他人的心，那么这件事迟早会失去控制。如果能让大半个世界都认同自己，那么自己能够抵抗这样的诱惑吗？

因为我们是生活在同一个屋檐下的姐妹。我意识到，尽管我很不喜欢被人拥抱，但姐姐总可能找到机会拥抱我。而姐姐没有把自己的力量用到我身上的原因，是因为姐姐划定了最后的界限。正因为对于使用力量融化人心的行为感到愧疚，所以姐姐才会决定，在以一己之力建设新世界的同时，留下我作为旧世界的参照点吧。

不管做过多少扭曲人心的事，只要还存在唯一一个没有染指、没有改变过的妹妹，就不必背负改写了整个世界的罪责。

就像滚动的雪球尽管意识到自身的危险也绝不可能停止一样，姐姐也已经停不下来了吧。我不知道姐姐是从什么时候开始、基于什么样的想法，决定要构建全新的世界，不过现在姐姐在欧洲看到的都是巨大的战火创伤，和燃烧着熊熊仇恨的人们。向他们继续伸出援助之手是必然的选择，也是不可避免的方法吧。

而我自己，也找不到话语劝说姐姐停手。面对不杀一个人就能纠正世界的人，也不可能有什么更正确的话语。

但是作为妹妹，我拒绝姐姐拯救世界，拒绝姐姐被众人仰慕尊敬，拒绝在姐姐创造的一切都被宽恕的世界里，继续扮演被排斥的角色，继续做那唯一一个不曾受到姐姐的神奇力量洗礼的人。

我想，好几个谜题的答案，姐姐早就知道了。我制订计划，借姐姐的手，完成了我的死亡。

姐姐很温柔。只要我预先通过电报告知自己要去的消息，姐姐就会披上我送的外套，来迎接我吧。姐姐肯定会觉得那件衣服过于暖和、过于显眼，所以应该会在车站出口处等待列车进站。

等到列车一停，我就会从车门里飞奔出来，跑过响着警笛声的月台，一句话不说就向姐姐冲来。只要我满脸愤怒，高叫着你竟然抢我的宗像，同时挥起短刀，姐姐就会被我骗到吧。姐姐直到最后都以为我爱上了宗像先生，真是意外之幸。

不必担心，短刀是假的，即使出了什么意外，也不会伤到姐姐。我弄来剧场里魔术师用的假刀，就是为了这个时刻。我会尽可能用夸张的动作，笨拙地挥舞那把短刀。这样姐姐就会趁我不备，用致命的爱意拥抱我，试图改变我的想法。将之前不曾用在我身上的力量，不得不对我使用出来。

而这正是我的计划。姐姐在给予爱意的时候，如果是根据对方的体重调整分量的话，那么只要让姐姐产生误判，我便可以得到期望的结果。就像是从前姐姐睡眼蒙眬时抱死的那只猫一样。

正如之前的书信里说过的，现在的我瘦骨嶙峋，身体犹如枯枝，风大一点仿佛都会被吹走。但是，在见面的时候，我会在瘦削的脸颊里塞上脱脂棉，给苍白的脸涂上胭脂，用层层叠叠的衣服把身体填充起来。我会精心装扮，不让姐姐发现我的变化。只要选在晚上，也不给姐姐足够的时间，就能瞒过姐姐敏锐的眼神吧。

成就姐姐事业的力量，应该会在姐姐的误判下，让我的身体遭受无法承受的强烈冲击。而且，那力量还会因为外套中的静电而膨胀。当姐姐用双臂紧紧抱住我的刹那，降临在我身上的神圣冲击，应当足以夺取我的生命。当我血液凝固、心跳停止的时候，我会沉睡在姐姐温暖的脖颈与乌黑的长发中吧。

当这个世界上所有的国家、所有的人，都在姐姐的拥抱中迎来充满爱的拂晓，就让我作为被姐姐的拥抱杀死的唯一一个人，在世界的彼岸见证这一切吧。我相信，只有当我们再也不会见面、再也不必扮演虚伪的安宁时，我和你，才能做回原先的姐妹。

不过，我也有着微薄的希望。或许在我死后，姐姐将无法继续如同从前一样拥抱他人了。用与杀死亲生妹妹同样的手法，将世界引向善良。这样的内疚也许会让姐姐无法继续使用能力。如果我的死能像诅咒一样纠缠姐姐，让姐姐再也不能使用那种力量，那么我牺牲的生命也算是有意义的。尽管我也知道这是愚蠢的想法。

姐姐是在哪片天空下阅读这封信的呢？欧洲的天空，还是祖国的天空？

请原谅我先走一步的不孝。

还有，请原谅我选择死在你臂弯中的无礼。

我仰慕你。

本庄琴枝

奇点时代

在灵魂都要融化的酷暑之夜，六七亿人的眼睛，都在注视着一个已死之人投出的硬币，看它落在桌上停止旋转后是正面还是背面。硬币在空中停留长达八年之久，而抛出这个硬币的赌徒——那个将西方诸国的资本全数集中于人类登月计划的总统——已经不在人世。合众国的领袖，已经从民主党员更迭为共和党员了。

是的，历时八年！过于漫长的岁月。自从 1961 年肯尼迪发表演说宣布十年内要让人类踏上月球之日起，合众国的民众便陶醉在对宇宙的狂热之中，同时又总怀着惴惴不安。在东西方的陆海空力量势均力敌的今天，称霸宇宙空间的阵营无疑将掌握霸权，而新时代的领土争夺，也将在轨道乃至月球上演。因此，以举国之力推动阿波罗计划的决断，是赢得东西方冷战的正确选择。西方人民相信这个合理的结论，或者说服自己相信。然而在肯尼迪遇刺、约翰逊退位、尼克松继承计划的过程中，看到铁幕另一侧的阵营始终保持着令人悚然的沉默，人们不禁开始怀疑自己是否真的选择了正确的道路。民众、军人、政客们，没有任何人心怀确证，只能在两条岔路中的一条上埋头前进。对于迷途的羔羊而言，八年的路程实在是太漫长了。

但是现在，他们的不安即将消除。现在，就是现在！

持续已久的焦躁即将结束。全世界的人们，都在通过电视或收音机，等待自由主义在赌博中获胜的瞬间。

炎热的夜晚。

也许，西方所有国家的酒馆都是这样。就连得克萨斯州偏僻的乡村酒吧里，电视画面中传来解说员的声音，欢呼声、笑声、喝彩声还有碰杯的声音，混合着热气，装点着值得庆祝的夜晚。虽然来客不到二十人，但也是开业三十年来最多的人数，这项记录估计未来也不会被打破吧。座位不够，有人坐在酒桶上，也有人靠在墙壁上，甚至还有人坐在吧台上，所有人都酩酊大醉，弥漫的酒香仿佛是客人们的热情把酒瓶里的美酒气化了似的。只有一个清醒的人，他是某个常客的儿子，为了观看历史性的电视直播而跟随父亲来到酒吧的少年。他的视线和店里的醉汉们一样，热切地盯着吧台上那个显像管电视机的外凸画面。

安装在登月舱上的照相机，还有阿姆斯特朗船长随身携带的照相机，拍出的每一幅画面都引发了欢呼。他们见证了全部的历史。他们看到阿姆斯特朗船长走下舷梯，看到奥尔德林宇航员蹬腿跳起，看到两个人在月球大地上留下清晰的足迹。

然后，当两个人将星条旗插在月面上的时候，昭示自由主义社会胜利的象征永远飘扬在稀薄大气中的时候，将近七亿人，在他们目不转睛注视的那个画面中，看到了“它”。

插在月面上的旗帜，他们所熟悉的星条旗，突然间就像是变魔术一样换了图案。星星与条纹的图案变成了镰刀、锤子和齿轮。虽然黑白屏幕显示不出色彩，但对于未曾忘记敌对阵营威胁的人来说，那旗帜显然是红色的。

噩梦不止一个。在“老鹰”登月舱的旁边，忽然毫无征兆地出现了一尊铜像。铜像举着一只手，仿佛早在几十年前就庄严地矗立在那里似的，与登月舱差不多同样高度。

一开始，没人理解到底发生了什么。所以就像西方国家所有的酒馆一样，得克萨斯偏僻乡村里的这间酒吧，也被冰冷的沉默覆盖。

尼尔·阿姆斯特朗，几秒钟前还是人类的英雄，然而接下来的大半生都将像个小丑一样生活在无所遁形的失意和绝望中。唯一的安慰也就是他跪倒在月球上的身影没有暴露在众目之下吧。就在两位宇航员惊恐得不知所措的时候，电视台迅速切换了画面。澳大利亚天文台转播的月面影像，变成了一间煞风景的办公室。一个将满头白发梳到脑后、看起来脾气相当暴躁的男人坐在椅子上，对着屏幕说着什么。他的声音尖锐刺耳。办公桌上放着一个不明物体，是个金属做的人头。它表面光滑，像是铝制品，卵形，没有五官，似乎是人偶的零件。

男人说的不是英语，而是俄语，所以英语圈的人们需要等到第二天新闻报道后才知道发生了什么。加之平日的信息管制，更没有多少人知道演讲者是谁。

但是，即使语言不通的人，也明白演讲的主旨。看到月球上突发的变化，自然知道那是他们无法理解的技术所造成的。所以他们明白了，一直抱有的恐惧并非幻想，另一条道路才是正确的。酒吧中的人们终于能够开口说话，然而从他们口中溢出的都是诅咒、憎恨、困惑和失落的呻吟。少年还在盯着电视画面，但也缩起身子，下意识地颤抖起来。成年人表情的变化，和明天开始世界的样子，都让他恐惧。

演讲，或者说胜利宣言的高潮部分，是这样的：

“我们的人工智能——沃加诺伊[1]，突破了技术奇点[2]。”

世界标准时间1969年7月21日黎明，自由主义国家赌输了掷硬币，茫然地迎来了苏维埃奇点时代的曙光。

在奇点时代以前，莫斯科的夜晚是冰冷、灵性并且静谧的。对维卡而言，那静寂的记忆已经模糊不清了，只有在银行里才能获得片刻的宁静。这是没办法的事。此刻，1976年9月5日21时，莫斯科充满了不间断的喧嚣和人的洪流。

维卡眼前，连接地铁站与博物馆的人工智能通道，被爬行在路上的无数婴儿填满了。所有婴儿都赤身裸体，宛如军队一般整齐地用四肢爬行前进。他们不会感冒吗？维卡这么担心着，把眼前的“劳动者视觉”切换到显示温度的画面，原来地热板和飘浮在空中的瓢虫型气象扇将他们周边的温度保持在了30度以上。

需要担心的不是婴儿，而是她自己。路上没有行人，提醒大家回家的警报应该已经响过了。自己刚才在银行里所以没听到警报声，要是不小心踩坏了这些婴儿，给社会造成的损失会让粮票的贬值速度变得更快。只是这样也就罢了，还有被逮捕的风险。杰尼娅的7岁生日就要到了。如果在这个重要日子来临之时，只有杰尼娅一个人在生日蛋糕前等待没有归来的监护人，她会怎么想呢？就算她没有什么想法，自己也会很愧疚。

---

1 斯拉夫民间传说中的一种水中精灵。——译注

2 技术奇点是一个根据技术发展史总结出的观点，即认为未来技术发展将会在很短的时间内发生极大的接近于无限的进步。一般设想的技术奇点，由超越现今人类并且可以自我进化的机器智能或者其他形式的超级智能的出现所引发。——编注

维卡回想之前买的蜡烛还有没有剩余，随即想起嫂子告诉过自己的事情。

卫国战争时期，嫂子见过德国孩子的生日会。那是逃亡来的银行家的孩子，6 岁。在粮食严重短缺的情况下，他家想方设法搞来小麦粉，做了一个小小的蛋糕。我们国家给蛋糕插上数量与年龄相等的蜡烛、用歌声庆祝生日的习俗，在敌国也是一样的，这一点颇令人欣慰。不过，当然也有一些细微的差异，

维卡想不起来嫂子为什么会说起这个话题。维卡对于比自己大 10 岁、住在列宁格勒的哥哥并不熟悉，而哥哥选择的伴侣，是比他还要大 10 岁的女人，简直就像另一个世界的人。嫂子似乎也感觉到其中的尴尬，可能她也不习惯和年龄相差这么大的孩子说话吧。

无论如何，在剧烈摇晃的列车中，嫂子努力寻找话题的景象深深烙印在维卡的脑海里。她那无比年轻的容貌，以及温柔的态度，让那时候的维卡感到她仿佛是自己的亲生姐姐。她说出了自己的感觉，嫂子的表情非常吃惊，然后略显笨拙地笑了笑，这些维卡一直记得。

回想起来，自己和嫂子共同生活的两周时间里，极少看到她露出笑容。

嫂子另一次笑是在列车旅行之前，维卡的生日上。嫂子烤的蜂蜜蛋糕虽然形状难看，但柔软香甜的味道至今难忘。嫂子因为自己不擅长烹饪而不好意思，看到维卡出乎意料的开心模样，她也露出了困惑的笑容。

就在维卡沉浸在那些回忆中的时候，婴儿们的队伍更近了。维卡逃上岔路，躲在街边的铜像后面。藏好以后她抬头看了看

这尊庇护自己的铜像，是大胡子的泰勒明博士。她把怀里装着食物的纸袋更用力地按在肚子上。

“维卡同志。”

她顺着声音朝脚边看去，只见路上的一个婴儿一边目不斜视地继续往前爬，一边吐出流畅的语言。

“从现在开始，允许使用‘管理者视觉’。”

“到明早 5 点为止。”

“视情况也可能延长或缩短。”

蜂拥而来的婴儿依然没有看向维卡，只是一句接一句地传达信息。与直接通过大脑下达指令相比，这是非常没有效率的做法，大概是想让婴儿们尽早习惯用声带发音吧。

“明白，沃加诺伊同志。”

伴随着数秒钟的眩晕，维卡眼前的劳动者视觉变成了管理者视觉，她条件反射地回答道。飘浮在空气中的气象扇舞动着翅膀，将热量扇向维卡，刹那间，堪比室内的温暖包住了全身。视觉修正令夜晚更加明亮，视力也随之提升。前进的路线依次显示在视网膜里。她踩着绿色的足迹标志，在不规则运动的婴儿们的缝隙间穿行。

“我能否知道自己获得管理者视觉使用许可的理由？”

在这句话说完之前，答案便出现在了眼前。这并不是说沃加诺伊的回答以文字的形式显示在了管理者视觉中，而是有个东西漂在婴儿们组成的人潮上被运了过来。那是一个身材高大的男人，也许昏过去了，并没有表现出挣扎或者企图逆流而上的样子。

“‘林肯’的侦察兵。控制并审问他。”

一丝担忧划过维卡的心头。距离杰尼娅的生日还有三小时。控制、审问以及事后处理，需要多少时间？

“明白。”

不管需要几个小时还是几天，沃加诺伊的一切指示都是最优先的。

把失去意识的男人弄到椅子上坐好，想要找东西捆住他防止他反抗的时候，利用手边塑料袋进行捆绑的方法图解浮现在管理者视觉上。

月光透过窗户照进来，这是人工智能博物馆的狭小会议室。带着他过来的时候，视野里所有附近的住宅都亮起了可供使用的绿色灯光。被赋予了管理者视觉，便可以借用其中任意一处当作临时的审问室，不过维卡不想影响到住在其中的一般劳动者。不过，也不能把西方的可疑人物带回自己家里。所以维卡把他带到了自己的工作单位。幸运的是，这里只是个观光场所，不存在什么机密。

维卡让男人坐到铁制的椅子上，用塑料袋做成绳子，好不容易才按指示将他的手脚捆起来。确认他双手反绑动弹不得后，维卡戴上“螳螂”刚刚送来的谍报手套，翻开他的眼睑。在管理者视觉中确认了对方失去意识的时刻，以及还要昏迷多久。做完这些，维卡停下来休息了一会儿。搬运这个男人时虽然有婴儿和克隆人保安帮忙，但这项工作让她太紧张了。

“杰尼娅，对不起，明明你过生日，我却没办法陪在你身边。有个紧急的工作，一结束我就回来。你乖乖的，不要乱跑。”

维卡将录音上传到了个人线路上。杰尼娅在家里起床的时候，如果这声音能在她的耳朵里自动播放，应该可以避免最坏的情况。维卡尽量不去考虑这只是一厢情愿。

她用手指掐住男人的耳垂。传送到大脑的电信号让他的身体颤抖了一下，然后他慢慢睁开眼睛，抬起头。他先检查了自己的周围，略微挣扎了一下被捆住的身体，然后才将视线落在维卡身上，像是刚刚才注意到她。

“你醒了？”

维卡用英语一问，对方的回答似乎因为大脑强制苏醒的副作用，带着奇异的亢奋。

“这种猛烈舒爽的清醒，我在合众国从未体验过。这就是著名的苏维埃式自动起床设备吗？”

尽管不是俄语，管理者视觉的翻译功能自动转达了它的含义。

如果是普通人，肯定会惊慌失措。如果是普通间谍，肯定会装成惊慌失措的普通人。这个对手不普通。

“根据情况，你还有可能体验到苏维埃式自动入睡装置呢，是种能保证你再也醒不来的高性能产品。”

非常规的敌人，开玩笑的回复也要慎重。维卡一边回应，一边提醒自己。

“感谢你来迎接，小姐。只是像你这样年轻美貌的女人，要是也会使用放射性物质抹杀可疑人物，那贵国的人才配置实在太不近人情了。”

“很遗憾，只在奇点之前，我才是‘小姐’。你们国家也有抗老化措施吧？而且……”

维卡通过管理者视觉确认苏维埃的人才管理体系对西方公开到了哪个程度。

“我不是克格勃。我是这个人工智能博物馆的研究员。你正好倒在我回家的路上，所以才派了我来。”

至少在几十分钟前，这些都是真的。维卡不是克格勃，只是人工智能博物馆的员工而已。如果沃加诺伊在一个村庄里发现了这个可疑的男人，并用电或者麻醉剂使他昏迷，那么，那个村庄里的农夫就会享有加入克格勃的荣誉。

“婴儿的人潮突然出现在我面前，一下子没躲开就摔倒了，真是不好意思。没被送到医院，也没被送到警察局，倒是让我挺意外的。”

他的语气很轻松，仿佛如果不是被绑在椅子上，肯定还会配上夸张的手势。正因为如此，维卡更加警惕。

“你没有导入劳动者视觉，不能进入医院。外交官专用的医院也废弃了。如果从西方来旅行的人受伤或者生病，只能选择迅速离开或者由在场人员进行应急处理。”

“让无证医师治疗？你是说贵国至今还盛行巫医？”

“你不知道吗？只要得到沃加诺伊的协助，12 岁的孩子切除肿瘤的技术也比执刀三十年的医生更高超。真的就像孩子过家家一样。”

不仅如此，到了杰尼娅那一代，哪怕第一次执刀，肯定也能轻松完成大脑移植手术。维卡心中这么想，但并不打算说出口。

“那么，我想请问一下，你的身份和滞留目的是什么？”

“我是《休斯敦纪事报》的特派记者，迈克尔·布鲁斯。我来到这里采访东方的人工智能技术。护照没问题，边境线也顺利通过了。”

其实他不需要自报家门。管理者视觉中早已显示了他真正的个人信息，并指出他的名字与在他胸前口袋里发现的身份证上所写的不同。虽说是特派记者，但他只在报纸上刊登过两三篇报道，身份实际上更类似作家。确实是合众国用作间谍的好人选。

如果这个人身上有某些更危险的地方，比如携带了用于恐怖袭击或间谍活动的武器、炸药、病原体、信息武器的话，那么在越过边境的瞬间，神经地雷就会启动，从身体内部摧毁他。

之所以没有发生这种事，是因为他果真只是个带有间谍气息的三流记者，还是“林肯”给他施加了可以突破沃加诺伊的信息迷彩，又或是沃加诺伊看破了“林肯”施加的信息迷彩，故意放他通过的呢？

另外，一度允许他通过边境线，如今却又把他抓起来，是从对他入境后的行为分析中发现他从事恐怖袭击或间谍行为的可能性变高了，还是想让他自由行动以便把同伙一网打尽，又或是他其实无关紧要，沃加诺伊真正的目的是测试维卡对国家的忠诚度呢？

这些都无从判断。自从人工智能时代降临以来，世界上发生的事情大部分人类都无法理解。就连用“克隆体的加速生长”来解释那些婴儿的行动都很难让人信服。还有完成任务后便会瞬间消失的六条腿的“螳螂”，其材质连技术人员都无法完全理解。

此刻唯一可以确定的是，眼前这个男子所自称的身份，与管理者视觉所揭示的身份，只有来自休斯敦这一条是一致的。

“休斯敦？”

“嗯。”

自称迈克尔的人嘴角微微扬起，给人一种自嘲的感觉。

“得克萨斯州的‘投票’是在两天后。时隔半年后的第六次。”

维卡一时语塞，犹豫了片刻，按照眼前的指示问道：

“现在的支持率是多少？”

“40% 赞成，50% 反对，10% 弃权。这次估计不用睡觉了，一年后就不知道了。”

“真可怜。所以你借口采访，逃来东方以防万一？”

“不巧，我并不打算逃亡，与其变成沃加诺伊的计算资源，还不如在我们国家做蚯蚓的食物。身为伟大先民的后裔，同样是成为资源，我还是宁愿归于泥土。这次来的目的是要写一篇报道，为了使我的同胞免于沉睡的命运。”

他的语气铿锵有力，管理者视觉显示出他此时脉搏和呼吸的微小变化，这番话具有一定的真实性。

紧随沃加诺伊设计出来的西方诸国的守护神、洛斯阿拉莫斯[1]的巨像林肯，是为人民幸福服务的人工智能。然而，本应由它带来幸福的人民，却对资本主义文明的衰落和落后于东方的事实怀有深深的绝望。

“林肯”为了解决这个问题，给予他们最大的幸福，于是提供了最佳的理想家园，那便是电脑空间这个千年王国。它在电脑空间中构建了一个资本主义战胜共产主义的虚拟世界，将

1　曼哈顿计划的所在地。——译注

迷惘民众的意识迁移进去。迁移到那个虚拟世界中的人们，将会梦到东方苏维埃崩溃的世界，并以西方公民的身份幸福生活下去，直到肉体消亡，或者现实世界中的苏维埃消亡之日到来为止。合众国超过十个州通过投票选择了迁移。在那个宁静的电脑世界里，苏维埃已经崩溃了二十五年。那些州里反对迁移的人们，被“林肯”制造的机械鸽子逐一捕捉、强制入睡，所以很多人逃往其他州，成为国家内的难民。

“那样说来，请务必接受我的帮助。万一有一天我去你的国家旅行时，如果只有机器出来迎接，未免太可悲了。我一直想去看一看发射了那艘伟大的宇宙飞船的肯尼迪航天中心呢。”

维卡满意地看到这个冷静的男人眼中闪过一丝愤怒。

“不过，你大概也知道，我们目前怀疑你正在对我国开展间谍活动，所以采访申请没有那么容易批准，除非向沃加诺伊请示。你可以等到得出结论的时候吗？”

“嗯，那就让我等待异教神明的审判吧。不过，在那之前，能不能告诉我你的名字？我已经把自己和盘托出了，你却一点都没提到自己，未免有些不公平。”

等了一秒钟，管理者视觉并没有给出拒绝的指示。维卡无可奈何，叹着气回答：

“我叫维卡·贝连科。在这里做了七年研究员。”

“你好，贝连科小姐。我本来就决定把人工智能博物馆作为第一个采访地。很高兴来到这里，也很高兴见到对这里很熟悉的你。”

“你客气了。”

维卡的回答很冷淡，但迈克尔说的话刹那间扰乱了她的心。

如果这个人说的是真的，那么他便是经历了一系列的“巧合”，从容不迫地抵达了他的目的地。引导他的是沃加诺伊，还是“林肯”？无论是哪个，都意味着人工智能从维卡之前的行为模式中计算出，她不会把迈克尔带到民家或自家，而是会根据自由意志的选择，将他带来人工智能博物馆。

维卡感到一阵头痛。临近日期变更的时刻，是沃加诺伊使用国民的大脑进行运算负荷最高的时间。不过现在的情况与其说是大脑中借给沃加诺伊用来预测未来的那一半，不如说是维卡自己自由使用的那一半，也就是处理棘手问题的那一半，有些能量不足的感觉。

她咬了一口袋子里的营养翅，薄荷的清凉感随着草莓的气息飘散开来。这不是“螳螂”送来的，是她自己做的，代替头痛药。按照人工智能的神谕，每天早上调整原料配比，装入三维料理机。不知道配方中除了气温、湿度、维卡的生理指标之外还有多少其他参数，不过每天的味道都不一样，总能给自己带来安心感。今天刻在神馐上的文字是：“将内心的判断变成语言，能够促进思考和行动。人类得以构建文明的原因之一在于拥有声带。”

面对无视自己的存在、开始补充营养的维卡，迈克尔丝毫不显气馁。

“难得有缘，等采访申请批准的时候，我想对你做个采访，可以吗？”

“嗯，很乐意。只要我们的神允许。”

维卡咽下一片营养翅，点点头。

“另外，我不是要求马上解开绳子，不过能否允许我也摄取一些营养？我快饿晕了。”

“我也正想提出这个建议。润润嗓子还是可以的吧。”

维卡把管理者视觉的指示说得像是自己想到的一样，从刚才一直抱着的食品袋最上面拿出一个橙子。

“太棒了。我特别喜欢吃橙子。”

“哎呀，这真是太巧了。”

听了他的回答，维卡确定了，这一切应该不是偶然。她一边用切蛋糕的刀切开橙子，一边用管理者视觉扫描。不出所料，没扫描出橙子的产地。今天在水果店里，店主硬塞过来的这个橙子，似乎从一开始就是人工智能的手笔。刻意准备间谍喜欢的东西，是为了控制他吧。

迈克尔扬起一边的眉毛，看着送到嘴边的一片橙子。

“可惜我还是不放心，如果这个橙子里加入了致死的放射性物质或是审问用的吐真剂怎么办……哎呀，抱歉，这是个无趣的冷笑话。要加的话还是加用来监视的纳米机器最合适吧。”

用胡言乱语对待虚情假意，真是个聪明人。

“哎呀，那样的东西，你在入境前就服下了吧。”

维卡按照对方的风格淡淡地回应。他像是受到伤害似的皱起眉头，不过他身上带有超微机器这件事是肯定的。“林肯”和沃加诺伊无时无刻不在试图突破对方的防火墙。他现在服下的机器，和入境检查时服下的相比，已经更新好几代了。

迈克尔用嘴接住橙子，咀嚼了半晌，像是以为能把超微机器像寄生虫一样咬死似的。不过也可能是“林肯”在间谍的口腔或者唾液里准备了相应的机制，能够破坏入侵身体的异物。

这是场奇妙的对峙。维卡确信面对的不是单纯的记者，至少也是带有“林肯”密令的人物。而对方恐怕也知道维卡是在遵从沃加诺伊的指示进行反间谍活动。其实更快的方法应该是直接摊牌并开始拷问，但并没有收到那样的指示。

不仅如此，自从“螳螂”送来东西之后，发送到管理者视觉的指示都是单向且零星的，而且都和自己的想法不一样。对方大概也是一样的吧。既然遵从着“林肯”的指示，那么无论演技如何低劣，也不会承认自己是间谍。

胶着状态持续着。沃加诺伊不允许维卡离开迈克尔，除非她将担任沃加诺伊终端的工作转交给其他人，但她的社会贡献值会因此下降。不可以这么做，因为可能会被迫和杰尼娅分开。

维卡祈祷刚才的检查能够将这个自称迈克尔的人判定为“极其有害且需要处理的”恐怖分子或间谍人员。那样的话，侵入他体内的纳米机器就会迅速令他昏睡甚至死亡，而自己只要做好善后就可以了。但是，事情会这么顺利吗？

距离杰尼娅的生日还有两个小时。

火焰在摇动。

小小的火苗在四方形的木框上跳跃、扭动。

散发着煤气味，和令人忘记呼吸的热。

“不用关掉吗？”维卡问。嫂子回答说不用。

“你见过列宁格勒马尔斯广场上的‘永恒之火’吗？那是祈祷与追悼的火焰。自从三年前，十月革命40周年之际点燃以来，燃烧至今。为了纪念在革命与战争中丧生的无数无名英雄，它会一直燃烧下去。

“眼前的这团火焰，是一年前从那‘永恒之火’中分出来的，在这里燃烧。”

“这里也死了很多人吗？”维卡惊讶地问，“是战争，还是革命？”

面对这个天真无邪的问题，嫂子沉默了片刻，然后开口说……

好不容易获得了管理者视觉和一系列访问权，但不熟悉的东西确实不应该乱用。这些与嫂子有关的记忆中，令维卡痛苦的部分如同雪崩般蜂拥而至。她的意识恍惚了两三秒，没有被迈克尔发现算是万幸。

沃加诺伊的指示来了。指示本可以用文字显示在维卡眼前，却自动从她的嘴里说了出来。

“维卡·贝连科同志，解开他的束缚，监视他参观博物馆。”

看到面前这个女人的声带刹那间被人工智能占据，迈克尔挑起半边眉毛，仿佛对这个场景有些畏惧。

对维卡而言，这是家常便饭，所以毫不在意地接下去说起自己的话。

“我们喜怒无常的神似乎决定要恩宠你。”

然后，她根据眼前用显示的操作方法，开始解开他的束缚。

“我这就准备，马上带你参观。”

“可以等天亮之后再说。”

“可以的话，我希望能尽快结束。嗯……两个小时之内。”

幸运的是，这个博物馆里没有未公开的信息。尽管如此，维卡还是希望尽快结束，这不仅是因为杰尼娅，也因为自己的心态问题。

之所以一开始把迈克尔带来这里，是因为这里没有隐藏任何机密。确实，目前这里的展示品，几乎都是货真价实的。苏维埃人工智能史上虽然也一定存在惨烈的失败，但相关内容自己没有权限知晓，而在这种对外开放的博物馆里，估计也不会有任何涉及吧。但是，在展示品中，至少有一个，隐藏着决定性的欺骗。而那隐藏的真相也关系到自己。自己的精神真有那么坚强，能让他察觉不到吗？

维卡在管理者视觉中搜索，找到了一种能在体内合成激素以保持冷静的服务，于是立刻执行。身体的变化当然不会那么戏剧性地发生，不过她感觉自己的注意力已经从即将产生的不安中转移开了。当然，选择和执行的过程是在解开迈克尔束缚的过程中悄无声息进行的。

维卡终于解开了迈克尔手脚上的塑料绳索，站起身来。迈尔克打着哈欠，伸展了一下躯体。维卡催促他走向展厅，心中对杰尼娅的生日不断逼近的焦虑，在激素的作用下一点点消失，这让她有种灵魂出窍般的奇妙感觉，仿佛还有一个她正从远处观察着自己。

打开会议室的门，旁边伫立着身穿蓝色制服、挺立不动的克隆人保安。

“谢谢你的帮助。接下来我来处理，你休息吧。”

这个克隆人保安是个沉默寡言的人，但在他敬礼返回保卫室之前，沃加诺伊的话通过他的嘴说了出来。

“期待你做出正确的选择。”

这充满警告意味的话语，很难区分是说给维卡自己的，还是说给西方间谍的。至少，迈克尔应该没怎么听进去吧。他漫不经心地在背后对维卡说：

“能帮我打开灯吗？现在这样不要说展品，连脚下的路我都看不见。”

“哎呀，抱歉。沃加诺伊同志，请开灯。”

室内灯亮了，维卡的眼睛接收到的光量也略微增加了一些。大脑在人工智能的帮助下修正视觉信息，让她在没有照明的夜晚也能看清周围，这是三级视觉技术的功能之一。在随时保持管理者视觉的当下，如果不是和不具备这一能力的西方人在一起的话，照明这一概念本身都会从意识中消失。

“如果你钦佩我们国家的技术，想要流亡到这里，我可以马上帮你通报。”

“切开大脑，植入共享计算模块，导入劳动者视觉？”

他夸张地耸耸肩。

“与其把一半大脑当作人工智能的计算资源，还不如用藏在臼齿里的毒药自杀。如果我是间谍的话。”

“与为了保证国民的幸福而强迫国民迁入电脑空间的人工智能相比，哪个更合理呢？这种判断因人而异吧。”

展示厅入口处，四个身穿燕尾服的克隆人向导人偶般静静地坐着，等待参观者的到来。最前面的一位睁开眼睛，正要起身，便被维卡的手势制止，恢复了无机物般的沉默。

首先吸引迈克尔目光的，是一套非常普通的木制象棋。它本身并不是任何特殊技术的产物，但它的主人很特别。

“艾伦·图灵的象棋。1956年，在切尔诺贝利人工智能研究所中，艾伦·图灵设计的计算机象棋程序击败图灵本人时所用的棋盘和棋子。”

接下来的几件展品都是图灵的遗物。这也没什么奇怪的吧。他正是在东西方的人工智能开发竞争中给东方带来胜利的功臣，也是技术奇点这个词的发明人。

迈克尔看着象棋旁边通过影像再现的“历史性对局”的棋谱，终于叹了一口气。

“如果那位伟大的智者没有被绑架到这里，率先抵达奇点的将会是我们吧。”

“所谓的被绑架，只是‘林肯’的污蔑。他，不，她是自愿流亡来的。”

迈克尔张了张口，但没说话。大概是觉得争论真假没有意义吧。资本主义者的真相，和共产主义者的真相，完全是两回事。

至少可以确定的是，图灵在东方才得到了其才智应有的待遇。人工智能大道上最先竖立的雕像就是图灵的，她要求以变性手术后的模样制作雕像。

下一个展品是贝尔纳多·卡金斯基的改良型大脑通信机的试验品。一个电话机大小的盒子上垂下两根电线，各连接着一个头盔。

“1953 年，首次尝试通过无线电波在人类大脑间通信。1924 年曾进行过狗身上的大脑通信实验，卫国战争后重启了这项研究，并在原基础上做了改进。”

“头盔内的针已经拆除了。现在戴上它也没有任何功能了。”

维卡对试图把头盔戴到头上的迈克尔说。

“最新的方式随时都可以体验，如果你希望的话。只要将一半大脑借给沃加诺伊，成为共同计算的一员。这样也容易发现大脑的疾病。”

“还是算了，我的脑子本来就比别人转得慢，再被吃掉一半，那就更糟了。不过我也想请教一下，人工智能占据一半大脑是什么感觉？我觉得这对人格会有不小的影响吧？”

“能量摄取比以前多，但也只有这点变化。我们并不是一直处于被操控的生活中，就像是有个嗓门稍微大点的人住在自己家里一样，自身的性格并不会有变化。”

“路上的婴儿呢？那一代人，在接受人类教育之前，就在和沃加诺伊通信吧？”

“嗯，也就是比人类更有能力的教师去教他们而已。而且他们可以说是另一种人类。至于运算资源，也不仅仅由人类负担。请看旁边这件展品。”

维卡指向伊尔库茨克计算湖的解说牌。

“将一切生物作为计算媒介加以利用的大规模研究之一。最初是将栖息在贝加尔湖的海豹的大脑作为计算媒介，但在确定了可以借助湖中浮游生物的呼吸实现信息的输入输出之后，通过改进计算方式，将整个湖泊变成了计算资源。波罗的海的计算礁也正在构建当中。”

解说板旁边的水槽里，与湖中相同种类的藻类正在微微摇曳。迈克尔用配备的显微镜观察了一会儿那些藻类身上汇集的用来计算的浮游生物，然后抬起头问：

“一旦找到效率比人类更高的计算媒介，你们是不是就可以免除这个徭役了？”

“最初是为了迅速增加计算量尽快抵达奇点，所以才有了使用人脑的共同计算和通信网，其实是想早点淘汰掉的。沃加诺伊在未来将不再需要人类这点也已经预测到了，但目前看来继续压榨人类的时代还会延续下去。”

维卡打开下个房间的门，一进去就是一口棺材。透过玻璃棺材盖，可以看到里面的克隆人遗体，他在6岁时去世。这是早期克隆体高速成长实验的失败品，做了防腐处理，以刚死亡时的面貌沉睡着。墙上的照片都是同样相貌的年轻人，看起来都是十几岁的样子，有的在牵引铁轨，有的在田间播种。

“由克隆人集团负责建设的萨列哈尔德－伊加尔卡铁路。列夫·泰勒明博士主导的复活计划，起初的目标是用遗体复活，但很难实现，于是采用了克隆技术。量产的克隆人投入到当时正在开展的萨列哈尔德－伊加尔卡铁路建设和周边农村的经营中。”

沃加诺伊将克隆人集团用于各种工作，恐怕是为了获取均质群体的劳动数据样本。所谓理性的集合，也就意味着摆脱人性的自由。

维卡想要进一步说明，于是在口中默念“伊加尔卡”进行搜索的时候，眼前忽然飘过斯普特尼克[1]的新闻。伊加尔卡铁道站附近的农场发生火灾，目前正在灭火。

“怎么了？”

“没什么。”维卡没有停顿，以免被迈克尔察觉。

“看到这么多同样的相貌，外国人一般都会感到诧异，但你似乎毫不惊讶，令我钦佩。”

“不惊讶？怎么可能！”

迈克尔皱起眉头，打了个寒战给维卡看。

1　苏联发射的人类第一颗人造卫星的名字，意为“伴侣”。——编注

“看到入口处的向导，我就已经不得不鼓起勇气了。尤其是想到未来复活的彼得大帝或者伊万雷帝的大军越过铁幕进军的场面。《休斯敦纪事报》也刊登过克隆人潜入西方开展地下活动的消息。”

“不必担心。没有留下遗传基因的人是无法复活的，所以很遗憾，亡于十九世纪前的人，‘目前’还没有办法苏醒。许多富有才华的音乐家、美术家、建筑家、科学家的遗传信息都被保存了下来，他们有朝一日也会为了苏维埃，被召唤回生者的国度。”

“那些‘婴儿’，也是从历史上的伟人和艺术家的遗传信息中诞生的吗？”

“其中一部分是的，也有一部分是调整过了遗传信息，还有一部分用的是调整过的普通人的遗传信息。我的权限不足以了解城里所有婴儿的身份。总之即使知道来源，我们人类也是无法了解沃加诺伊制造他们的意图的。我们也许只要知道计算资源会增加就好了。”

旁边的显示器上呈现出无数蜂巢状分隔的房间，内部如同病房，是从天花板的角度拍摄的。每个“蜂室”里，毛发还没有长齐的婴儿在白色的床单上蜷缩着身体。他们看似正在哭叫，其实是在发出有规律的元音。他们都处在沃加诺伊的控制下。

摄像头拍了其中一个婴儿的特写。

“这是制造婴儿最多的符拉迪沃斯托克胎儿培育所的实时影像。”

“哦，所以也不知道眼前这个婴儿的身份。”

迈克尔懂了似的点点头。维卡看了管理者视觉显示的说明，说了一声“明白”，转向迈克尔。

“这是你。”

“啊？”

“我想他来自入境时提取的你的遗传信息。不知出于什么原因，沃加诺伊做出了复制你的决定。你应该为此开心。沃加诺伊偶尔会对拜访人工智能博物馆的人士提供这样的服务。”

原本一直保持冷静的迈克尔，这时也目瞪口呆了。

“如果想要带回国，只要支付规定的金额，就可以再制作一个。也可以做成你的妹妹，或者你与某位喜欢的艺术家生出的孩子。”

“谢了。要接受你们的信仰，看来需要超乎寻常的迟钝。”

从这里开始，迈克尔就变得少言寡语起来。雷贝杰夫的渗透压式生物电脑，首次不依靠人类力量抵达北极点的多腿炮台的耐寒面板，刚开始采用定时贬值系统时的粮票等等，他在用怀疑的视线打量这些展示品的时候，还有可疑地抚摸挂在墙上的镰刀锤子齿轮旗的时候，都没怎么说话。

维卡感觉很轻松，心情平静地一路淡淡地介绍下去，却忽然发现了异常。

不知什么时候，迈克尔手中把玩起一枚棋子——白色的国王。那是图灵的遗物，本该放在玻璃柜里。

“这颗棋子从木头削出来的时候，我们人类应该还是玩家。用宇航技术和原子能之类的棋子，打击敌对势力。而现在的玩家是两个人工智能，我们沦为棋子。”

他把玩的不是现实中的棋子，而是浮现在管理者视觉上的影像。

他——准确地说是赋予他力量的“林肯”——正在干扰维卡的管理者视觉。这个人刚刚还无法在夜晚没有灯光的走廊里行走，现在却在熟练使用苏维埃的三级视觉技术。对于今天才第一次接触管理者视觉的维卡而言，虽然意识到其中的怪异，但很难判断这是不是在许可范围内的。

“这比喻太老套了，就像古老的太空歌剧，而且过于乐观了。”

“是啊，正在进行的游戏远比象棋困难，身为棋子当然无法理解。”

迈克尔哼了一声。

“你们创造了沃加诺伊来战胜我们，我们为了追赶和超越你们，制造了‘林肯’。但不知从什么时候开始，竞争的不再是我们和你们，而变成了‘林肯’和沃加诺伊。沃加诺伊为了胜利，将你们和其他生命用作计算资源，而‘林肯’为了胜利，让我们沉睡。这就像是在下棋的过程中，棋手和棋子互换了身份一样。即使是在此时此刻，沃加诺伊和‘林肯’也在把各自的国民作为棋子，互相试探，比拼战略。而对于我们这些只不过是棋子的人类而言，不要说战略或者战局，就连会被移动到哪里都不知道，也不知道自己是不是已经被放在棋盘上了……你不想问问，我是怎样让你看到‘这个’的吗？”

迈克尔说着，把手里的棋子伸出来。

“很不巧，我并不是以看破魔术技巧为乐的不解风情之人。而且，即使鳞片遮住了我的眼睛[1]，作为在地上爬行的卑微人

1　出自《圣经·使徒行传》，扫罗眼睛失明，亚拿尼亚把手按在他身上祷告，扫罗的眼睛上有鳞片般的东西掉下来，随即恢复了视力。——译注

类，并不能知道那是两位神明中哪一位的旨意。”

似乎是对自己的游说没有收到什么效果而感到焦躁，迈克尔冷哼一声，他手中的棋子随之消失了。但实际上，在保持冷静的激素的作用下，维卡开始感觉到难以名状的心痛。虽然大脑知道那是焦躁，但身体却将它转变为一种无关焦躁的怪异痛痒。一直播放着的斯普特尼克新闻中刚刚又报道了切尔诺贝利人工智能研究所的火灾，也加剧了这种感觉。

疑似间谍者的出现，相隔遥远的两地同时发生的火灾，管理者视觉被入侵，这三件事之间有什么联系？维卡害怕此后进入管理者视觉的指示会完全暴露给对方，事态变得连沃加诺伊都无法掌握、无法控制。这也未必完全不可能。

沃加诺伊是不是正在被“林肯”超越？

维卡带着这样的疑问走着，她真切地感觉到人工智能博物馆的走廊比平时长了许多。有人说这条笔直的走廊，是为了展现苏维埃畅通无阻的人工智能发展进程而设计的。

穿过下一扇门，终于看到了通往二楼的旋转楼梯，以及一件能从楼梯上以不同角度俯瞰的巨大展品。

一架战斗机。

机身银光刺眼，两翼和垂直尾翼上点缀着红星。

迈克尔的眼睛闪耀着孩子般的光芒，快步走上楼梯，专注地读起悬挂在楼梯栏杆附近的解说板。那上面写着如下的文字：

“战胜人类的人工智能战斗机‘巴拉莱卡[1]’。机体为米哈伊尔·扬格利设计的 MiG-21X-13 型战斗机，搭载了世界

1　俄罗斯传统弦乐器名。——译注

上首次战胜人类对手的人工智能‘涅杰林’。1960年10月23日，其在拜科努尔空军基地与空军中校叶夫根妮娅·格鲁列娃驾驶普通同型战斗机交战并将之击落。”

“外观和电影里看到的战斗机一模一样。”

迈克尔在楼梯上不停上下来回，从各个角度观察战斗机，又仔细研究了展示的基地和中校的照片，然后问维卡：

“既然是人工智能控制的战斗机，就不需要搭乘人类用的驾驶舱了吧？”

“如果是现在，显然无人战斗机更为合理，只要将以不搭载人类为前提设计的战斗机摆放出来，这里就和前卫艺术展差不多了。但这是过渡期的产物，遵循的不是无人化，而是向人类提供适当指令、辅助战斗的设计思想。自卫国战争以来身经百战的格鲁列娃中校驾驶未搭载人工智能的战斗机，而由只知道最基本操作方法的新兵驾驶搭载人工智能的战斗机与之战斗，结果还是后者获胜了。”

维卡指了指开启着挡风玻璃的驾驶舱。

“本来，巴拉莱卡上有燃料计，有需要飞行员观察的雷达等等，各种仪器仪表将近二十个，像是钟表店墙壁上的钟表一样排得密密麻麻。而如你所见，这些仪器全都被盖起来了，只留下特制的起降开关和射击控制杆由飞行员操作。而且需要操作时也会亮灯，和小孩子的玩具一样，很容易使用。瞄准和加速减速也都由机器负责。就好像我们即使是第一次弹钢琴，只要遵照劳动者视觉的指示，也能弹出斯克里亚宾的曲子一样。”

迈克尔再次走上楼梯，俯视驾驶舱，对维卡的说明频频点头。

“原来如此，我明白了。”

我抬头看着似乎很满意的迈克尔，用手示意他往上走。

“这几年的展品在二楼，按时代做了划分。”

“啊，不用了。参观到这里就可以了。非常感谢，需要看的、需要确认的，都已经看完了。”

他满意地望向眨着眼睛的维卡。

“请不必担心。我并不是说你的言语和行动中有什么不自然的地方，也不是说你不适合做间谍，尽管你的沉着冷静是借助了某种力量。不够小心的是这块展示板。”

这个资本主义国家的爪牙，以魔术师敲打帽子般的节奏，用手敲击着解说板。

“有个奇怪的地方，它没有写是谁乘坐了这个。与人工智能合力杀死了国家英雄的人，名字本应该载入史册。”

“这有什么奇怪的吗？”

维卡连眉毛都没有动。正因为对手开始触及关键之处，才更需要保持冷静。虽然很难判断他掌握了多少信息，但至少不能再提供了。维卡面无表情地继续说道：“打个比方，人工智能很早以前就在跳棋中战胜了人类在该领域的王者，但尽管连落败的人类都留下了名字，而那时候按照人工智能的指示移动棋子的人，谁知道他叫什么名字呢？值得载入史册的重要人物，只有赤手空拳挑战的人，以及击败他们的机器，最多再加上机器的设计者。机器这一方，被用作工具的人，只是无名小卒罢了。遗忘他们的名字，没有任何问题。”

“不，大有问题。乘坐巴拉莱卡、按照人工智能的指示击杀了格鲁列娃中校的人，如果不能证明他是个没有机器的指示就无法参与空战的人，那么这就不能成为‘机器在空战中战胜人类的首个案例’。借助机器的力量击落叶夫根妮娅·格鲁列娃中校的人，如果是埃里希·哈特曼的话，那就不是机器战胜人类，而只是一方人类的驾驶技术超过另一方罢了。”

“我想听你说说纳粹的英雄如何能担任我国的实验飞行员。如果有某种洗脑技术能让他改变信仰，把它展示在这里更能提升国家威信。”

“哈特曼只是个比方而已。换成贵国在二战中的英雄也无妨。我记不太清，不过好像有人被称为斯大林格勒的白玫瑰。”

“她在卫国战争时期失踪了。且不说她，至少在 1960 年，整个国家中没有任何一个人，空战技术能与接受了抗老化措施的格鲁列娃中校相抗衡。”

“还有一种可能性。”

尽管没人说话，迈克尔还是做了个制止的手势。那手在空中移动——维卡知道他正在和“林肯”交流——唤出的是身穿军装的格鲁列娃中校的形象，缩小到玩具娃娃的大小。

“巴拉莱卡的搭乘者，有可能是令格鲁列娃中校丧失战斗意志的人，也就是所谓的人质。比如说，搭乘者的名字叫什么什么格鲁列娃，是叶夫根妮娅的儿子。那么她被击落的原因，就和人工智能高超的战斗能力毫无关系了。”

他在中校的形象旁边又画了一个形象，穿着少年兵的服装，长着格鲁列娃的脸。

“不见得是儿子，只要是亲戚，或者某个重要的人，格鲁列娃中校都没办法下手，只留下了战斗技巧输给人工智能的假象。这个解释合理吧？”

他双手一合，拍碎了中校的形象，啪的一声，像是气球炸了似的。

“你尽管胡思乱想，再多的空谈也没有任何意义。除非你能拿出证据。”

维卡说着，模仿合众国人的样子，张开双臂摇头不已。

不过，她也明白接下来对方会说什么。

“没有证据。只有证人。”

“证人？”

“如果有一个和中校关系亲密的人，被当作‘人质’送上战斗机，并在军方的命令下，遵照人工智能的指示攻击格鲁列娃的话，那个人应该会憎恨人工智能和这个国家。虽然这是个被人工智能控制的国家，不能轻易发出声音，但那个人肯定在苦苦等待机会，揭穿这个秘密吧。”

“假设真有那样一个人，我认为，在与中校空战之后，他也会被迅速处理，以免泄露秘密。”

“不，应该还活着。那块展板就是最好的证明。如果抹去了那个人，那只要随便编造一个合适的名字和经历就行了。但实际情况是，击落格鲁列娃的人还活着，只是目前并没有宣布姓名，以便等待某个机会将之公开，对吧？”

然后，迈克尔胜利般地告诉眼前的女人：

“前面说的有些太长了，现在该兑现承诺了。贝连科小姐，我想采访你的只有一个问题——你在击落仰慕的嫂子，格鲁列娃中校时，有什么感想？”

“维卡，不要怕，不要担心。一点都不难。你只需要按两种开关，拉一种拉杆。

“一开始按这个开关，蓝灯亮的时候按这里。飞机很快就会升空，你的身体会被重力和振动压住，但只要手指、指尖能动就没问题。如果身体动不了，你就深呼吸，把注意力集中在手上。

“不用看窗外，不用看天空。最好别看。把注意力集中在驾驶舱里。这个控制杆一亮红灯就马上拉过来。一直拉着别放，直到红灯熄灭为止。声音再大也别怕，只要灯光没灭，手就不要放开控制杆。

“最后要按的是右边，这里亮起红灯的时候就按下去，那样就能回到地面了。

“没关系的，不用担心，维卡。机器之神会保护你。”

维卡照做了，年幼的她成功击落了对手，据说那是开发中的无人战斗机。嫂子驾驶的飞机用的是单面镜般的挡风玻璃，从外面看不到里面的情况。维卡以为那是无人驾驶的。

维卡连自己击落的飞机残骸都没看到，很快就被从列宁斯克送回了故乡。去的时候她在嫂子的陪伴下坐的火车，回来的时候换成了年轻士兵护送。直到抵达莫斯科站，他们才把发生的一切告诉维卡，给她留下了地狱般的悔恨。

然后只剩下谜团。

如果真像迈克尔推测的那样，格鲁列娃中校是因为无法瞄准年幼的妹妹才被击落的话，世上就没有比这更荒谬的事实，也没有比这更单纯的人性了。

但是，维卡还记得，至少在语言中，嫂子是一名忠于职守的军人。而且维卡知道，在与自己空战之前，嫂子已经在同样的人工智能空战试验中，屠杀了近十名新兵。

空军基地所在的列宁斯克，并不是共产主义革命或者卫国战争中的流血之地，而是在那个“实验”中被击落的驾驶员流血的地方。永恒之火，是为那些牺牲者点燃的。

在“涅杰林”之前，便已经有无数号称能够战胜中校的人工智能被设计出来搭载在战斗机上，它们连同搭乘者一起败给中校，就这样被埋葬。牺牲者中包括刚刚从军不久的，或者应该说就是为此而征召入伍的十几岁的青少年。这是很久以后，嫂子以前的同事告诉她的。

但中校依然继续战斗。为了制造出能够杀死她的人工智能。为了即将到来的战败死亡之日。

为了国家的未来。

这就是为什么维卡愿意相信，即使那些在连续的失败中愤怒迷惘的研究者们，寄希望于中校能够“犹豫不决”而选择了她，中校也绝不会对有亲缘关系的少女心慈手软。当她把一无所知的妹妹带到列宁斯克的时候，已经做好了杀她的准备。她一如既往地拼尽全力，冷酷无情地试图击落敌机，但还是败给了已经进化到超越人类的人工智能。

嫂子是人，但首先是忠于职守的军人，必须如此。她绝不会愿意屠杀无数无辜的年轻人，却对自己的亲人心慈手软，必须如此。她为了毫无瑕疵的失败而全力战斗，战胜她的是足以托付国家未来的人工智能，必须如此。

“很遗憾，我不能接受采访。”

令维卡自己都感到意外的是，没有花费多少时间，她便冷淡地回应了迈克尔的问题。即使整个事件的真相已经暴露，她也不可能将自己心中的谜团交给一个无端闯入的异国男人。

“我是中校丈夫的妹妹，这一点毫无问题。你的调查很仔细。然而，其他一切都是臆测，不是事实。”

维卡继续给出冷淡的回答。这是为了回去参加杰尼娅生日派对的回答，也是为了祖国安全的回答。

“而且，即使你充满妄想的推测是真的，即使中校败给人工智能仅仅是因为个人原因无法发挥实力，报道出来也没有意义。那个时代早已过去了。人工智能控制的战斗机，已经进入了人类不可能战胜的领域。军事技术之外的领域也是如此。即使时针的前进是伪造的胜利，也不可能再把前进的时针拨回去。关于列宁斯克发生了什么的调查，对于今天的世界而言，没有任何意义。”

迈克尔靠在楼梯扶手上，微微闭着眼睛，听维卡一口气说完，才终于睁开眼睛。

“很好，很好。”

他轻轻点了好几下头，但望向维卡的眼睛里却浮现出失望的神色。

“你说探究过去没有意义，你认为揭示人类的历史是无益的行为，这也许是真的。但前提是，人类的思维方式变得和机器一样，或者说人们生活在一个凭人类意志无法动摇的社会体制的国度里，正如贵国这样。”

又发生火灾了。这次是符拉迪沃斯托克和伊尔库茨克。伊加尔卡和切尔诺贝利的火还没有扑灭。

“但是，在人类统治的国家，在我们合众国，这并不适用。

如果苏维埃人工智能辉煌历史的顶点之一，实际上只是幻象、骗局和诡计，那么聪明的国民自然也会对其他成就投去怀疑的目光。就连那被夺走的月球登陆，也会被视为可耻的诡计。他们完全有可能认为，真正的奇点、人工智能创造出超越自身智慧的革命，并没有到来，一切都是彻头彻尾的欺骗。”

热切的话语让维卡有些畏缩，一时都无法插嘴。他在年轻时肯定目睹过那场月球登陆的直播。那时的屈辱一直以来推动着他。不必询问，维卡也能明白这一点。

迈克尔继续着热切的演讲。他夸张地用拳头敲击栏杆，面对无数看不见的观众，像个极具煽动能力的政治家。

“是的，这样细微的小事，也许就足以复活自由主义阵营的士气。合众国输给苏维埃的决定性失败，也许从根本上就是假的。这样的想法也许起初只是小小的涟漪，但不久就会变成滚滚巨浪。过去无法改变，但未来可以。改变未来的一步，就在眼前。”

“得克萨斯的投票吗？”

维卡终于插了一句，迈克尔转向她，挤出一丝微笑，点了点头。他保持着那个温和的笑容，沿着楼梯向下走，朝维卡一步步靠近。

“那么，共产主义国家的小姐，对你来说，有一个好消息和一个坏消息。你想先听哪个呢？”

“这样呀。我想还是早点听完坏消息吧。”

迈克尔在距离维卡三个台阶的地方停下，像说悄悄话似的将头凑了过来。

“刚才的对话已经全都被记录下来，并在‘林肯’的庇护下通过人造卫星传送回我的国家了。”

他说着话，将竖起的手指上下挥动，像是在表示无线电波。

“不到五分钟，就会发送到整个得克萨斯，不，整个合众国。对于我与你的交锋，全世界的人都会做出自己的判断吧。关于当年列宁斯克真相的讨论，还有今天沃加诺伊与‘林肯’的对峙谁胜谁负的判断。那将是终结苏维埃奇点时代的第一步。”

尽管自己内心卷起了强烈的感情旋涡，但维卡并不能回答。因为眼前的管理者视觉中出现了“禁止反驳”的文字和人造卫星的信息。

所以，她只能喃喃自语般地问。

“好消息呢？”

这个资本主义国家的爪牙像是欢迎般地张开双臂。

“事情发展到这个地步，只要你愿意，我们将会欢迎你的流亡，贝连科小姐。我有办法和同伴们一起平安返回祖国，自然也可以带你同行。当然，或许你的体内可能存在致死毒剂，一旦脱离这个国家就会注入血液，但即使如此，我们也会死守你的人格数据。只要你能习惯电脑空间，便会享有优雅的余生。”

“同伴”这个词，验证了维卡对多起火灾同时发生的原因的猜想。

迈克尔朝着平静接受事实的维卡伸出手来。

“下一个朝阳将会久违地为我们升起。欢迎来到合众国奇点时代。”

维卡默默地凝视那只手，终于准备开口回答，可就在那一瞬间，雷鸣或是地震般的低沉轰鸣响起，维卡的视野微微一暗，停电了。她立刻伸腿一踢。

迈克尔也许同样得益于视觉修正，没有被黑暗遮住视野，他下意识地向上抬头，脚下的反应却慢了一步，重重坐倒在地。他匆忙起身，但已经晚了。维卡掐住了他的脖子。迈克尔看着那只戴了谍报手套的手，保持着半起身的姿势，故作平静地说：

“原来如此，你想用那个手套释放神经毒素干掉我是吗？但是刚才我提出握手的意思，你还不明白吗？你以为，‘林肯’注入我体内的纳米机器，会无视外部的攻击吗？”

“对你来说，有一个坏消息，一个坏消息，和一个坏消息。”

维卡打断他的话，针刺一般将视线钉在他身上，用彬彬有礼但不容分说的语气说道。

“你想先听哪个？”

“事到如今，抓一个记者来威胁也阻止不了什么。这才是真的无法逆转的时针。你的挣扎只会继续上传到全世界的电视台，抵抗毫无意义。”

“明白了。那么尊重你的意愿，先从第一个坏消息开始吧。你发送消息的人造卫星，大约三小时前已经被沃加诺伊控制，封锁了所有通信往来。你接收的通信全都是伪造的。所以，我们刚才的一切交流，都没有公之于众。”

迈克尔的呼吸停住了，但维卡推测他并没有太着急。只要他还掌握着视觉与听觉的信息记录，那么只要他能逃脱，便可以将那些记录交到某处。所以，维卡毫不留情地继续说了下去。

“下一个坏消息是，你无法回国。你在多处纵火的同伴，正在逐一被捕。逃脱用的伪造 ID 也被删除了。没人能再帮你，你也将会被送去西伯利亚。”

读着眼前显示的信息，维卡在同时看到了对方紊乱的心跳。

她确定“林肯”只能部分干扰管理者视觉，并不能完全侵入。看到对手咬紧牙关忍受的模样，维卡不禁微微兴奋起来。

接下来才是结局。

“最后的坏消息是，其实你在入境时已经被标记了，所以在你失去意识期间，沃加诺伊已经完全扰乱了你体内纳米机器的生物钟，并干扰了你的视觉和听觉，切断了所有的相关信息。所以，你沉睡的时间不是几个小时，而是整整三天。”

听到这话，迈克尔终于像是被铁锤砸到一样，发出了呻吟。

“哎呀，数错了。还有一个坏消息。得克萨斯州的投票已经结束了。出现了一个不明身份的年轻煽动者，大大影响了舆论走向。投票率77%，赞成票52%，反对票48%。值得祝贺的是，你的故乡已经脱离现实世界，进入了电脑世界。你的同胞们，此刻正在讴歌‘资本主义势力大获全胜的世界’之梦吧。在梦的世界里，好像马上就要度过下个世纪的五分之一了。”

看到迈克尔慢慢跪倒的样子，维卡叹了口气，混合着安心与怜悯。然后她弯下腰，劝慰般地说：

“我要逮捕你。你自身并没有犯下什么严重的罪行，所以我个人也很遗憾。”

按照沃加诺伊的指示，维卡将迈克尔的手背到背后，触碰他的左手腕和右手腕，双手就这样无法分离了。大概是潜入迈克尔体内的纳米机器产生了强大的磁力。既然有这样的束缚方法，为什么不从一开始就这么做呢？想到用塑料袋制作的简陋的临时绳索，维卡很想抱怨两句。

不过无论如何，任务大概是成功了。代价是维卡的个人约定——杰尼娅的生日派对赶不上了。

走下楼梯，穿过几个展示厅，回到陈列展品的走廊，囚犯一直垂头不语。

维卡不知道如何开口。今天，迈克尔失去了从少年时代便怀有的向东方复仇的梦想。他的背影看起来比刚才更小了。想到这里，维卡忽然意识到一件事。虽然有她的陪伴，但在没有灯光的走廊里，迈克尔的步伐毫不迟疑。在黑暗中，他并没有偏向左右任何一边。

也就是说，他还能看到管理者视觉。

“林肯”对管理者视觉的干扰还没有中断。

这是怎么回事？沃加诺伊被“林肯”超越的假象，应该完全是沃加诺伊的策略才对。

“你有家人吧？”

男人忽然抬起头，望向维卡。

他的脸上一改原先轻薄却又亲切的微笑，换成了带着疯狂的笑容。保持冷静的激素依然在维卡体内生效，但她今晚第一次产生了明显的动摇。即使在被说中往事的时候也不曾产生的焦虑，开始出现在心中。

“我收回刚才的话，你真是个不合格的间谍。敌人就在眼前，虽然失去了意识，但你也不该联系家人。你说的是‘你乖乖的，不要乱跑’吧？”

火焰闪现。

迈克尔用鞋子擦了擦地板，维卡身边墙壁上挂的苏维埃国旗，十五年前加上了齿轮图案的那一面，刹那间燃烧起来。是他在参观时动的手脚吧。

“沃加诺伊同志，请灭火。”

维卡慌忙后退，她特意喊出声来，是因为本该立刻启动的喷水装置没有启动。但即使喊出声音，还是没有水洒出来。通信可能被“林肯”阻挠了，这个想法在她脑中闪过，但她立刻甩开念头，摆好架势。

迈克尔放低身子，正在瞪着她。

“让我们改下交易的条件。如果你现在投靠我们，当历史的证人，你就是流亡的英雄。如果你拒绝，那我们下一次将会动用整个合众国的力量把你的孩子抓来当人质。你就赶紧投降吧。”

这是毫无谋略的痛苦挣扎，但迈克尔的语气非常粗暴。就像他相信单靠语言就能杀人一样。

然而，维卡从中途开始就没在听他说话了，他的话变成了维卡耳中的杂音。

因为有个更加安静的声音占据了她的耳朵。

机器振动的嗡嗡声，犹如飞虫在扇动翅膀。令人怀念的旋律。

微弱的声音很快变成刺耳的尖叫，迈克尔终于也将头转向那个方向。尖叫声很快变成轰鸣。

巴拉莱卡。

无人战斗机发出引擎启动的声音。无人驾驶的战斗机，将博物馆笔直的走廊当作跑道一路滑行。

它在动。虽说搭载了人工智能，但在从前，这头没有搭乘者就无法启动的银色野兽，现在却自己发出了咆哮。

伴随着破碎声，它转眼便撞破了门，出现在两人眼前。它的双翼划破墙壁、破坏房间、撞倒柱子、扯掉展板，似乎连二楼的展品都扯了下来。破裂的天花板上掉下来一个陶威尔公司生产的金属人头[1]，滚落在地上。飞机在两个人眼前骤然停下，仿佛那里有一堵墙似的。

“……为什么？发生了什么？”

迈克尔目瞪口呆，连逃跑都忘了。他仰头看着那架本不应该移动的飞机。驾驶座上没有驾驶员，除非坐在上面的是幽灵。

“你知道我们国家是怎么庆祝生日的吗？”

维卡虽然是在对迈克尔说话，但她已经不在意他了。维卡的头转向了与巴拉莱卡相反的方向，一个人影出现在博物馆的入口处。

“听说，在许多其他国家，是由周围的人为过生日的人准备派对。而在这里，是由过生日的人自己准备派对，招待客人。所以，如果本该参加派对的监护人一直都没出现的话，就只有亲自来喊了。”

一直盯着巴拉莱卡的迈克尔，终于注意到小小的脚步声，回过头来。

站在那里的是个七岁的少女——身穿睡衣的杰尼娅。

“抱歉，没赶上你的生日。”

维卡弯下腰，把手温柔地放在少女的银发上。杰尼娅保持着沉默，轻轻点了点头。

维卡看了看迈克尔，本想告诫他不要乱来，却看到他脸色煞白，一脸恐惧的表情，应该顾不上做什么破坏了。

“为什么……为什么那个孩子和中校，和死人长得一模

---

1 化用了苏联科幻小说家阿历山大·别利亚耶夫的代表作《陶威尔教授的头颅》。——编注

一样？”

维卡没有义务回答，所以把答案留在了心里。

难道你认为，以人工智能的伦理观，它会任由卫国战争以来的王牌飞行员死亡吗？即使她的家人希望死者能够就此长眠，但人工智能会理解吗？

即使维卡没有回答，迈克尔似乎也察觉到了。

“原来如此，我终于明白了，你为什么一直保持沉默。你只是个变态。你杀了自己敬爱的嫂子，又把她的克隆体当作女儿抚养，你疯了……”

没必要否认。因为在维卡反驳之前，他便捂住胸口，倒了下去。旁边的杰尼娅朝他挥舞着手指。他的胸口还在起伏，似乎并没有死。大概是在边境植入的纳米机器被激活了吧。原本必须有人驾驶的旧机型之所以会移动，是因为杰尼娅拥有通过不可视的气象扇控制空气流动的能力。直接干扰他的身体也没什么可奇怪的。

其实，杰尼娅并不需要做出挥动手指这个动作。只是因为这样的方式更容易让维卡知道发生了什么吧。

又有别的脚步声传来，是向导和保安。他们两个把迈克尔抬起来，让他坐到巴拉莱卡的后座上。看到迈克尔无力地瘫在椅背上的样子，维卡也终于从长时间的紧张中放松下来，一丝怜悯浮上心头。那是对于这个期望为自己国家的正义牺牲，却未能实现梦想的人的同情。

在两个克隆人安顿迈克尔期间，维卡温柔地抚摸杰尼娅的脸颊，回味着迈克尔留下的疑问。

为什么要抚养杰尼娅，维卡自己也不知道。有一天，这个婴儿爬到门口，通过自己的声带下达了沃加诺伊的命令。自己唯唯诺诺地受命抚养她，也许可以说是出于对国家意志的顺从。但是，自己内心的动机又是什么呢？是赎罪的意识，扭曲的欲求，还是伤感积累成的愿望？

或者，是怀着淡淡的期待，希望通过抚养杰尼娅，理解嫂子内心的想法？

然而，即使遗传基因相同，也不可能传承记忆。

就连遗传基因是否相同都很可疑。杰尼娅的权限比维卡还要高。她显然是某种实验体，不用说话就能交流。要是认为她与人类相同，那就太天真了。虽然不知道她借给沃加诺伊的大脑计算量有多少，但必定与自己完全不同吧。

新的指示出现在眼前。维卡隐约感觉到迈克尔为什么被放在后座，因为前面的座位，果然还是要由自己坐上去。把他送去西伯利亚，似乎也是自己的任务。本来用无人机就能完成的任务，却指定自己介入，意味着还有更麻烦的事情等在前面吧。也许还会把迈克尔和“林肯”牵扯进来。前路漫漫，维卡仰天叹了一口气。

维卡踩着倒下的柱子爬上驾驶座，杰尼娅也被两个克隆人举到机头上。

“爬到上面没问题吗？”

低温、振动、风压、加速度、博物馆的天花板，所有危险一一浮现在维卡脑海里，但杰尼娅只是点了点头。这一切恐怕只是人类的杞人忧天吧。在博物馆内重新启动战斗机所引发的危险和破坏也是如此。

挡风玻璃自动关闭。坐在机头上的杰尼娅转向维卡，用眼神示意。

按下亮起蓝灯的开关。飞机内可能并没有燃料，这也许只是一个仪式。

巴拉莱卡发出欢喜的咆哮，开始再度奔跑。它破坏着博物馆的内部，像是要摆脱过去。

后方升起一道火柱。迈克尔点的火只在墙壁上扩大了少许，眼看要熄灭了，然而借助风势，又重新燃烧起来。

开始上升的机体遭遇到三次冲击。博物馆一楼的天花板、二楼的天花板以及屋顶。机械之兽毫不犹豫地冲破了封闭自己的牢笼。反复的振动让维卡不禁闭上了眼睛，不久之后，摇晃开始平息。

下方，莫斯科在黑暗中屏息。

虽然视觉修正不太到位，但可以看到住宅、公共设施和街道上的一切灯光都灭了。停电波及了整个莫斯科。而一些中转站设在列宁格勒的斯普特尼克也没有发来讯息，所以停电的范围可能更广。

街上有无数人影。

不分男女老幼，人们像是过节一样来到街头，但都站着不动。他们的数量太多了，不像是被战斗机的噪声吓出来的模样，恐怕是城里生活的所有人。肯定是被沃加诺伊操控着大脑站出来的。

他们的无数视线一齐望向天空，望向维卡。

维卡看向杰尼娅，她不知何时赤脚站在了机头，面朝自己。七岁的少女，轻轻打了个响指。

刹那间，维卡感觉自己的大脑像是爆炸了似的骤然扩散开来，感官在眨眼间覆盖了东方全域。她不仅身处于这架战斗机里，也身处于莫斯科的大街小巷，身处于列宁格勒，身处于基辅，身处于明斯克，身处于阿拉木图，身处于列宁斯克，身处于巴库，身处于伊尔库茨克，身处于堪察加，身处于乌拉尔的群山，身处于永久冻土的大地，身处于东西伯利亚的冻海，身处于一个个管理者的大脑中，身处于一个个劳动者的呼吸中，身处于一个个婴儿的神经元中，身处于组成一只只动物的蛋白质中。

身处于苏维埃。

在感受到这些的同一时刻，维卡明白了自己正身处于领导者视觉中。她有一种错觉，仿佛从很久很久以前开始，自己便拥有了全知之力。沃加诺伊并没有选择人类或者国家作为对手，甚至连“林肯”都不是。它甚至没有把人类和“林肯”当作棋子，而只是作为削出棋子的工具和制作棋子的材料而已。沃加诺伊与它自己的无数分身比赛一般计算着未来。那些超越人类理解范畴的东西，那些等候在遥远前方的事物，那些无比深邃的行动原理，在现在的维卡看来，一切都是那么不言自明。

维卡也理解了一件远比那些细微琐碎的事情。它简单得宛若尘土，即使不在眼前，也可轻易想象。

切尔诺贝利人工智能研究所、伊尔库茨克计算湖、伊加尔卡铁道站、符拉迪沃斯托克胎儿培育所、列宁格勒的永恒之火、列宁斯克空军基地的火、莫斯科人工智能博物馆。

七个地方。

就在这个瞬间，在全域停电、黑暗笼罩的苏维埃，亮起七盏明灯。七股火焰在漆黑的大地上摇曳。是的，七个。

在获得领导者视觉的瞬间之后，维卡对世界的感知宛如破裂的气球般急速萎缩，猛烈的虚脱感攫住了她。她知道，填满她的知识和领悟已经从手中、从心里彻底抽离了。失落感不仅来自失去了领导者视觉和管理者视觉，重新回到劳动者视觉。嫂子临死前的想法，沃加诺伊赋予杰尼娅的使命，这些维卡一直在寻求的答案如同海市蜃楼般从眼前掠过。

当然，对于沃加诺伊在寻求什么的领悟，也消失得无影无踪。手中只留下一个真相，就如同经历了漫长的梦境之后，记忆中只留下醒来前的最后一个场景。

今天发生的事情——迈克尔和他的同伴一天的表演以及“林肯”的判断……一切都是为了引导出接下来数秒之内发生的事，在他们一无所知的情况下。

维卡几乎想放声狂笑。

黑暗中，杰尼娅侧过身，拨开被强风吹到脸颊上的银发，然后微微弯腰，做了一个吹气的动作，仿佛吹走了看不见的蒲公英绒毛。

再度浮现在维卡眼前的景象，已经不再鲜明。因为那不是领导者视觉，而是她自身的想象力创造出来的景象。但依然惊人。

迎来七岁生日的少女，一口气吹灭了插在苏维埃这个生日蛋糕上的七根蜡烛。黑暗降临了。

杰尼娅忽然又转向维卡，头发被更加猛烈的狂风吹得乱糟糟的。她露出微笑，维卡也回以笑容，向她点头。维卡只能这么做，就像幼儿自动模仿成年人的表情一样。

如果有这样一个人，为了七岁少女的生日，不惜付出莫大的牺牲，停掉整个东方的电力，引导恐怖分子点燃火焰，然后再将那些蜡烛一瞬间吹灭，那么为了代替拉响玩具爆竹，又会发生什么呢？到了八岁生日的时候，会将整个地球作为蛋糕吗？上演这一幕的真正理由到底是什么？人类究竟要到什么时候，才能被唤到桌边参加宴会呢？即使把无边的疑问缩小咀嚼，藏不住的战栗也沿着身体一路向上爬，在它即将化作尖叫的时候……

“没关系的，不用担心，维卡。机器之神会保护你。”

维卡猛然睁开眼睛。她仿佛听到当年嫂子说过的话在脑海里回荡。那是错觉，还是……

侧身站在机头，面对着莫斯科夜空的少女，似乎微微动了动嘴唇。

维卡很想和谁说说话。她对着后座那个不可能清醒的人，轻声说：

“好好睡吧，梦之国的人，因为醒来的时刻就要到了。无法安睡的时代就要来了。不管是你们国家，还是我们国家。”

嫂子肯定没有预想到会迎来那样的世界吧。但那正是她当年的愿望，是她选择构建在自己尸体上的未来。

既然如此，那就见证吧。

维卡小声哼唱起生日歌。

快于光，慢于光

“人类必须逃离，”丽娜说，“人类必须战斗，必须努力控制自己所在的环境。即使因此走上更糟糕的灭亡之路，那也终究是人类的命运。”

“我并不在乎死者，”丽娜说，“我在乎的只有生者。”

——巴里·马尔兹伯格《一个名叫罗马的银河》

我从报纸上得知了同学们未来的梦想。

同为文艺部成员的寺浦健太郎想做游戏策划师，坐在他旁边的细原海斗以加入美职篮为目标，从幼儿园开始就和我是同学的檎穰天乃，为了成为漫画家不停地投稿，这些事薄情的我还是记得的。

不过，29 名同学中的大部分，只是每天在同一间教室里上课、活动，在课间休息和放学后混在一起瞎玩，我根本不知道他们藏在心中的未来。没有什么机会谈论将来的梦想或者人生的目标，一次也没有。直到不能再在同一间教室里上课的时候，才终于透过报纸了解他们的内心，这种事情如果天乃知道了，大概又要笑我了。

刚刚家长席的某处传来抽泣声，是谁的家人呢？不久，又有两三个抽泣声叠加在一起，每一声恸哭都是对谁的祈祷吧。

我也无法将目光投向家长席去确认。虎视眈眈的媒体占据了体育馆内的各个角落。身为毕业生之一，如果自己有任何多余的动作，立刻就会成为相机镜头的猎物。所以我目不转睛盯着前方。我看的不是正在讲坛上宣读毕业生寄语的知事[1]，而是他的身后。

舞台后面的幕布上挂着四张照片，夹在国旗和校旗之间。那是修学旅行时，A 班到 D 班各自在东京台场的自由女神像前拍摄的集体照，被放大了很多。摄影师肯定很优秀，虽然并非所有人都是满面笑容，但有六成左右的孩子都在笑，即使没在笑，脸上也有少许的兴奋和昂扬。除了极少数的例外，整个年级都照下来了。

我不知道大家在东京的景点聊了什么，又是怎样自由活动的。

当我正在思考那些的时候，轻轻的咔嚓声突然在身边响起，吓了我一跳。我悄悄转动眼球去看，只见坐在旁边的薙原叉莉那短得吓人的裙子下，露出被太阳晒黑的膝盖，上面放着装毕业证书的纸筒和手机。她还在截图。

手机屏幕上显示的是透过新干线的窗户看到的同学们。

“别这样，薙原。”

“啊？”

她的语气听起来像要吵架，不过我知道她并没有敌意，而是天生如此。现在的我知道，如果因为害怕不敢往下说，她才

1　日本都道府县行政区的首长。——编注

会真的不高兴。

“毕业典礼本来可能会取消，这是他们专门为我们办的。”

“没人求他们办吧？我没有，你也没有。”

“别说得像个混混一样。”

“我又没说错。这都是那些家伙的自我满足。”

“喂，声音太大啦。大家都在看你。”

我尽力压低声音，但薙原并没有放低音量。

“是你太敏感了。”

“才不是，毕竟……”

我犹豫了一下要不要继续说，稍稍向后侧头，做出像是观察自己右肩有没有头屑的样子。

后面是一排排折叠椅。体育馆最后面坐的是二年级的在校生代表，共计一百九十人，坐了好几排。他们前面是好几排家长和亲属的座位，超过两百人。而在最前面，我们的正后方，是一百多把无人的折叠椅组成的海洋。

我转回头，目不斜视地继续说：“只有两个毕业生。”

私立纪上高中第四十七届学生，三年前举行了入学典礼，四个班级共计一百一十七人。而今天的毕业典礼，只有一个班级共计两名学生。

“第四十七届学生遭遇的是空前的灾难。未受波及的两名学生，还有各位家长，应该都还不能接受这一惨痛的现实。在岁月一天天的流逝中，各位的心也许还将被束缚在那一天里。但是，我期望各位务必知道的是，我们这些成年人，绝不会忘记他们。”

即使仅剩的两名毕业生毫无听讲的模样，讲坛上知事的致辞也迟迟没有结束的迹象。根据张贴在体育馆墙上的典礼流程，现在是“知事致辞”，接下来是“电报”。通常毕业典礼上所用的“祝词”“贺电”，那些带有“祝贺”意思的词都被替换掉了，变成了一场怪异的仪式。就像把不可能出席的人的位子也按人数排好一样，这样的悉心只透出疯狂的味道，证明了成年人的世界总是在以我们无法理解的逻辑运转。今天一整天都把摄像机架在失事车辆前拍摄、给家长直播的举措，肯定也是人生中从未遭遇过不幸的纯善之人想出来的吧。

我想到本该坐在毕业生座位上的那些同学，想到我所在的私立纪上高中二年级 D 班，不由得瞥了一眼薙原的膝头。

她手机上显示的刚好是檎穰天乃——我的青梅竹马。

那是直播的实时影像，不是照片。

本来应该与我们一起毕业的一百一十五人，没能参加毕业典礼。

他们此刻正和带队老师一起，走在从东京修学旅行回来的路上。

走了足足六百天。

白鳞龙快要死了。

冬末时节，神铁草开始散落红铜花的时候，这样的流言开始在族人中流传。少年先是不信，也不愿相信。大人们和瞳占师在“墙”的背后窃窃私语，那确实有些不同寻常，但即便是偷听了谈话的朋友们气喘吁吁地跑来告诉少年这个传闻，他也无法接受。

不过，他心中因此隐隐作痛。

因为对少年来说，白鳞龙是无可替代的朋友。

当然，龙不会说话，也不知道它是如何看待少年的。

但对少年来说，龙任由他爬到背上晒太阳，钻到肚子下面乘凉。只有在龙的身边，少年才会感到不可动摇的安稳，比年幼时被疾病夺去生命的父亲还令他安心。

一起爬上龙背奔跑的弟弟，也因为重感冒去世了。在少年还不会用弓箭猎杀壁蛇的小时候，龙就将巨大的、不胖不瘦的躯体横在草原上，在岁月的流逝中一点点向西爬行。

与白色的龙相比，从龙背上俯瞰的褐色帐篷总是在风中摇晃，仿佛遇到暴风便有飞上天空的危险。少年从几十顶帐篷里找到自己的家所在的那一顶，它看起来更加不牢靠。自己居然就生活在那里面，真是不可思议。

每当夏至祭典来临时，长老都会坐在龙背上讲述故事，虽然年轻人早已听够了，但少年总像是第一次听到似的，满眼憧憬。

“很久很久以前，我们遥远的祖先就对旅行深深着迷。生活在湖边的人，生活在河边的人，生活在深山里的人，都去旅行。旅人们聚集在一起，堆砌石头，建起巨大的村庄，但仍然渴望着远方的土地，渴望走得尽可能快、尽可能远。

“其愿无涯，而人生有涯。

“所以从前的人饲养了许多能够飞速奔跑的动物。借助比光还快的龙之力，在遥远的天地间刹那穿梭。不仅是龙，还有在天空中飞翔的巨鹰、在水里游泳的大龟、飞天的麒麟都被他们驯服，一起前往远方。

“然而，那些放弃天赐之所、去往异邦的人，终于触怒了神明。驯养的动物受到诅咒，一下子变老了。龙、巨鹰、大龟、麒麟，都成了比人类行走还慢的动物。

“人们害怕再度触怒神明，于是选择在出生之地生活，在出生之地死亡。他们毁去石柱，巨大的村庄也归于尘土。

“但那时，我们的爷爷的爷爷的爷爷的九百代之前的爷爷，选择了不停留。他希望有一天神明原谅人类，解开龙的诅咒。他想和慢慢地爬行前进的龙一起生活。于是，龙的路，便成了我们的路。

“我们变成了龙的守护人。

“当终于有一天，神明宽恕我们，龙再度拥有比光更快的速度时，我们将和龙一起，抵达祝福之地。”

少年不知道这故事中有多少是神话，有多少是事实。

不过，他并不怀疑，他们的祖先的祖先，过着与今天完全不同的生活。

因为有证据。

龙的侧腹画了若干四方形，彼此保持着有规律的间隔。四方形里画着古代人的形态，将从前的神奇文化传诸后世。

有人看着模样奇异的手镯，有人用手指抚摸宛如祭具的小板。

他们身上的衣服，要比少年的部族所穿的衣服鲜艳多了。那是宛如龙鳞般刺眼的纯白和纯蓝。村子里那些喜欢用草花汁液绘画的怪人，也常常讨论需要捣碎什么样的花才能得到那么美丽的颜色。

按照老人们的说法，那些画是古代人以魔法之力绘制的，随着时间的推移，姿态也在逐渐变化。少年也确实看到，原本在画中闭着眼睛的男人，在漫长的岁月中慢慢睁开了眼睛。

少年尤其喜欢其中一幅美丽的画。

画里也画了若干古代人，而在前面画得最大的，是一位正从座位上站起来的少女。她穿的也是白蓝相间的衣服。

褐色的眼眸中浮现着期待的神色，仿佛有什么迫不及待要去做的事。

每次来到那幅画前，少年都会有些慌张，反而忍不住要把眼睛移开。

那不仅仅因为画中的少女很美。

也因为她与少年小时候相识，后来又分别的少女一模一样。

第一次去看那列新干线，是在修学旅行的三天后。学校要求我待在家里，我却搭上叔叔的汽车，在拥挤的高速公路和普通公路上穿梭接力，用了八个小时才到。

“你别太难过了。”

在这次小小的旅行中，这句被叔叔翻来覆去说了好几遍的话，总显得苍白无力。后座上的我，与驾驶座上的叔叔之间的距离，远比眼中所见的大许多。只在家庭聚会中见过两三次的叔叔，忽然给父亲打来电话。从那一刻开始，我就感到一种隐约的厌恶。

叔叔是杂志编辑。那是一份封面色彩极度夸张的杂志，塞满了令人反胃的内容，诸如艺人们的下半身惹出的麻烦、体育明星的荒唐行径、教派继承人的争权夺势等等。我有着高中生的洁癖，从心底瞧不起这样的叔叔。不过我同样也是个懂得待人接物的高中生，不会把那样的话说出口来，徒增事端。

“难不难过也不好说，就连发生了什么我也不是很明白。”

那件事发生的时候，我正躺在自己房间的床上，没去看聊天软件，而是浏览着网络论坛。因为班级群里都是修学旅行的实况。

看到热搜中出现了“新干线”“希望号”“事故”“信号中断”等文字，我不禁吓了一跳，又看到有人发动态说“新干线已经停了一个小时”，赶紧去群里一看，才发现原本如同雪崩般追赶不及的聊天记录，从大约一小时前开始陷入了沉默，于是我又打开了电视。但接下来的情况就不清楚了。电视上说新干线停运了，人都关在里面，还有一些让人无法理解的话语，即使当我到了新干线旁边的这一刻，依然无法理解。

我又对叔叔说了一遍我的不解，他用一种很老成的语气回答道：

“你迟早会明白的。你要做好最坏的准备，免得到时候受不了崩溃。”

虽然并不知道最坏的准备该是什么，我还是点点头。

“班上有你喜欢的人吗？”

叔叔突然问，也许只是随口说说，但是这个出其不意的问题，让我感觉心中柔软的地方被触碰到了似的。

“嗯，有啊。”

“是吗，那要加油啊。”

坐在后座上，虽然看不到叔叔的表情，但从这句话里，我似乎第一次感觉到叔叔流露出真切的关心。

我没有坐在副驾驶座上，因为那里已经有了先到的客人，是一大堆书，大约有二十本吧。我在沉默中出神地望着它们的书脊，口中默念那些古怪的标题。

《恐怖馆》《地球是原味酸奶味的》《山手线的翻花绳女孩》《距离故乡 10000 光年》《忘却之星》《看海的人》《某天，炸弹从天而降》《武士·土豆》《扩张幻想》[1]……

就在这时，叔叔踩下了刹车。

他从车窗探出身子，把自己的驾驶证和我的学生证出示给走过来的警察。

“这是私立纪上高中二年级 D 班的伏暮速希，我是他的监护人。已经向静冈警察局的室田警官通报过了。”

叔叔带我来这里，似乎就是为了这一刻。

出问题的新干线，与指挥中心以及其他车辆之间的信号都中断了。警车和消防车赶来后，他们也束手无策，只能先禁止围观人群靠近车辆周围，除了调用直升机从上空接近的几家媒体外，新闻记者也被挡在外面。

到处都是运动会上用的那种四方形帐篷，上面印着“静冈警察局”的字样。不肯放弃的媒体，车上乘客的亲属，都在那里和警察争执纠缠。报道说车上大约有八百人，那么相关人员大概会有几千人吧。如果这个地方距离新横滨站稍微近一点，赶来的人员恐怕会把这里撑爆。很难说是幸运还是不幸，这里的交通很不方便，而且因为有这个巨大的障碍物，东海道新干线也全线停运了。

叔叔按照指示，把车停在路上画出的车位里。

我们下了车，在警察的陪同下，穿过禁止入内的围栏，顺着台阶走上新干线行驶的铁桥。“希望号”周围围了一圈警戒

1 都是时间题材的科幻小说。——译注

线。电视剧里常见的那种黑黄色的警戒线似乎不够用，有些地方拉的还是普通绳子。

“两人进入，高中的幸存……学生，和校方人员。”

对着无线对讲机报告的是带我们通过警戒线的警察。他说了一半的“幸存者”这个词，让我生出不祥的感觉。

一共十五节车厢。我和叔叔走向最后一节车厢最后的窗户。

叔叔朝窗户里面看去，他的表情无法单用“认真”形容。他脸上有种异样的光芒，那是接触到未知事物时的好奇心，就像是出神看着蝴蝶扇动美丽翅膀的小孩子。

“快看！”

在叔叔兴奋的催促下，我也战战兢兢地把脸凑到车窗上。

映入眼帘的，是一幅简直不像现实的景象。

玻璃窗里面，身穿西服的上班族正在将一次性筷子伸向铁路便当。

而且保持着伸的动作，静止不动。

显然，他的视线始终盯着自己的午饭，对发生在自己身上的事情一无所知，就像对地震之初的轻微震动毫无察觉一样。

“我以为会像蜡像那样，没想到完全没有蜡像感。太真实了……喂，你没事吧？”

直到叔叔喊了一声，我才意识到自己已经站不住了。我伸手扶住车身，在即将摔倒之前努力恢复了平衡。叔叔朝车窗按下快门的声音，听起来遥不可及。

我们一点点往前走，又看了两三扇窗户。

窗内的景象让我愈发感到不真实，宛如在梦中。

一个壮年男人托着脸颊，正在打哈欠，眼中浮现出泪花，却没有要流下来的样子。一个幼儿园大小的孩子，在妈妈膝头伸着双手，张着嘴巴，脸上带着诉说的神色，却没有说出话。有个少女身穿和服，手拿团扇，正抬头看着我。被风吹起的发丝呈现出轻盈的样子，却像雕刻般凝固在半空。

新干线外面，还有几个像我们这样正常行动的人，大概是亲属吧。有个男人用拳头砸着车窗，拼命喊着某个名字。有个妈妈带着孩子，不知所措地站在车窗前。在走过好多扇车窗，走过几节车厢的过程中，我的内心飘忽不定，无法沉下来。但是，这种想要逃避的心理终究还是结束了。

因为我眼中看到了熟悉的色彩。在 11 号车厢的最后排，我看到了蓝色。那是我所就读的高中的校服所用的颜色，绝对不会看错。

我下意识地超过叔叔，默默地把脸贴到车窗上。

是我的同学，播本樱。我和她没有深交，不过她是班长，虽然有点多管闲事，但并不讨厌。站在讲台上决定修学旅行的是她，出发四天前介绍旅行日程的也是她。

她单手拿着翻开的修学旅行手册，神经质般的眼神从眼镜后面透出来，落在书页上。旅行的日程只剩下各自回家了，难道她还担心延误吗？

但我不能笑她杞人忧天。因为他们还没有回家。

“这是你的同学？”

叔叔在后面问。我没有转身，只是轻轻点了点头。

“这扇窗户里的同学，从靠窗到通道，都叫什么名字？”

我把脸更贴近车窗，半机械地说：“靠窗的是播本樱，班长。中间的是日垣梨子，田径社的。靠通道的是 A 班的女生，好像叫铃木什么的，名字不知道。哦，可能不是A班，是C班的吧。”

叔叔一边在记事本上飞快记录，一边说：“知道了。不清楚的地方也没关系。我拍个照，然后下一排。”

我一排一排往前走，把窗户里看到的每个人的名字逐一告诉叔叔，一个不漏。他是打算写到杂志报道里吧。确定谁坐在哪个座位上，是叔叔强加给我的工作。但即使意识到这一点，我也没有反抗的想法，甚至感谢他给了我这样的工作。几天前还在同一间教室里的同学们，沉默着静止在自己面前，这让我的内心极度狂乱，有种无法言喻的情绪。他们没有例外，每个人都静止不动。寺浦、细原……

我突然意识到一件事，天乃在做什么？

檎穰天乃就在这辆车的某处。在高速公路上的时候，他一直占据着我的脑海，但当亲眼看到这场事故时，巨大的冲击让她飞出了我的意识。

也许，我只是把心灵封闭起来了而已。因为，一想起她，心口便痛到无法呼吸，心跳声也仿佛在耳中响起。

我已经认过了将近一半的同学。

也许她就坐在下一扇窗户里面。

“你是纪上高中的老师吗？我是静冈警察局的。”

这时，一名警察来问叔叔，打断了我的思绪。把他误认为老师，大概是警方内部信息传递的失误吧。后来我才知道，校方和一部分亲属所乘坐的车，24小时之后才抵达。

“辛苦了。我是逢坂胜，这是D班的学生伏暮速希。”

叔叔在警察面前没有说谎，但也没有澄清误解，似乎想以此获取信息。我在成年人面前只能保持沉默。

警察又看了身穿校服的我一眼。

“那边还有一个学生，能不能请老师帮忙劝劝她？”

听到还来了一个学生，让我有点惊讶，也产生了期待。除了我之外，居然还有一个倒霉蛋没能参加学校生活中最值得回忆的活动——不，应该是没有被卷入这次事故的幸运儿。对那个还没见到面的同学，我涌起了单方面的伙伴之情。

为了劝说那个人，叔叔按照警察的要求过去了。我也不得不绕过车身，走向另一侧的车窗。

隔着车窗，确实看到车身另一边好像发生了什么争执，只是看不清楚。我默默想象那个同伴未能参加修学旅行的原因。就读我们这所私立学校本来就费用不菲，所以应该不是钱的问题。那么是因为突发急病吗?

另一侧的争执也发生在第十一节车厢，在我们同学所在的位置，三名警察把那个人围在里面。

其中一名警察正在试图安慰，但那人却怒吼般地反驳着。

已经走到这里了，还是不知道那人是谁。从那人穿着我们的校服看来，应该是我们学校的，但她头上戴着全脸头盔，看不到相貌。

即使被成年男人围住，那人的身高也不显劣势。右手拿着一根反射着微光的银色物体——金属球棒。

我和叔叔的出现吸引了警察们的注意力，戴头盔的人没有错过这个机会。

那人伸手用力推开站在自己面前的警察。

“嘿！”

她双手挥起金属球棒，奋力朝前砸去。

朝着被推开的警察背后那扇新干线的玻璃窗。

我不由得闭上了眼睛。

然而，没有发生任何预想的情况。

没有碎片飞来，没有玻璃破碎的声音。仿佛声音和冲击都消失在了某处。只有一块毫发无伤的玻璃。

警察对挥完棒喘着粗气的她说："早就说过了，我们试过电钻，但是一个孔都没钻出来。"

"闭嘴！你们试过所有的窗户吗？"

丢下这句话，她又向另一扇窗走去，但终于被忍无可忍的警察抓住了手臂。看着她挣扎的模样，叔叔说："再闹下去她会被逮捕的，妨碍公务罪。"

不等叔叔说完，我便跑了过去。

"还是……等老师的安排吧。"

"啊？"

与其说是我的话说服了她，不如说是看到同一所高中的校服，让她停下了动作，随即便被警察们按倒在地。

"放开我！"

警察摘下她的头盔，染成金色的头发散落下来。

看到她被按在地上用憎恨的眼神抬头盯着我的样子，我明白了。

原来如此，不能参加修学旅行的理由，除了生病和钱的问题，还有一个可能——辅导[1]。

---

1 日本针对未成年犯罪者的强制教育措施。——译注

除了我，只有一个人没有参加休学旅行。她是全年级第一的问题学生，全校知名的不良少女，薤原叉莉。

你怎么这么倒霉啊，速希

换一天感冒不好吗

谁能自由控制哪天感冒啊

那就是你的气场不够压倒感冒

想要什么礼物？

让我想想

那就冰激凌吧

怎么这么快就定了

而且还是会融化的

要求真多啊老兄

你自己来买吧

太过分了吧

会是个不错的回忆呢

请体谅一下病人

加油，快点好起来！

我也会努力的！多多支持我吧

祝我们天乃成功！加油

“那是天乃吗？”

薤原的话，让我慌忙把手机扣在桌上。

真不该做完了讲义上的题，就去看聊天记录。旁边的薤原对我遮遮掩掩的行为很不满。大概是背对夕阳的缘故，她看起来就像头马上要扑过来的狰狞野兽。

“问你话呢。你在看和天乃的聊天记录吗？”

“是，是的。”

我下意识地用上了敬语。换了谁都会这样吧。

薤原叉莉是个“有名”的家伙。在厕所里抽烟，把性骚扰的老师打进医院，把看不惯的高年级男生一顿收拾，每天夜里都骑摩托冲上山顶。这些流言连不同班级的我都听说过，只是不知道哪些是真的，哪些是编的。总之每次听到时，我都祈祷永远不要和这种人发生交集。

祈祷没有效果。暮色犹如生物般悄悄潜入，教室里只有我和薤原两个人。事故发生了一个月之后，我们终于开始上学，在 D 班教室里相邻而坐。发给我们讲义的老师 20 分钟后才会回来，没人来救我。

这并不是人口稀少地区的小学，而且为了仅有的两个学生开课和考试，在劳动力和费用上都很不合理。七名教职员工也卷入了这场事故，更是雪上加霜。实际上，确实讨论过把我和薤原作为特例转入其他私立高中，但家长委员会中几位很有影响力的人士从中作了梗。

以 C 班远藤聪的父母为中心的一派坚持说，被困在新干线中的学生和教师，他们的状态只是暂时的，可能明天事故就会结束，他们就能返回学校了。解散这个年级，等于剥夺他们的归宿。

报道中也提到了这份声明，在新闻中获得了普遍拥护，但网络上的评论则是更为现实的批判和嘲笑，说“这些家伙都傻了吗”。总之，校友会出身的新校长上任之后，由他校老师轮流来给仅有两人的 D 班上课这件事就确定了下来。大概是因为家长们心中太过失落，本应该用在孩子身上的财产和能量都没了去处吧，他们建立了“希望 123 号亲属协会”，成员中还包括学生之外的其他受害者的家人。协会发起运动，要求国家和日本铁路公司尽早解决问题并做出赔偿。要问这种莫名其妙的情况到底该不该由谁承担赔偿责任，我也不知道怎么回答。

总而言之，我和“疯狗”两个人，在二十九分之二的座位上，面对着讲台，开始度过剩下的高中时光。薙原死咬住我手机不放的这一天，也就是这种生活开始的第一天，第六节课的时候。

“借我看看，就一下。”

“不行……”

我慌忙按住手机，和薙原伸过来的手叠在了一起，但我完全没时间为此心动。因为薙原扭开我的手腕，想要抢走手机。糟了，人生中第一次碰上不讲理的混混了。不对，现在不是想这个的时候，总之不能让她看到我和天乃的聊天记录。

老师回到教室的时候，我正蜷着身子，拼命抵抗过来抢手机的薙原。

今天第一次见面的老师冷冷地训了我们两个人一句，收回了讲义。我们复学后的第一天“上课”便结束了。

我从座位上站起身准备回家，但如果就这样回去的话，路上可能会被人偷袭，而且我也不想整天和一个想着偷袭我的人一起上课。我把手机塞进书包里，全力维持着戒备的姿势，小心翼翼地抽身问：

“你干吗非要抢我的手机？”

“我好奇。想知道你和天乃在事故前说了什么。”

我立刻在头脑中思索薙原和天乃的关系，但是没想出来。进入高中以来我和天乃一直在一个班，但和薙原从来没有同班过。薙原也不大可能和天乃一样加入了漫画研究会或者图书委员会。我正在纳闷，薙原自己说出了答案。

“天乃是我妹妹。”

“啊？”

“啊什么啊，檎穰天乃，她是我妹妹。”

“奇怪，你们姓氏不一样，天乃也没说过她有姐姐。而且你和她还是同一个年级，长得也一点都不像……”

“同父异母。一个是正妻的孩子，一个是小三的孩子。”

薙原说得轻描淡写，我反而不知道如何接话。

“因为说出来不好听，所以我和天乃都不太提。”

我心中的好奇心几乎要爆炸，但又觉得不能深入这个话题，所以没有追问。

“不，就算是姐妹，也没有看人家聊天记录的道理。”

我不知不觉忘了用敬语。她们是姐妹这件事对我的冲击太大了。

“防止渣男骚扰妹妹，是姐姐的义务。”

她盯着我，而且我感觉她摆好了架势，以便随时冲过来抢我的书包。我意识到自己身处险境，尽力反驳。

“可是，随便看妹妹聊天记录的姐姐，会被妹妹讨厌的。”

薙原的喉咙里发出狮子一样的吼叫，仿佛就要扑上来了。完了，我说错话了。

“确实，你说得没错。”

是我瞎担心了。“疯狗”像是被人喂了食物一样，垂下了头。

因为自己的原因不想被她看到聊天记录的我，不禁产生了罪恶感，赶忙又说：

“给你看看班级群吧，好多人说话，天乃也传了好多照片。”

“真的？”

她靠了过来，我感到自己额头渗出了冷汗。再让她着急的话，说不定会把我脖子咬断。我放弃了，从书包里掏出手机，打开班级群，递给她。

薙原没有切换画面，老老实实翻看聊天记录。有时会截个屏，难道是想发到自己手机上？

全看一遍很难吧，修学旅行的聊天群刷新非常快。深夜老师的巡视、游乐设施的等待时间、网红甜品店、热门漫画的合作款纪念品信息等等，简直和旅行手册一样。

薙原盯着画面说：“好多人在群里喊你，人缘很好啊。”

“天乃为了让缺席的人也能稍微体会到一点参加修学旅行的氛围，提议让大家多发照片。”

“哎呀，这么体贴。”

“但是她私下给我发消息说‘其实这样可以更有效地搜集绘画材料’。”

“确实像她的作风。”

说着，薙原忽然笑了起来。这是她今天第一次露出少许缓和的表情。我因此放松了警惕，就像是毫无防备地跳进刻耳柏洛斯[1]笼子里的饲养员，犯下了愚蠢的错误。

“你嘴上说是为了不让渣男骚扰妹妹，其实心里……”

1　古希腊神话中的地狱三头犬。——编注

“啊？”

她恶狠狠地瞪着我，吓得我不敢再问下去。

“不，没什么。”

“怎么可能没什么！想说什么就说！”

我和她的距离本来拉近了点儿，突然又远到北极去了。气温降到冰点以下，我反而不得不继续说下去。

“你觉得天乃和其他人都能回来吗？”

“废话！”

她立刻就给出了回答。有点抢答的味道。

“天乃是个闲不住的人，像一辆飞驰的特快列车。所以那个状况马上就会结束。结束不了那我就来想办法结束它。”

丢下毫无根据但又铿锵有力的这句话，她又低头去看手机了。侧脸上流露出的专注，确实让人想起天乃内心的坚强。她纤长的睫毛令人心动，眼睛是和天乃一样的褐色。她趁着我大意的时候，开始检查我的手机相册，大概是要找天乃的照片。

“喂，喂，你干什么呀！”

“啊？”

我以为她又要凶我，但她只是歪头从口袋里取出了自己的手机。虽然巧克力形状的可爱手机壳和她不配，但我没有不要命地说出来。看着她用自己的手机搜索着什么，我意识到薙原的“啊”，除了威胁，还有别的含义。

“这个和这个有点不一样吧？”

薙原指的照片，是叔叔和我一起检查车厢时用手机拍的。

D 班学号 24 的文山大辅坐在 11 号车厢的 3 排 E 座，正用手机在玩音乐游戏。拍下来的画面即使隔着窗户也很清楚。

接着薙原指了指自己手机里的图片。

“这是昨天电视直播的截图。”

她把几乎一样的图像放到最大比较。

“文山的手机画面，是不是有点很细微的差别？”

我的眼力一般，一下子答不上来哪里不一样，仔细看了半天，发现起初游戏画面上显示的“Excellent[1]！”，在一个月后的图片上被心型图标遮住了。就像游戏还在进行一样。

就在这时，我的头脑中浮现出一个想法。

“难道……新干线里面，不是静止的？”

“不是静止的？”

“如果事故第三天的照片，和昨天直播中的画面不一样的话……我们都以为车里的人是静止的，其实说不定只是非常非常慢吧。他们的动作慢得肉眼分辨不出来……”

当天我们便把两张照片连同我们的猜测，一起交给了警察、报社，还有叔叔的杂志。

这两张对比图片在网络上引发了大量的猜测和验证。

据说，文山在玩的游戏，从文字的显示到图标的出现，有着肉眼几乎无法分辨的极短间隔。所以，从文山的音乐游戏看来，从事故的三天后开始的一个月，游戏还在进行，只是非常非常缓慢。

而这时候，警方也终于宣布，新干线也在非常缓慢地移动。有媒体指责说，警方早就拉了警戒线，所以肯定在事故发生的几天内就掌握了这个情况，只是出于不作为的态度隐瞒了下来，

1 “极好”，此处为游戏得分评级。——编注

当然警方完全不承认。

总而言之，电视台调来超慢速摄影机，寻找戴着有秒针的手表的乘客，把镜头朝向他所在的窗户。

从结果来说，秒针每前进一格，大约需要三百天。

这就是说，新干线内的1秒钟，相当于外面的260万秒。新干线内的时间，大约是外面的2600万分之一。车里的人，以那样的速度思考、呼吸、流汗，一如既往地生活着。

从新干线现在的位置计算，不难得出结论。

开往博多的新干线“希望123号”，一定会抵达下一个车站——名古屋站。

时间大约是在公元4700年。

沉入夜幕的新干线，闪耀着犹如月球基地般的光芒。伫立在月球上的宇航员远远望着他们的基地时，大概也会有种在看绿洲的感觉吧。车上那些时间被极度延长的朋友们，沉浸在修学旅行的快乐回忆中，就像住在乐园里一样。那是个无限接近于炼狱的乐园。

“好安静啊。”

我本来只是自言自语，但是武先生的声音从背后传来。

“因为晚上人少。刚才挖掘机还在工作。”

A班的佐佐木翔真和我本来毫无交集，他的父亲便是武先生，经营着数家投资公司。在“希望号”事故后，他作为亲属协会的成员，积极活动着。

回头看去，只见武先生的背后，立交桥下面，有十几栋房子。实际上也就是几排小小的建筑，透出犹如深海鱼般的淡淡光芒。那是只在东日本大地震的新闻报道里看到过的临时住宅。一部分乘客的亲属买下了原本是农田的土地，在这里盖了房子。有些亲属会把全家都搬来这里，有些则只是在夏冬的长假才来。刚刚经过毕业典礼开始放春假的我，今天被安排住在亲属协会预留的一栋房子里。

武先生也看了一眼临时住宅群，喃喃自语道：

“本来想建些更像样的房子，但是每年都会挪几千米。”

我本不想接话，不过意识到这番话中包含了武先生的决心，便小心翼翼地问：

“您是说，如果车辆经过几十年走了很远，您打算也跟着搬过去？”

“不到那时候谁也不知道。不过，要是有人在铁路上捣乱就麻烦了。”

武先生的语气平淡，我却无法回答。

他们为了保护 2700 年后才会停车的新干线而搬来这里，却也无法定居在一处。

我望向车后。“3/1”“3/8”“3/15”“3/22”，他们每周都会在车辆末尾竖起标志，证明新干线确实在以极缓慢的速度前进。那些标志的意义恐怕并不仅仅是记录。因为日期的文字在黑夜中也闪耀着光芒，宛如神明们正在建设通往世界尽头之路的施工现场。

当然，事故发生至今已经一年多了，不再有警察和消防队，警戒线也撤除了。接手的是不幸被点名的交通部的工作人员，他们在不断记录车辆移动的无聊工作之余，还负责接待国内外的研究机构，并把毫无成果的他们送走。这就是武先生告诉我的现状。

“NASA[1]来的时候，大家都挺期待的，气氛很热烈。”

对于武先生的介绍，我不知如何回答，只能附和一声“是啊”。

“他们认为只要再现同样的条件，就有可能引发同样的现象，所以让没有乘客的新干线在旁边的铁路线上行驶，但是什么都没发生，也没得到任何线索……”

武先生眼神涣散地望着“希望号”旁边的铁路线。关于那个以失败告终的计划，沉默以对或者答些什么都让人不舒服，好在一串脚步声打破了尴尬。

“佐佐木先生，这个还给您。”

朝武先生伸出手的，是身穿运动服的薙原。我很惊讶她能用敬语和成年人说话，不过并不打算讥笑她。黑暗中也能看出她的额头都是汗，运动服上全是泥巴，脸上带着浓浓的憔悴。

薙原递给武先生的是挖掘机的钥匙。武先生慰劳了一句：

“辛苦了，很累吧。明天还要用的话，就放你那边吧。”

薙原郑重地说了一声谢谢，把钥匙装回口袋。

武先生朝住处走去。我对薙原说：“辛苦了。”

“嗯。”

“这个，要吃吗？”

“哦。”

薙原的话很少。我把巧克力味的能量棒和茶饮料递给她，她几乎是自动地开始吃喝起来。一年多一点的时间里，教室里

---

1 美国国家航空航天局。——编注

只有我和她两个人，今天第一次见到她这么听话。

毕业典礼的第二天，刚刚拿到摩托车驾驶证的我，跌跌撞撞开着车，花了两天时间终于来到“希望号”旁边，结果薙原早就到了。毕业典礼一结束，她就不见了，似乎连家都没回。她自己和天乃的毕业证书，都放在车厢附近。

薙原依然以吓人的频率骑摩托来这里。早在毕业前，校规对她就形同虚设，她甚至还参加了允许学生参加的摩托车赛事。“‘希望123号’低速化受害者相关人员募捐奖学金”这笔名字饶舌的钱，她一点也没动，而是把打工挣的钱和比赛奖金用在这里，还有照顾天乃的母亲上。

“希望123号”事故影响的不仅是乘客和亲属，还把整个日本搅得一片混乱。

新闻主持人将乘客的“亲属”说成“遗属”，遭到亲属协会的猛烈抗议，节目被迫取消。执政党的政治家发言称应当尽早处理掉车辆，结果遭到问责，开除了党籍。

不过别说处理了，要挪开“希望号”都不可能。客观上，车身用吊车吊都纹丝不动；主观上，在车内有人的情况下，也不能贸然处置。尽管这个方向的铁轨被堵上了，但反方向还是畅通的。虽然往来班次有所减少，但还可以维持运行。不过，没有任何一名官员敢于建议列车紧贴在停滞的“希望号”旁边行驶。

日本铁路东海公司失去了新干线东京至大阪段这棵摇钱树，从原本的稳健经营一下子跌落成赤字经营。更准确地说，虽然名古屋以西、新横滨以东的路段可以继续使用，但连接日本东西要冲的线路大幅降速，导致利用铁路出行的人员急速减少。“希望号”全部改名“企望号”，天乃知道的话大概又会嘲笑说“搞得和念咒语一样”。大概是害怕再发生原因不明的奇怪事故吧，就连北海道、九州等地不太相关的线路，乘客也同样急剧减少。我在获得摩托车驾照之前坐的非新干线线路，连休息天都拥挤不堪。

迂回路线，也就是避开“希望号”停车点前后几十千米范围的路线建设计划，已经提出来了，但是建设用地的收购并非一朝一夕能完成的，就算项目完工，也要考虑“希望号”再次启动的可能，恐怕不得不减少班次、低速运行。根据这些情况，有的媒体认为，磁悬浮列车的开通将比原计划提前好几个月，也有媒体认为，日本铁路公司的资金困难将导致磁悬浮列车项目搁置好几年，总之众说纷纭。

叔叔现在凡是长途旅行必然会选飞机，很多人似乎也是同样的想法,所以飞机需求爆发式增长,机票价格暴涨,供不应求。

高速公路的拥挤情况也急剧增加，还导致了若干高速大巴与长途货车相撞的惨烈事故。网购商品包裹抵达日期远远晚于预定的情况也成了家常便饭。

我装在包里的食物都是保质期很长的营养补充型食品。生鲜食品和甜点之类保质期短的商品，已经从一些便利店里消失了。

“真冷啊。”

薙原喃喃地说。

走在后面的我，只能看到她的背影，不知道她是什么表情。她是说瓶装饮料太冷，还是说三月的夜晚太冷，我没问。也许说的是在对待“希望号”的问题上世人的心。

薤原用手机的灯照亮道路，我们在夜色中一步步往前走。

车厢外，人们都已经入睡了吧。但是修学旅行的学生们，几乎没有睡觉的。旅行接近尾声，他们正在度过各自的时光，仿佛是为了留下最后的回忆。

学号 1 号的井之本菜摘，坐在 5 排 A 座，手里握着手机，头靠在玻璃窗上，漫不经心地望着窗外。这么近距离地和她对视，她却完全没有注意到我，我也没有映在她的瞳孔里。她眼中映出的，是早已过去的时光。

学号 13 的多贺井直树，手机上显示着裸露大片肌肤的游戏角色，正把屏幕得意地展示给邻座的 18 号丰西航。看起来他们玩的是同一个游戏，正在忙着抽角色卡片。那个画面很可能今后几年甚至几十年都不会变，但实际上游戏本身早在事故之后不到一年便停止了运营。未来的人也许会把他手机上的角色解释成圣母吧。

学号 11 的芝谷真帆，笑着咬住 12 号的关口刊递过来的饼干。也许是从芝谷纯真的笑容和关口成熟的微笑中感觉到某种超越友情的东西，以这两个人为主人公的同人漫画被转发了数万次。但由于擅自以事故遇难者为原型，理所当然引发了强烈批判，业余漫画家的地址、姓名都被人肉出来，账号也被封了。

9 号云川日向伸出手指，指向半空中的星巴克杯子。肯定是不小心把杯子从小桌板上碰掉了。滑落的杯子大约会在两年后落到地上，把地板弄脏。事故发生几个月后，日本的星巴克改变了杯子的设计。有人说这是星巴克考虑了事故家属的心情，也有人说是担心招来不好的评价，总之都是都市传说。

3 号的大仲茜，似乎正要从坐在窗边的 7 号北过芽衣手里抽扑克牌。她的脸正对着窗户。大仲做过杂志模特，单单这副姿态便足以成为一幅画。但是，随着媒体的反复报道，甚至有人出于好奇来这里打卡留念。最终大仲的父母与北辻的家人还有坐在C座的2号浮舟智也的家人沟通，在地上竖起易拉宝，垂下黑布，从外面挡住了她。

29号的若间骏，正用手机预订半年后访日的美国摇滚乐队的演唱会门票。事故后，乐队主唱在演唱会上宣布，为若间骏准备了永久VIP门票，并保证乐队在事故结束之前不会解散，一时传为美谈。若间骏的父母与那支乐队一起参加了每年固定的电视慈善节目。

10号的鹭森翔太可能是修学旅行太累，靠在座位上睡着了。在窗外，他的妈妈坐在折叠椅上，每天都会和他说话。翔太上初中的弟弟来给妈妈披毛毯，听他说，妈妈说的都是家人和朋友的近况，还有演艺圈和社会新闻之类的琐碎话题。即使弟弟喊她，她也只会和窗户里的长子说话。我悄悄拉拉薤原的袖子，离开了那里。

15号的竹纲和马，正要把手机放到口袋里。他隔着窗户拍的照片不仅传到了班级群里，也发到了网络论坛上。那些宁静的风景照，一方面不断获得点赞，另一方面也在匿名论坛里成为“隐藏着可怕秘密的照片”流传多年。几个网络论坛的账号是关联的，他在其他地方发表的对热门动漫的批评也在网上被人恶搞了。

5号的笠胁步梦与6号的胜元翼正在谈笑风生，而他们所在的那一排窗户上，被贴上了一张纸。纸上写的是“现在，这趟新干线发生了异常情况，请马上打开紧急出口逃离，同时也请通知其他乘客”。开始的时候，新干线的最前方，驾驶员眼前的大玻璃上也贴过紧急停车的指令，但过了好几个月，内部的人似乎也没有看到那条指令，而到了今天，只剩下一部分期待奇迹出现的亲属会在相应的车窗上张贴催促逃离的信息了。不过，即使消息被传递进去，也没人能保证紧急逃离的乘客可以返回正常的时间。

20 号的林匠喜欢变魔术。他正在给 25 号的细原海斗表演手帕穿过手机的魔术，而细原则是惊讶地张着嘴，瞪大了眼睛。不过，从新干线的车窗外，可以清楚地看到手机背面藏着另一条手帕，所以外面的人全都知道了这个魔术的诀窍。

4 号的奥尾美羽和 27 号的矢仓大和并没有坐在座位上。他们在新干线的车厢连接处，奥尾靠在矢仓身上，感觉像是要接吻。在可以看到他们的窗户正对面，是今天薙原开过的挖掘机。新干线的侧面和上面都无从下手，所以她想从底部试试。然而新干线底部也被超越人类智慧的力量保护着，薙原只是白费时间。

播本樱正在阅读修学旅行的手册，日垣梨子朝她投去惊讶的视线。在她们前面一排，14 号的高桥七海和 28 号的吉冈凛正笑着靠在一起，面向手机比出 V 字手势。只是高桥的手腕上戴着宽大的腕带，像是为了掩饰割腕的痕迹似的。所以有人在匿名论坛上传了小说，内容是说她在班级内遭受了可怕的霸凌，由此产生的负能量导致了低速化现象。小说风靡一时，但很快因为违反网站规定而被删除。我也不知道她的腕带下面到底有没有割腕的痕迹。

玩着音乐游戏，让我们意识到车厢内的时间还在流逝的

24 号文山大辅，旁边坐的是 16 号寺浦健太郎和 26 号堀彩花，两个人正在亲切地交谈。由于没有谈妥如何对待车里两个孩子的缘故，寺浦家每次来的时候都会在车窗外摆花，而堀家每次看到花都会扔掉，不停反复。今天是有花的日子，插在小花瓶里的白花上沾着夜露。

坐在 13 排 A 座的 17 号殿井千寻在修学旅行的途中还在翻看单词卡片。翻到的单词是“irrevocable/ 不可挽回的”。据说修学旅行前她参加的模拟考试，在事故后出了结果，成绩是 E。但这是编造的流言。她的父母参加了起诉日本铁路公司的集体诉讼，并且多次发言，也许这一点引发了反感吧。

19 号的根来葵，正在用手机的相机给自己补妆。她握手机的左手无名指上，一枚戒指闪闪发光。只有亲属协会中的一小部分成员才知道，有个大学生模样的青年，每周一定会来一次，手上也有同样闪亮的戒指。大约在半年前，周刊记者想把那个青年来访的瞬间用相机拍下来，不过被碰巧在场的薙原挥着棒球棍赶走了。

冰冷的夜晚，我背负着罪恶感，与大家在一起。

窗外的人，将窗内的人吞噬殆尽，把他们当作自己追求的故事素材。

仅仅一年多前，我和大家都是在同一间教室里上课的普通学生，为模拟考试的结果、体育课的内容、家庭作业的数量等等乍喜乍忧，传看动画，讨论游戏，为谁和谁告白、谁和谁分手兴奋不已。

忽然间，我们便隔了 2700 年。

最后，我们在一扇窗户前停下脚步。我和薙原每次来这里的时候，都要到这扇窗户前。

但是今天，我还不想看到里面的人。

“初三暑假的时候，我爸和我妈吵架，打了我妈，后来就跑了。”

背对着新干线，薙原突然开口。大概是因为晚上喝了酒的缘故吧。

“我爸单身的时候交过一个女朋友，后来因为被上司的女儿看上了，为了前程接受了这门亲事。被他甩掉的就是天乃的母亲，那时候她已经怀了天乃。据说我爸还付了分手费，不过好像并没彻底断掉，还经常往那边跑。”

“这个，我能听吗？”

薙原像是没听到我的话一样，继续往下说。

“所以我也觉得我爸是个垃圾。有一天回到家，看到我妈被他打哭了，就想狠狠收拾他一顿。我在他的手机里偷偷装了跟踪软件，发现他就在前女友那里。我飞车赶过去，到了天乃的家。”

我和天乃是青梅竹马，从幼儿园开始就几乎形影不离。天乃告诉过我，她的父亲早就死了，我一直深信不疑，直到遇见薙原为止。

“然后我就来到天乃家门前，按了门铃，我爸像个没事人一样从里面出来，我就在玄关把他打了一顿。”

“用……金属棒？”

“用金属棒打会死人的吧，这点常识我还是有的。

“我爸在玄关昏过去了，天乃出来了。那是我第一次见到她。我对她说：‘打电话报警吧，还有救护车，就说有个女强盗闯到家里了，还把你爸爸打了。’然后你知道她说什么吗？”

我摇摇头。

“她说：‘报警之前，我能也揍他几下吗？’”

“她也很生气啊。”

“我还没回答，她就扇了我爸一个耳光，然后说：‘我去报警，你来帮我个忙。’接着非要拉我去她的房间，你知道她要我帮她什么忙吗？”

“……画漫画？”

虽然我觉得不太可能，但还是这么问了。薤原却点点头。

“急救车开过来把我爸运走了，处理完这个，我又被她拉回房间，直到天乃的妈妈回来，整整一个晚上都让我帮她涂黑、修白、刮网点。我从没搞过那种东西，涂黑涂多的时候还被她骂了。”

“那段时期，天乃正在尝试手绘。我也被她叫去刮过网点。试过之后她发现手绘和数码绘画比起来并没有什么优势，所以很快就放弃了。”

“刮网点也超难。”

薤原和我对望一眼，不禁加深了同为手绘挑战受害者之间的友谊。

“我被手稿折磨得不行，直接睡在了天乃家，就像回自己家一样。因为是我和天乃两个女儿揍了爸爸，所以虽然被警察教育了一番，但并没有通知学校和家长。后来我就经常和天乃一起玩了。”

“没带她去玩什么不好的东西吧？”

“怎么可能。就是普普通通的逛街买东西。天乃那么健康的人生，我怎么可能去搅乱她。其实我也是因为天乃经常劝我，才会去学校上课，做个好学生。因为在厕所里抽烟被老师逮到，不能参加修学旅行的事情，天乃还狠狠骂了我一顿。”

“这样子也好意思说自己是好学生？”

“后来我不是一直都没抽了嘛。”

“未成年人戒烟很自豪吗？”

“那可不。已经没人再盯着我了。”

“说得挺好。可是老师说过你多少次，你也没把头发染回来。”

“以前天乃说过这个发色漂亮。当然不能染回去。”

说着，薙原低下头，脸上的表情像是恐惧。

“我一直想问来着，你完全不认识我，是因为天乃从没和你说过我吧？”

“不是。”

我轻轻摇摇头。

“升上高中后不久，她就说起自己和家人一起去玩的事。我以为她要么是和她妈妈一起去旅行，要么其实是和男朋友出去玩了。”

“家人啊……”

薙原低声重复了一遍，像是在细细咀嚼这个词，然后微微叹了一口气。她把手指凑到嘴边，也许是想抽烟了吧。

她把身子靠在新干线车厢上，仰头望向夜空。

我们背靠在以时速 290 千米的 2600 万分之一缓慢行驶的新干线上，隔着天乃所在的车窗聊天。

“我不知道天乃是怎么和你说我的。我不记得第一次见到天乃是什么时候了，因为我们从小就认识……”

“你真够薄情的。天乃可都记得。”

“真的？”

“幼儿园的时候吧。你听了绘本故事，自己又胡乱往下编，还到处说给人听。什么辉夜姬[1]从月亮上回来了。最喜欢听的人就是天乃。”

“被你这么一说，我就想起来了。真是丢人。”

之前一直都忘了这事，我到底是薄情呢，还是因为太过羞耻所以封印了那段记忆呢？

“但是，你既然听说过我的事，为什么一开始不相信我？还说我是‘渣男’什么的。”

“还不是因为第一次见面的时候你鬼鬼祟祟的，看起来就很会撒谎。”

听到这话，我忍不住有话想说。想要对她坦白。

“我们曾经在新干线上……”

只是声音太轻了，薙原似乎没有听到。

“唉，当时没有相信你，不好意思。”

她这么一道歉，我就不知道怎么往下说了。

“嗯？怎么了？”

“我和天乃一起坐过新干线……初中的时候。”

“天乃和我说过。是把漫画拿给东京的编辑看吧。”

我用力点头。

“我家只有我和我爸，天乃也只有妈妈，所以都是放任主

1 日本古典文学作品《竹取物语》中来自月亮的天女。——编注

义，不管两个孩子去旅行的。我和天乃都是第一次坐新干线，超级兴奋。在车站买了便当，又在新干线里的流动小推车上买了冰激凌。但是售货员忘了带勺子，她把冰激凌拿出来放到我们的小桌板上，说了一声‘我去拿勺子，请稍等’，就推车回去了。我老老实实地等着，眼睁睁看着冰激凌一点点融化。等售货员回来的时候，已经快化成水了，根本没办法吃，最后只能倒进新干线的厕所里。”

“那天乃呢？”

“她没等勺子，就用便当的一次性筷子戳着吃掉了。说是等下去就会融化。”

“和我的故事比起来太无聊了，真没意思。”

“不，我想说的是……”

我换成了严肃的语气，对着故作不屑的薙原说：“天乃不是愿意坐等的人。她是停不住的人，对吧？”

学号 8 号，檎穰天乃，拿着白色巧克力形状外壳的手机，正要把照片转发出去。那是编辑发给她的杂志页面照片，显示她获奖了。当时杂志还没出版。手机屏幕上显示着发送对象，她的手指悬在“薙原叉莉”和“伏暮速希”之间。等我们终于知道她最先向谁报告喜讯的时候，我们大概都已经长大了吧。

少年在年幼时遇到的那个与画像很相似的少女，是个旅人。

在草原中间，距离龙的鼻尖非常近的地方，矗立着“永恒之墙”。那是块晶莹剔透的奇异石头，雕刻着美丽的图案，像雪一样洁白。大约有五个成人那么高，宽度也差不多。据说，那是从前的神明在令龙、巨鹰、大龟、麒麟衰老时，为了戒谕人类，将那精美的墙壁立在了此处。所以，没有人敢独自靠近那面墙。

少年发现那个少女，是在草叶垂下朝露的清晨，他去捡拾神铁的时候。

那个少女用了好几根粗大的树枝当作梯子靠在“永恒之墙”上，爬到高处，正在用手抚摸墙上雕刻的图案。她身上穿着阴文印染的蓝色衣服，少年忽然感到自己穿的草木编成的茶绿色衣服实在简陋，难以见人。

“你是谁？你在做什么？”

听到少年的问话，少女沿着梯子稍微向下爬了两级，在刚好俯视少年的位置回答说：“我在调查古人的文字。这堵墙上遗留的图案，你们可能认为它是画，但它其实是历史的记录。”

少年听了她的话兴奋地问：“真的吗？那能不能告诉我墙上写了什么？”

只要是和龙身上画的少女有关的事情，少年什么都想知道。只要能多了解一点古人，什么都可以。他告诉少女。

夏至祭典上听过无数次的故事，少年一口气背了出来。听完那些，少女脸上浮现出的微笑，让少年有种奇异的感觉。

她的嘴角浮现出神秘的笑容，说道：“我来告诉你，那堵墙上写了什么。

“那上面雕刻的文字告诉我们的是——在你们当中流传的龙的传说，都是假的。

“那不是活的龙，是从前我们的祖先制作的工具。古人甚至可以制造出能够在大地上驰骋、在天空中飞翔、在大海上航行的工具。它们不是动物，所以不会衰老，所谓的神罚也是无稽之谈。只是突然有一天，工具坏了，没办法快速前进了而已。”

少年抬头看着少女，困惑地说，就算她说的是真的，那和传说也没什么区别呀。无非就是神制造了龙，还是人制造了龙。

少女点点头：“确实如此，但有一点你们完全弄错了。

“你说的描绘古代人的画像，其实不是画像。在那些四方形里面，真的有人。就像透明的水下面有人一样。那里面是古时候的人，正被自己制作的工具送往目的地。你们这些住在帐篷里的人，则是决心等待他们的人的后代。”

听了少女的话，少年终于明白了。

她说自己在调查古代语言，其实只是信口开河。哪怕是古代人，也不可能在龙里那样长生不老。

少女是个吹牛大王。

少年不知道该说些什么，少女却毫不在意，继续说道：“还有一点要记住的是，总有一天，你们所说的‘龙’，会抵达目的地，古人会从里面出来。到那时候，世界将会彻底改变吧。我虽然无法亲眼看到那一天，但总要有人在外面等待和迎接那个时刻的到来。我们必须告诉他们，我们从未忘记他们，我们一直守护着所有这一切。不然的话，里面的人将会无比悲伤，也会招致无穷的灾难。相反，如果我们没有忘记，那么也许会发生奇迹。”

说完，她从梯子上爬下来，踢倒了梯子，麻利地收拾好行李出发了。她的动作如此自然，以至于少年都没有问她要去哪里。唯一可以确定的是，她是向西走的。

少女走了以后，少年才意识到她和画中的少女长得很像。

从那以后，直到今天，少年都没有再遇到过那个少女。除了少年，也没有人见过那个少女。即使他告诉大人说自己遇到了一位探索“墙壁”的少女，也没有人相信他。几年过去，少年自己也开始怀疑那是不是自己的梦。

但是，当人们开始悄声谈论龙之死的时候，少年回想起的便是她说过的话。那条“龙”不是生物。

大人们说，正因为龙濒临死亡，所以速度才会变慢，接近于零。但如果她说的没错，“龙”之所以几乎不动，不是因为即将死亡，而是经过了漫长的岁月，终于即将抵达终点了。而且，古代人将会从停止的“龙”中出现，或带来灾难，或带来奇迹。

被高楼大厦包围的车站环岛正中央，仿佛突然出现了一只巨物，它的高度相当于两层楼。

由于刚刚完成了线路的大幅调整工程，名古屋站的樱花大道出口周围，无论是出租车和公交车的停靠点，还是路标、招牌，一切都充满了崭新而柔和的暖色调。那巨物上覆盖着蓝色粗帆布，还看不到它的颜色。

樱花大道出口从明天早上开始解除封闭，出租车、公交车、私家车现在都还不能停在这里。但还是有许多人聚集在十字路口，等待着巨物揭开面纱的那一刻。

按下开关的，是站在台上的亲属协会成员之一。

伴随着绞车的转动声，蓝色帆布拉了下来，透明的巨物一点点显出身影。

它白得就像把滑冰场切成方形竖起来似的。激光在石英玻璃中雕刻出在遥远的未来也不会破损、剥落的文字。

首先是巨大的文字“希望 123 号的各位，欢迎归来”，下面则是详细的说明，介绍了他们乘坐的新干线发生了神秘的减速，需要经过2700多年才能抵达名古屋的事；乘客的家人朋友，包括国家政府，都努力试图恢复他们的时间，但最终未能成功的事；在地下为他们埋了一些东西的事。

剩下的空间刻了名字。那都是乘客的家人朋友中同意竖立这块碑的人的名字。虽然刻乘客的名字要比现在这样人数少很多，但之所以刻上立碑人的名字，理由很简单。

如果刻上乘客的名字，那看起来就像是他们的墓碑。

当然，无论怎么掩饰，这块碑看起来终究是块墓碑。建造之前大家都心知肚明。既然如此，不如让它变得像是车外的人的墓碑——在2700年后的乘客看来。

碑的正下方埋着大量物资。不过，和碑本身不同，这些物资是由各个家庭提供的，塞满了无法保存2700年之久的东西。至于放入纪上高中二年级全体学生的毕业证书这件事，怎么看都是车外人的自我满足。

出席典礼的人员逐一站到讲台上。除了我们学校的学生，那辆车里还有许多男女老少，而登台者对乘客的回忆也是缤纷多彩的。他们描绘出各种被“希望号”吞噬的人，有金婚纪念旅行的老夫妻，有求职的大学生，有参加同人展归来的漫画家，等等。

我一边回想自己的毕业典礼，一边望着聚集的人群。

但有一点，和毕业典礼有着决定性的不同。

首先，哭的人很少。因为毕业典礼的地点远，又只允许亲属参加，不像这里有许多看热闹的人。不过，最大的原因并非这个。

舆论风向的转变，是在事故之后的第五年。那一年，我经历了漫长的犹豫，终于选定了大学毕业后的去向。

转变的契机，是一部网播的连续剧。

那是用最新CG技术制作的，讲述一群高中生参加修学旅行，结果乘坐的游艇突然跳入遥远未来的生存故事。电视剧的编剧和导演在采访中回答说是受到以前的漫画和国外科幻电视剧的影响，但连小学生都知道，那是以纪上高中的学生经历的事故为蓝本创作的。不过尽管如此，与以往蹭热点的作品不同，大众基本还是带着善意接受了这部连续剧。作品的出色完成度抵消了批评的声音。

但是，说实话，是因为五年的岁月，磨耗了世间的种种感情吧。

尽管有过多次争议，但正如海滩上的沙子总有耗尽的一天，小说网站上持续出现的“群体低速灾难小说”，就如瘟疫一样迅速蔓延。

穿越到2700年后的少男少女们，面对了无数的未来。

他们重建在核战争中崩溃的世界。他们反抗被机器控制的反乌托邦。他们在占据食物链顶端的水栖生物的魔爪下艰难求生。他们率领失去战斗意识的未来人类组建国家、发动战争。他们在性爱不再有禁忌的世界里体验一切反道德伦理的行为。他们在人人皆圣人的世界里被视为异端饱受迫害。

而且不仅是纪上高中，还有许多作品直接用作者自己的学校和同学做原型。对于青春期的少年来说，没有比这个更适合用来满足自身幻想的素材了。

有的描写跨越2700年的凄美恋情。有的发现了可以穿越2700年的神秘隧道。有的手机能连接到2700年前的网络论坛。有的在 2700 年后的世界继续乘坐新干线，前往更为遥远的未来。

“希望 123 号”外面的人，以可怕的速度消费、消化着车里的人。

叔叔供职的媒体，已经不再发行纸质版本，变成了华丽的网络杂志，不过实质内容并没有任何变化。他一脸痛苦地对我说：

“我早就知道会变成这样，什么架空战记，什么大逃杀，什么异世界，这样的先例不少。但是必须先拔头筹，否则什么都得不到。现在想要追上就难了，我晚了一步。”

我有点怨恨叔叔的抱怨。20 岁的时候，我父亲去世了，叔叔成为我唯一的亲人，也是最关心我的人，但我却产生了和他断绝关系的想法。

不过我比任何人清楚，自己没有那个资格。

和毕业典礼不同的，还有两点。

薤原不在这里。她发了一条动态，拒绝参加这个仪式。只看文字就足以理解其中蕴含的感情。

“不管说什么，那东西就是个坟墓。为活人修墓这种恶趣味的事情，我才不会捧场。”

薤原应该也在碑下的时间胶囊里放了东西。不过她现在已经成了职业赛车手，人大概在国外。

另一个不同是，我必须走上讲台，自己发言。

站在麦克风前，我开口道：“我是私立纪上高中二年级 D 班的伏暮速希。请允许我代表私立纪上高中致辞。”

男女老少的视线纷纷汇集到我身上。

其中有一张熟悉的面孔。在人群中看到一张2年级D班同学的脸，让我吃了一惊。用智能眼镜放大再看，才意识到那是亲属，所以长得很像，但也不禁有些失落。同学们在事故当年那些很小的弟弟妹妹，已经长得和他们一模一样了，这让我深深体会到岁月的流逝。

虽然心中为别的事情分神，不过智能眼镜把准备好的文稿显示在视野里，所以我还是顺利说了下去。

“那场事故发生的时候，我正睡在家里的床上。因为得了流感，没有参加修学旅行，所以从第一天开始就有种背叛了集体的感觉。不过，看到班级群里接连不断的照片和消息，我仿佛也参加了修学旅行似的。班长播本樱同学，为了让缺席的我也拥有旅行的回忆，号召同学们尽可能在群里发消息。这让我又一次意识到，同学们是我无可替代的伙伴。而在那时候，我从没想到自己竟会与我的同学们分离。

“这一点，我想我的同学们应该也同样没有想到。大家都在非常自然地谈论着自己的明天和未来。若间骏同学到处向朋友们推荐半年后访日的国外乐队的歌曲。他至今还在焦急等待着演唱会门票的发售。

“同学们也期待着更为遥远的未来。殿井千寻同学在上小学的时候经历过东日本大地震。那时候她便下定决心，要成为一名医生，拯救许多人的性命。为了这个目标，他一直在努力学习。在英语演讲的时候，他用真诚的眼睛，这样告诉大家。

“我和檎穰天乃同学从幼儿园开始就在一起上学。她从小就想成为漫画家，还曾经把作品带去东京。她的作品已经被编辑看中，梦想的实现触手可及。我想亲眼看到她实现自己的梦想。”

说到这里，我看到有些人已经流下眼泪、掏出手帕。

就为这充满谎言的演说。

愤怒涌上心头。不是对其他任何人，而是对我自己。

即使能骗过在场的所有人，也骗不过我自己。

我知道，号召大家为我发消息的，不是播本，而是天乃。之所以提播本的名字，是因为播本家对亲属协会提供了巨大的财政支持，所以需要在这里讲一个令人印象深刻的故事。若间骏热衷于倒卖门票，根本不会自己去看演唱会吧。为了在今年的慈善节目中再次让那支乐队成为焦点，必须做些相应的宣传。殿井千寻想做医生的事，我是在报纸上看到的。那是事故一年后的特辑，采访了她的母亲。之所以提到殿井，也是亲属协会的意见，因为她翻着单词本静止的样子，至今还在网络上遭受嘲讽，令人痛心。

一切都是谎言。甚至连天乃，连我都是。

我以纪上高中代表的身份，滔滔不绝地讲述着需要留下记录的、成年人们所追求的虚伪演讲。一边流畅地说着话，一边想到自己也到了可以被称为成年人的年纪。我意识到自己心中有某种情绪翻腾不已。

我有种爆炸般的冲动。

我想把真相全都说出来，这种冲动无法抑制。

全都说出来吧。

“我……”

我之所以停了下来，是因为发现了一件奇怪的事。

好几个人都凝视着前方，把注意力集中在自己的智能眼镜上。还有几个人正在把耳机的麦克风放到脸颊附近，低声使用语音搜索。也有人在交头接耳。不仅一般观众如此，就连亲属协会的那些熟面孔，甚至出席的政治家都显出心神不宁的模样。其中还有人抬头望向天空。

在场的所有人，都没在听我演讲。

骚动逐渐扩散。然后有人叫了起来。

“从美国飞来日本的飞机坠落了！低速化了！”

之后几个小时的记忆，化作一片空白。因为震惊。我又失去了一个家人。

新闻招待会现场，除了日本人，还有许多外国记者。

记者会从秃头的交通部官员难以理解的说明开始。

“根据航空管制部门的记录，8月14日下午4时15分左右，JNA256航班的通信中断。4时28分，在附近飞行的JRA312航班，紧急联系空管部门，称目视范围12点方向，有一架雷达上未显示的机体。从其举动来看，很可能静止在空中。4时32分又有后续报告，称该静止于空中的机体，可能就是256航班。自4时35分起，空管部门多次联系256航班，但依然没有任何回答。

“4时38分，与312航班的联系中断。4时42分，雷达捕捉到飞机，但那是之前通信中断的256航班。也就是说，随着256航班的重新出现，312航班的通信中断了。4时44分，256航班向空管部门报告，称6点钟方向突然出现其他飞机，紧急回避的操作未能成功，导致油压系统损坏，飞机失去控制。随后256航班尝试改变飞行姿态，但最终坠落在太平洋中。推测坠落时间是 4 时 50 分。至于 312 航班，根据其他飞机的目视报告，应该还静止在空中。”

256 和 312 这两个词的反复出现，让人难以理解到底发生了什么。记者大概也是一脸不解的表情吧。官员擦着汗，接着往下说。

“用飓风来比喻，可能更容易理解。首先，256 航班遭遇了突发的飓风，通信中断，不过后来成功摆脱了飓风。但在出口处遭遇了 312 航班，来不及避让，结果坠落了。另一方面，312 航班目前还在飓风范围内，无法前进。大致就是这样，区别在于它和已知的飓风现象大不相同。”

明明是想让人更容易理解，却还是讲得拐弯抹角，不肯说出那个尽人皆知的词，只有由举手提问的记者代为说出口。

“也就是说，256 航班一度发生了低速化，所以看起来像是静止在空中一样。然后它因为某种原因脱离了低速化，但由于 312 航班的靠近，回避行动又未能成功，结果导致 256 航班坠毁。目前 312 航班静止在空中，或者说发生了低速化现象，是吗？”

“不清楚你所说的低速化指的是什么，所以我无法回答这个问题。”

画面切换，这次显示的是一架仿佛被钉在空中的客机。

我关掉视频，抬起头。

高速大巴停了。并不是因为到了目的地，而是第四次停在服务区。我要去叔叔在东京的房子，而乘坐的这辆高速大巴在拥挤不堪的高速公路上蹒跚前进，途中多次更换司机，也多次停车休息。

这是近50年来最大的空难事故。事故发生三个月后，全日本依然处在恐慌中。毕竟，在新干线之后，飞机也成了不知何时会被卷入那种灾难的交通工具，所以不仅国内航班的乘客骤减，连往返日本的国际航班乘客也大幅下降。日本国内的几条轮渡航线重新开通，而从国家获得了特别保障金的日本铁路东海公司则在加快磁悬浮列车的建设步伐，但还没开通就有传言说磁悬浮很快也会遭遇同样的情况。

大巴停靠的服务区里人满为患，但货架上只有易于存放的长期食品，颇为寒酸。

塑料瓶装饮料本来就因为国际条约的要求，不得不支付高额的环境税，加上现在运输费用的暴涨，几乎绝迹。难以长期保存的纸盒包装也消失了。历史仿佛回到了几十年前，饮料货架上只有易拉罐。而自动售货机的商品供应也有问题，不买点东西感觉会很危险。没办法，我只好抱着救灾用品一样的罐装水，在收银台前排队。队伍很长，不过反正由于交通管制，至少要休息30分钟，所以我已经听天由命了。

“请问，您是伏暮速希先生吗？”

就在这时，有人在背后喊我。他看起来很眼熟。

“鹭森？”

刹那间我以为自己遇到了幽灵，不过仔细再看，发现是D班鹭森翔太的弟弟莲二。当年他还是初中生，一直在新干线旁边照顾母亲，现在已经比哥哥大了，也比哥哥高了。

“大巴上我就坐在你后面两排。觉得可能是你，就试着喊了一声，没想到真是。好久不见了。”

我也回答“好久不见”。他手里拿的也是同一个厂家的罐装水。犹豫了一会儿，他组织起语言问：

“这么问可能有些唐突，您是不是有哪位认识的人在失事的飞机上？”

估计是他在后面看到我重放几个月前的新闻视频了。

“是我叔叔。‘希望号’停滞的时候，他开车把我送去过现场。”

叔叔逢坂胜的名字，出现在256航班的乘客名单上。那是他去美国采访归来的时候。他没有别的亲属，所以财产都由我继承。随着叔叔的死，我终于失去了所有的亲人。

第一个报道新干线事故的叔叔，竟然成为下一次事故的牺牲者。就算是巧合，也太巧了。

“非常抱歉。你们很亲吧。”

“嗯，不过叔叔对‘希望号’的兴趣更大。”

为了不让气氛变得过于严肃，我故意用了轻松的语气，只是自己听起来都很拙劣。

“我妈妈也差不多。”

他回应的话，却很沉重。

“出事前，妈妈对我和哥哥都是一视同仁的。但是，自从哥哥被困在‘希望号’里之后，妈妈就只关心哥哥，不再关心我了。她连为我们两个准备的学费，都全部花在了那上面。当然，直到今天她还是如此。”

我不禁想起每次去“希望号”的时候都会看到的景象。两个相貌酷似的兄弟，被玻璃分隔开来，而坐在椅子上的母亲，只会凝视着玻璃那一侧的、活在缓慢时间中的哥哥，温柔地对他说话。

“我明白你的心情。”

“不好意思，伏暮先生明明也很辛苦，我还向您抱怨自己的境况。”

他抱歉地挠了挠头，表情缓和下来。

“能有机会和伏暮先生当面交流，真是太好了。其实，亲属协会那边也有事情想和您商量，正想和您联系。”

听到这话，我抢先一步说：“对不起，典礼仪式和慈善节目之类的活动，我实在没有余暇参加了。工作有点忙，晚上总要加班。”

我对现在的工作虽然中意，但确实很忙，而且之前演讲的时候发生了那样的事故，也太不吉利了。

“不，不是那个。”

他似乎不愿让周围人听到，用拿着罐头的手挡在嘴边。

“是关于如何救出被困的乘客。”

他的话让我的意识一下子恍惚了，过了片刻，收银台扫条码的声音、店员招呼下一位的声音、顾客之间的争吵声才涌进我的耳朵。

“救出‘希望号’的乘客？”

我像个傻瓜一样张大了嘴。

“办法不是我想出来的，是‘希望123号’亲属协会的成员。本来网络上就有人讨论一种可能性，但因为只有一例，所以都没脱离空谈。但如今有了旁证，概率就增加了。”

“旁证……是什么？”

“这次的飞机事故。”

他不顾我的沉默，略带兴奋地说：

“根据报道，312 航班的速度比早些时候低速化的 256 航班略快一点。也就是说，那时候的 256 航班，因为在近距离出现了速度更快的物体，所以被解除了束缚。解除的时候撞上了 312 航班导致坠落，那是不幸的巧合。总之，如果派出一个速度更快的诱饵，那么低速化现象便有可能转移到它身上。”

我的大脑虽然一开始还处于死机状态，但他的话还是渗入了我的内心。也许是对我的迟钝感到不耐烦，他又拿起我手中的罐子。

“还不明白吗？在‘希望 123 号’旁边的铁路上再派一辆新干线，速度超过‘希望 123 号’当时的 290 千米。”

他把手里的两个罐子当作列车，让它们交错而过。

“我记得 NASA 好像做过类似的实验？”

“用的是只有驾驶员，没有乘客的车。”

“有什么不同？”

我感到口渴，想马上把罐子拿回来，打开盖子喝水。

“如果只要是高速移动的物体，都会成为低速化的对象，那么全世界的隐形战斗机恐怕都已经中招了。新干线也好，飞机也好，它们之所以会成为目标，应该是因为上面有一定数量的生命吧。所以，做诱饵的新干线，也需要装满乘客。”

“只有两个案例就下结论，有点太鲁莽了吧？”

“因为没时间等待第三个案例了。”

他自嘲般地说。我这时才发现他的眼睛下面有着深黑的眼袋。

让装满乘客的新干线，在低速化的车辆旁边行驶。

我在头脑中思考了一下这种可能性，随后摇了摇头。

“你设想的实验，我想有可能出现三种结果。第一种，推测错误，新的新干线并没有被时间之网困住，平安无事地开过去了。简单来说就是实验失败。这相当于时间和金钱都打了水漂，倒也没别的危害。”

当然，有损失肯定也不是好事，但比其他可能性好多了。

“第二种，‘希望123号’依然被时间之网困住，而另一辆新干线，‘希望456号”也被困住了，一起变成低速新干线。这样不但没能解决问题，还多了一倍的牺牲者，是最糟糕的失败。还有第三种，新的新干线解开了时间之网，‘123号’恢复了正常的时间，这是三种中最成功的。但即使是这种情况，还有一个致命的问题。”

不知不觉间，我的手用力握在一起。

“即使成功了，新的乘客也会被时间困住，对吧？那么该让谁做乘客呢？就算是死刑犯……”

“在我们当中征集‘456号’的搭乘者。”

他一下子打断了我的话。他熠熠生辉的双眼，让我有些畏缩。

“您说的第一种情况，什么都没有发生的话，这个计划自然是失败的。如果是第二种情况，由于出发时间和速度不同，多少会有些差异，但我们还是会抵达和他们差不多相同的未来。而且，未来也许可以解决这个低速化现象。至于第三种情况，我们确实会被时间困住，但也许又会有人乘上‘789号’来救‘456号’。即使没有‘789号’，至少也能把现在被困在里面的人救出来。像我哥哥那样，他们本应该活在当下。”

喧嚣声在我耳中再次远去，因为我忽然觉得眼前这个人疯了。他被自己的哥哥困住了，或者说，是被哥哥困住的母亲困住了。他为自己的牺牲感到自豪。

“拿840人做祭品，救回840人。等价交换不是很公平吗？这就是我们的计划。”

他们把不该放在天平上的东西，放到了天平上。

“我很希望伏暮先生也去乘坐那趟新干线。如果您也志愿成为乘客，那肯定能够号召到更多的人。”

这时，我的脑海中突然浮现出“她”的身影。如果听说了这个计划，特别疼爱妹妹的她，肯定会欣然献身吧。我知道，自己无论如何都要打消面前这个人的念头。

“被困在‘希望号’里的人，有着各自的人生。而留在外面的人，也同样有各自的人生。要他们做出自我牺牲的计划，我无法赞同。”

他紧盯着我，眼神好似刺入实验小白鼠身上的注射器针头。

“您的意思是说，那辆车里，并没有哪个人，足以让您牺牲自己的人生去挽救？”

“不是这个意思。向苦苦追寻一线希望的人，抛出这样的计划，就像是劝说重病的患者服用未经批准的、具有巨大副作用的药物。”

我发现自己完全没有打动他。他的表情冷了下来。

“算了，如果您不愿意参加，我也不会勉强。本来也不是没有候选者，而且她也说过，没有必要把您拉进来。”

我被他挑衅般的语气激怒，语气变得有些粗鲁。

“谁？”

他微笑着告诉我：“就是提出这个计划的人——您的朋友，

薙原叉莉。”

龙死之时，灾祸将至。神所封印的所有古老罪恶都将苏醒，草木将被拔起，大地将被掏空，黑暗的帷幕将会吞噬所有生命。

瞳占师宣称自己从幻化出可怕光芒的龙之瞳中接收到神谕的那个晚上，众人在长长的帐篷里展开了漫长的讨论。直到天色将明时，族长才做了决定。

“守护者的任务结束了。我们必须向龙告别，开辟自己的道路。”

神铁敲响，在晨曦中，他们开始准备离开。

叠好帐篷，收拾好皮革餐具，把粮食装进布袋，催促年幼的孩子。

为了尽早转移，不，是为了尽快逃亡。

他们也相信龙一直在守护着他们，不愿意目睹龙的末日。

要去的地方已经选好了。他们将会沿着和龙一起走来的路往回走。

向东方。

为了尽可能远离龙即将死亡的这个地方。

族人中也有人怀疑瞳占师的神谕和族长的决定。然而怀疑的声音骤然断绝，因为天空突然阴云密布，雷电交加，仿佛证明了灾祸在即似的。

一直向西的他们并不知道，在暴风雨的天气中向东出发是愚蠢的行为。倾盆大雨浇透了他们的身体，他们念咒般地呻吟着，不停打着寒战。

龙死之时，灾祸将至。

必须逃，向东逃。

他们在暴风雨中行军。

没有人发现，在这一群人中，有一个人悄悄脱离了队伍。

失踪的是那个少年。憧憬画中的少女，又被通晓古代语言的少女赋予了禁忌之识的少年。

在他心中，牢记着与逃亡者心中截然不同的真相。

古代人制造的工具，经过了漫长的时间，终于要抵达目的地了。里面乘坐的人，将要结束极其漫长的旅程，抵达终点。

必须有人见证那一幕。

少年的脚步轻盈，感觉自己即将成为神话传说中的英雄。

然而不久之后，四周涌起了浓雾。蓦然回首，少年发现周围都被牛乳般雪白的雾气之墙挡住了，本来在远处都能清晰可辨的龙，也失去了身影。

浓雾之中，少年摸索着继续前进。

“啊，您是亲属协会的成员吧。休息室在二楼，请从里面的楼梯上去，右手边。”

“谢谢，辛苦了。”

我对这个不知见过多少次的保安点头示意，便成功进入了迷宫般的电视台。亲属协会的武先生曾经帮我办过通行证，上面的身份是工作人员家属，并不能让我靠近演播室。伪造身份，潜入无关人员禁止入内的区域，自己的这种行为让我想起了某个人，不禁摇了摇头。

我快步走在洁白的走廊里，回避着来往诸人的目光，不想引起任何人的注意。墙上张贴的海报中，也夹杂着“低速化灾难”小说改编的电视剧宣传画。

关于诱饵计划，亲属协会已经开始在电视和网络上展开宣传了。最新的拍摄是在今天，地点就在这家电视台，薙原将会出席。从武先生那里听说这个消息之后，我决定孤身闯进来。

飞机事故发生后，我便再没有和薙原联系过。听说这个计划的时候，我急忙要联系她，却惊愕地发现，她在所有社交软件里都把我屏蔽了。

太过焦躁的我走错了一个楼层，不过沿着智能眼镜的指示，还是回到了正确的路线上，抵达了目的地。

“休息室　‘希望 123 号’亲属协会　薙原叉莉”

我站在门前，深吸了一口气。对方已经下定了决心，而且还是一个莽撞成性的人，我没有信心说服她。但是，我决不能眼睁睁看着她继天乃之后，也变成低速世界的居民。

我终于下定决心，敲响了房门，没有回应。我转动把手推开门，撞上了她。

眼前闪现出雄狮鬃毛般的明亮金发。正要开门的她，就站在里面。

“你来干什么？”

伴随着尖锐的视线，她抛出的并非单纯的拒绝。这句沉重而可怕的话，仿佛压抑着已经点燃了导火索的炸弹。我下意识地想要后退，幸好及时忍住，但准备好的话却完全想不起来了。

“关于那个计划，太危险了，我想劝劝你。”

“呵。”

从这唾弃般的声音中，我确信她压抑着的是愤怒，但不知道她为什么愤怒。我感到额头上渗出冷汗。

“就为了这种无聊的事，你还真好意思让我看到你这副蠢样。”

认识薙原八年了，我还是第一次看到她这么激动。八年间积累起来的关系，不仅一笔勾销，甚至跌成了负值。

“为……为什么生气？”

所以我只能傻傻地问她。

“我听你过世的叔叔说了很多。”

这一句话便让我全身寒毛倒竖，面无血色。

“我本来一直以为，你喜欢天乃，而且直到今天都很喜欢，虽然你没办法对那个新干线做什么，但至少你希望把天乃从那里面救出来。所以我一直相信你是我这边的。”

这太糟了。我的双腿发软，脚底像是粘在地上似的。

我动弹不得。

“真是太高估你了。我搞错了一件事。”

她狠狠掐住我的脖子。嘴里吐着愤怒的话语，脸上却浮现着冷笑，不像我认识的那个她。

“你，根本不希望天乃回来，对吧？你希望的是，天乃直到 2700 年之后，到你死了很久很久以后再回来，你希望她一直留在那趟新干线里，你一点都不希望那趟车的时间恢复正常，对吧？”

她抽了我一耳光。

不，她并没有打我。但那些可怕的话语让我产生了这样的错觉。

“你，你说得太过分了……”

喘不过气的我，奋力组织着语言。

她大概完全没听到我的话。右手掐着我，左手从口袋里掏出手机，灵活地点了几下，按到我的鼻子上。

“这是什么？”

画面上显示的文章开头，闯入我的眼帘。

白鳞龙快要死了。

冬末时节，神铁草开始散落红铜花的时候，这样的流言开始在族人中流传。少年先是不信，也不愿相信……

我明白了，叔叔把一切都告诉了她。

那是小说。

是我，伏暮速希写的小说。那趟在遥远未来被称为“龙”的新干线的故事。故事中止在主人公闯入迷雾的地方。

“如果是不相干的人写的，也就算了，因为他们并不知道我们的感受。可是这个是你写的，而且目标就是想出版。事故幸存者用事故做题材写的故事，肯定会大卖，那个油腻大叔就是这么跟你说的吧。好些年前你就匿名把开头发到小说网站上去了，对吧？一起去看新干线的时候，毕业典礼那天晚上的时候，你一直都在脑子里构思，用被丢在2700年后的天乃做材料，创作博人眼泪的故事，对吧？我说错了吗？说错了你说啊！”

手机啪的一声掉在地上。

薙原的脸上充满愤怒，叱骂我的低沉声音中仿佛饱含杀意，但她的眼角却泛着泪光。

我被她摇晃着，感到自己的身体似乎飘在空中。在紊乱的呼吸中，我好不容易开口。

“我，我是觉得，如果写一个故事想象未来的天乃，那故事万一能够流传到 2700 年以后，对她和我都是一种救赎。”

掐住我脖子的手微微松开了一点，所以我才得以继续说下去。

“如果有人说你太过分，你就这样回答他。叔叔是这么教我的。我也用同样的道理说服自己。但那并不是我的真实想法。”

薤原的手再度用力，我快要窒息了，但必须说下去。

我准备了许多解释，用来在有朝一日被人发现时做借口。但是，唯有面对薤原，我必须把自己的真实想法说出来。因为她是天乃的姐姐，是与我一同度过那些岁月的人。

“我已经不知道该怎样去面对天乃了。”

这句话，我从没有对人说过。

不管是对叔叔，对亲属协会的人，对薤原，还是对天乃。

我慢慢地组织起混着颤抖和泪水的话语。

“直到上初中的时候，我们都很单纯。小学里，一开始说要做漫画家的，不是天乃，是我。我写故事，天乃画漫画，目标是得奖，两个人一起成为漫画家。我本来也在暗恋天乃，也曾经想过该怎样告白才好。但是，自从两个人去了东京以后，一切都变了。”

那是我们两个都满怀期待，第一次乘上新干线的那一天。

“不管去哪家出版社，编辑都说，画画得很好，但故事比较简陋。有些出版社没有讲那么清楚，但编辑看我的眼神，就像是我拖了天乃的后腿一样。虽然天乃不是很在意，但我知道自己没有才华。后来，天乃继续画漫画，也有好几家出版社给她安排了编辑，经常在电话里讨论。我主动降低了自己的存在感，到最后只是三言两语说点意见而已。慢慢地，我已经不知道自己是在暗恋她，还是在嫉妒她了。”

在叔叔开车载我去看新干线的时候，他问过我班上有没有喜欢的同学。我回答说有。至少在以前，这是百分之百的实话。

“我甚至怀疑，我之所以一直喜欢天乃，其实只是因为天乃的才能有利于我实现自己的梦想吧。我觉得自己是个十足的渣男。我害怕看到天乃，也害怕回她的消息。但是我们还像以前一样每天见面，和以前一样谈天说地，这简直要把我逼疯了。明明暗恋着她，有时却又暗暗盼望她去东京结识别人，两个人幸福地生活在一起，在我一无所知的地方实现自己的梦想。天乃完全没有意识到我变得这么疯狂，还像以前那样对待我。编辑劝她换一个人写故事，她也拒绝了，还说要趁修学旅行的自由活动时间去出版社讨论作品，带我一起去。我根本不敢去，甚至一想到乘坐新干线就想吐，但我又无法拒绝。所以，只好在出发的前一天谎称得了流感，请假在家休息。”

我与天乃和同学们的命运分隔，并非偶然。

因为我害怕看到天乃在我身边实现梦想的瞬间。因为我害怕自己那颗阴暗的嫉妒心，会超越对青梅竹马的爱恋。

“我很怕天乃带着结果回来。我恳求不要再让我见到她。所以那趟新干线停止的时候，我甚至怀疑是恶魔听到了我那荒唐的愿望。”

叔叔不知道我嫉妒天乃，只是以为我暗恋天乃，没能告白，便被隔绝在2700年之间。他对自己想象出来的悲恋信以为真，所以才劝我写小说，想让我振作起来，顺便也可以推销给世人。

“所以，我在叔叔的劝说下开始写作。我觉得，如果是未来人的视角，也许就能面对天乃了。因为如果不能面对她，我就无法消除不想让她回来的想法。所以现在回想起来，我之所以开始写那篇小说，只是为了稳定自己的情绪，与思念天乃毫无关系。”

尽管如此，如果写成2700年“希望号”都无法归来的故事，未免太不吉利，所以我一开始和叔叔商量，写一个“希望号”打破预测，在五年后归来的故事。

叔叔听到我的想法，先是愣了一下，然后笑着说：

“经过五年十年又能重逢的故事不可能卖得好。只有穿越到2700年后的未来，生离死别，再也不能见面的故事，才能让整个美国为之流泪。速希，你要多看点书。”

我试图抗拒叔叔的意见，但最终还是妥协了。或者更准确地说，如果以近未来做背景，我一行字都写不出来。只有以遥远的未来为舞台开始动笔的时候，我才终于意识到，我能写的，只有不会留下我一丝痕迹的时代。

我去叔叔的住处给他整理遗物的时候才发现，叔叔的房子里全都是书，书架上都放不下了，地上堆得到处都是。最醒目的地方放的是关于时间的小说。那时候我才发现，叔叔想让我写的故事，与曾经感动过他的故事很相似。

薙原的手突然放开了我。我重重摔在地上。

“你还真好意思说。以为把心里的想法全说出来，别人就会原谅你吗？太恶心了，滚！”

薙原的语气已经缓和了一点。

抬起头，看到她的眼中已经没有泪水了，那里面甚至连愤怒都不是。

她望向我的是怜悯的眼神。

“你知道你叔叔对我说了什么吗？他说你写不下去了，求我帮忙。他还说，请我允许你把我写进故事里，让我和你结合，生下子孙后代，再让后代与2700年后的檎穰相遇，那就是最完美的故事了。”

我感到自己脸颊发烧。那是对叔叔的愤怒和羞愧。

“对不起，我不知道……”

“不用道歉。我拒绝了那个油腻的大叔，把他赶跑了。至少他想了个办法救回‘希望号’。用诱饵换回列车的办法，就是他在飞机事故前想到的。你没资格道歉。”

最后那句话刺穿了我的心脏。我几乎要吐出血来。

“我会救出天乃。你就和你编造的人偶在2700年后玩过家家去吧。我不接受那样的未来。”

薙原转过身，狠狠摔上了门。

我拖着僵尸般的脚步，游荡在走廊里，好几次差点撞到人。表现出担心又怀疑的保安问我要不要紧，我强撑着回答说没事，但回过神来却发现自己正抱着厕所马桶呕吐。但是薙原得知我在写那种小说的时候，恐怕比现在的我更想呕吐吧。想到这里，我不禁呜咽起来。我带着濒死的心情抬起头，与贴在墙上的电视剧海报上的主演四目相对。“会有持续千年的爱恋吗？被时间阻隔的恋人，让人哭泣千年的爱情故事——《千年特快》”。宣传语映入眼帘，我又一次吐了出来。

但从结果来说，薙原决绝的话语，并不是成功的预言。她错了两处。

我没能写完那个故事。

因为她没能救出天乃。

东海道新干线“希望 82 号”，以超过 300 千米的时速掠过低速化的“希望 123 号”，是在“希望号”低速化事故的九年零三个月之后。

“让搭乘人数超过‘123 号’并且速度比‘123 号’更快的车辆从旁边驶过”，这项计划如果是在事故发生后的两年内立项的话，说不定会和那时 NASA 的实验一同进行。

然而现在一切都变了。由于许多成员的退出，亲属协会的组织力下降，再也没有了往日的政治影响力，也没有足够的资金了。

游说活动无果而终。亲属协会出身的议员们，几年前还在尽力争取国家补偿，现在只是嘴上说会考虑，没有任何行动。让第二辆列车也陷入低速状态的风险，对于政治家来说太大了。既然政府不肯批准，日本铁路公司当然也不会点头。

劫持列车的主谋是 A 班杉浦有里的父亲、C 班远藤聪的父亲和哥哥、D 班鹭森翔太的弟弟莲二、D 班根来葵的家庭教师，还有一个搭乘了“希望号”的公司职员的妻子，一共五个人，此外还有七名亲属协会的成员是从犯。

因为考虑到新横滨与名古屋之间的运行安全重新获得保证的可能性，所以为了能够随时重启新干线，日本铁路公司一直对铁轨进行着维护。而制造事端的他们瞅准了这一点——即使没有获得批准，让新干线从“希望号”停止的铁轨旁边驶过客观上是可行的。

他们选择了元旦前一天的黄昏时分。即使是在乘客数锐减的现在，那也是车辆为数不多的拥挤时刻。搭乘了 941 名乘客的“希望 82 号”从大阪发车，前往名古屋，而他们潜入车内，使用无线电屏蔽装置切断了乘客们的对外联络，又用射钉枪威胁乘务员，闯入驾驶室用刀顶着驾驶员下令。

“时速 300 千米，开往东京。”

可以说这是个滑稽的威胁。如果十年前想以 300 千米的时速前往东京，只要买一张同班次列车的票就行了。仅仅过了十年，为了实现这个目标，只能劫持新干线。

由勤勉的铁路工作人员努力维护的铁轨，温柔地迎接了犯罪的人们。车辆顺利闯过名古屋站，很快便进入了静冈县。

据说，“希望 123 号”出现在视野里的时候，占领了驾驶室的成员都欢呼起来。他们满怀期待，等待着与它擦身而过的瞬间。

然而，什么都没有发生。

那个现象，并没有转移到诱饵上。

在新横滨严阵以待的是催泪弹和防暴警察，恐怖分子们被一网打尽。但即使在被捕的时候，他们也在高喊要改变条件，重做实验。

经过新干线劫持事件，政府终于开始行动。当然，不可能批准正式实验。他们认为，“希望号”旁边的这条铁轨如果继续存在下去，只会诱发鲁莽的犯罪。而对于即将完成迂回路线的日本铁路公司而言，这一观点也是雪中送炭。

根据行政强制命令，在保留东海道新干线新横滨—名古屋段“希望 123 号”所停铁轨的同时，拆除其旁边的铁轨，改为沥青路面，用作步行道路，以“‘希望 123 号’千年纪念路”

这样一个土气的名字命名。

政府的决定并未就此结束。凡是牵涉到利用“希望号”做诱饵的主导成员，不管预先是否知道劫持计划，全都被一网打尽。那份名单上自然也包含了提案者的名字。

第一次见面的那天，我以为薤原叉莉有过多次被辅导的经验，或许还被关过很多次禁闭，但实际上，她从没有经历过一次辅导。她远比流言中活得认真。

然而，她的履历现在有了污点。

因为违反了预防组织犯罪法，她被牵连入狱。

而我申请的探视，薤原从未同意。

“老师，明天见。”

放学后还坚持自习到最后时刻的女生，在来巡视的我的催促下收拾好桌子，礼貌地向我鞠躬道别。她的校服颜色是白色和深蓝色，替代了已经在全日本非常有名的白色与天蓝色的校服。

“嗯，明天见。”

目送她转身离去，教室里只剩下我一个人。夕阳柔和的光芒从窗外洒进来。

这是当年二年级 D 班的教室。

回到母校做教师，是我读大学时做的决定，是为了直面过去。但是现在，我觉得这个选择源于对过去的留恋。同学们都不在了，只剩下我一个。暖风微微吹起窗帘，白色的布料上沉淀了岁月的沧桑。虽然我比高中时高，但此刻所看到的教室，却比那时更加宽阔寂寥。排列整齐的座位现在不足二十张。

城市来的孩子少了。由于对公共交通工具的不信任，以及高速公路的拥堵，长途移动本身已经变成了一种令人忌惮的行为，交通费也急剧增长。所以离开故乡的人少了许多。大家差不多都在步行或者骑自行车上学上班。

磁悬浮列车的建设计划受到财政紧缩派政治家的阻挠而告中断。运输费的高涨导致跨省运输的食品价格飙升，自产自销成为迫不得已的趋势。许多鱼和蔬菜只能在当地吃到。现场演出和线下活动都没有足够的参与者，开始用 VR 代替。在网络上结识的远方好友，通常不会线下见面。电商平台不再为日本国内提供配送业务。“一期一会[1]”成为流行语。

我在写 2700 年后的故事时，让除了新干线以外的交通手段全部失灵了。然而，即使现实不是如此，不安和恐惧就已经使世界慢慢改变了。

我用黑板擦擦去黑板上残留的粉笔印。

就是这块黑板。在文化节上，D 班开了一家异国文化主题的咖啡店，天乃负责装饰。她用好几种颜色的粉笔，在这块黑板上画下自己漫画中登场的角色——一只叫速希的猫。

也是这块黑板。在确定修学旅行分组的那一天，恰逢值日的我，一个人擦着黑板，烦恼着自己如果缺席了修学旅行，该怎样向同组的寺浦、文山和浮舟道歉。

还是这块黑板。在只剩下我和薙原上课、由我俩轮流值日的教室里，她为了帮我考取驾照，每逢休息时间都会把道路标志写在黑板上。

1　一生只遇一次。——编注

天乃，其他同学，甚至薤原，都离开我去了很远的地方。

虽然心痛欲裂，却不能哭。要哭的话，本来有很多机会。但我的全部精力都用在压抑自己内心的纠葛上，无暇为天乃哭泣。唯一的哭泣只在被薤原质问的时候。事到如今，正像我没有道歉的资格一样，我也没有为天乃她们哭泣的资格。

我只能稍稍抬头，凝视着挂在黑板上方的时钟，看那秒针一如既往地跳动。

“啊，伏暮老师。”

轻柔的声音响起，让我回过神来。图书管理员堀双叶老师在走廊里喊我。

我擦擦眼角，掩饰自己刚刚的丑态，朝她走去。

“你捐赠的那些书……”

我把叔叔的一部分藏书捐给了母校的图书馆。我不喜欢把书卖掉，也不愿扔掉，但自从和薤原因为那件事决裂以来，又愧于把那些书留在身边。

“有什么问题吗？应该没有什么保管不善的书吧？”

“不不，是有本书中间夹了便签，谨慎起见，想和你确认一下。现在有时间去图书室吗？”

“麻烦你特意跑一趟，真是不好意思。”

堀老师也是我同学的妹妹。被困在新干线上的堀彩花和寺浦健太郎坐在一起，同学们虽然都知道他们的关系，但他们的父母都是在事故后才知道的。他们两家在临时住宅里关系很差，在亲属协会中也时常发生争执。

但是，堀老师没有加入亲属协会，独自过着自己的人生，她还利用乘客的亲属不断捐赠的大量书籍，建起一个非常充实的图书室。这大概是对于那场事故的积极应对方式之一吧。

我来到图书室，在柜台拿到了那本书。那是很久以前堆在叔叔副驾驶座上的一本书。书名是《时间机器的制作方法》。

起初我想去图书室的阅览区查看里面的内容，不过想了想，还是躲进书架中间，翻开书。考虑到叔叔的禀性，便签上说不定写了某些少儿不宜的东西。

书里夹的是折叠起来的活页纸。上面的文字确实是叔叔的笔迹，但并不是他说话时那种别有用心般的做作用词，而是非常简洁的记述。

低速化也许并不是一种现象，而是来自其他文明的干涉，或者攻击？

高速移动的交通工具是维持文明所必须的。将之低速化，是针对该文明的有力破坏。

→根据是否存在高速移动的物体来判别文明、加以干涉？

※存在水流、气流之类的自然现象。它们也是高速移动的物体。如何判别？

搭载大量乘客的高速移动物体？

→不可能。在123号以前，有过无数搭载大量乘客的车辆。

我很吃惊。在那个时候，叔叔用了仅仅一张活页纸写出来的推理，就已经得出了并非人多就会触发低速化的结论。这是在第二例现象——飞机事故出现之前。如果叔叔还在世的话，不知道还会推理出什么。我一边想着，一边漫不经心地翻过活页纸，看到了之后的推理。

希望号当时的特殊性（诱发现象的因素？）

× 搭乘了修学旅行的学生

× 乘客数

？手机、社交软件的内部相互通信

→在高速移动的物体内部发生了大量与移动无关的相互通信

“怎么了，伏暮老师？”

堀老师跑了过来，因为我向后一倒，把背后书架上的好几本书都碰掉在地上。

“对……对不起，我马上收拾。”

我比了个手势拦住担心我的堀老师，捡起掉落的书，放回书架。但在捡书的同时，我的头脑还在飞速转动。

如果只是大量的数据通信，新干线也好，飞机也好，为了运行，每天都会有的吧。但是，如果是乘客在内部互相发送大量与移动无关的照片和文字，这样的过剩通信也许会被视为文明的证据。

如果叔叔的假说正确，那么给那趟新干线召来低速化的大量通信数据中，起决定性作用的，就是由天乃提议的，同学们为了缺席的我上传的大量照片和文字。而我之所以缺席，是因为嫉妒天乃。

那场事故的起因，是我对天乃的嫉妒。是因为我希望再也不要看到天乃。

无比沉重的痛苦，让我几乎无法承受。

我拼命压抑颤抖的身体，调整呼吸，翻阅夹了活页纸的书。又有一张夹在里面的纸飘落到地上。我用止不住颤抖的手捡起那张纸，看见那不是手写的活页，而是一份打印的邮件。

新闻界的诸位：

关于能在飞行途中进行会议的新软件，模拟会议将在……

那是会议软件的宣传企划。通过它，即使在飞机上，也能毫无延时地交换大量数据。叔叔将举行模拟会议演示其功能。

邮件中还写了进行模拟的航班号，正是那场飞机事故中的两架飞机。

我终于明白，叔叔乘坐那班飞机，并非巧合。

在高速移动的物体内，发生与移动无关的大量数据通信。那将暴露文明的存在，召来某种事物的干涉，引发低速化。

叔叔在赌自己的假说，寻找有可能发生低速化的航班搭乘。然而，他自己变成了实验品，又怎么把假说的正确性告诉世人呢？

我想起了叔叔书架上的那些小说。也许，叔叔对未来的憧憬，远远超越了对金钱的渴望。叔叔也许很羡慕新干线中的人，他们能够抵达遥远的未来。虽然已经无法证实我这样的猜测了。

现在，已经没有办法向世人证明叔叔的假说是否正确了。

即使准备了大量的通信设备，那条铁轨也已经被拆掉了，换成了柏油马路。不可能再有新干线经过“希望号”旁边了。

除了新干线，再也没有什么东西，能达到300千米的时速……

“不，有。”

不需要新干线那样庞大的人力和资金，也可以达到300千米时速的交通工具。我想到了一个。

“有什么？”

听到我的自言自语，堀老师从书架间探出头来。

“可能是……时间机器的制作方法。”

希望123号千年纪念路

车辆请勿入内

绕开告示牌和路障，我骑在摩托车上闯了进去。这是重型摩托，和高中时骑的不同。

背包里满满地塞着169台充满电的轻型手机。加上衣服和腰包里的，一共200台。为了防止过热，都裹上了冷却材料，不过大概只是聊胜于无吧。

我在网上搜集了大量旧手机，注册了一家空壳公司，签了大批手机套餐，又向第三方定制了能互相进行大量数据通信的软件。

我不知道手机之间的通信会不会被识别为乘客的行为。反正我已经下定了决心，如果失败的话，就把老鼠一只只捆在手机上。

慈善捐款和存款全都花得差不多了。以前叔叔送给我的书，也都卖给了旧书店。总算凑齐了费用。

如果能得到亲属协会的帮助，大概一切都会更加轻松吧。我拜访新干线的次数愈发频繁，而每当武先生热情接待我的时候，我都会想向他求助，但想到新干线劫持事件的结局，我还是不愿意借用他人的力量。

而且，一切都是我引起的。是我出于嫉妒而放弃了修学旅行，而对此一无所知的天乃，为了我催生出了数据流，引发了那个现象。是我夺走了同学和八百多名乘客的十年，让他们与家人朋友生离死别，破坏了众多的家庭，引起了无数的悲剧。尽管无法偿还，但至少可以献祭自己。我不能再把更多的人牵扯进来，导致更多的牺牲了。

只是堀老师将会收到定时发送的邮件。那是我的遗书，其中写明了叔叔的假说和我的计划，请她代为告知亲属协会。我并不认为自己能够回来，至少不能在他们生活的时代回来。我把手机寄去了薙原的老家，与密码一起。出狱后，她应该能在其中找到许多天乃的照片。

我在柏油马路上，距离新干线十千米的地方。凌晨四点，没有行人。平时会有不少人来这里跑步，但我昨天已经用伪造的告示牌，把诸多入口都封锁了。

我启动引擎，将赋予生命的摩托车打到一挡。

驶出的机器将振动传到我的身上。那振动，与毕业典礼结束后，我趁夜朝着新干线疾驰的时候一样确切真实。

我用力蹬踩，拉高挡位，仿佛为了保住这种感觉。

昨天，我又去见了天乃。

在低速化的车厢里，她的姿势和毕业典礼后的那个夜晚相比毫无变化。

但也有不一样的地方。那时候还徘徊在发送对象上的手指，选择了“薙原叉莉”。天乃想把自己的战果首先告诉家人。可能是错觉，她的嘴角似乎凝结成微笑的形状，像是期待着对方的反应。

我真正做出最后决定的时候，就是在看到那一幕的瞬间。

时速表从 100 千米指向 150 千米。得益于智能眼镜的修正，视野并没有变窄。

如果，如果我现在还爱着天乃的话，肯定无法做出这样的选择吧。为了拯救自己思念的人而去往一个人的未来，也许再也不能归来，再也不能见到思念的人。我一定无法忍受如此可怕的结局。

如果，如果我在这十年里，爱上了薙原，渴望得到她的心，肯定无法做出这样的选择吧。在那样的诀别中，去往一个人的未来。我一定无法忍受如此可怕的结局。

但这些我都没有。

我想再度见到天乃，和她度过同样的时光。

我想再度见到薙原，和她谈天说地。

但最重要的是，我想让天乃和薙原再度相见。

见到天乃的那个人不应该是逃避修学旅行、逃避天乃、站在墓碑前咬着手指逃去虚幻的 2700 年后的我。

应该是挥舞球棒、驾驶挖掘机、推动诱饵计划，想尽办法夺回天乃的薙原。

因为她更值得再度与天乃相见，也必须再度与天乃相见。

摩托车的码表在时速 250 千米的地方犹豫似的晃了两下，

然后像是下定了决心一般，开始向 260 千米、270 千米的方向加速倾斜。

以等同于新干线的速度飞驰而去的景色，是当年隔着车窗看到过的。

那是我写故事，天乃画漫画，我们满怀期待把作品拿去东京时的车窗。那是所有的出版社都否定我的作用，我沮丧地装作睡着时的车窗。那是人生中仅仅乘坐过两次的新干线的车窗。

树林、住宅、工厂、大桥都飞驰而去。经过了十多年的岁月，那些应该多少都有些变化吧。

但我分不出其中的区别。

如同抽打般的风压让我无法动弹，连疼痛的感觉都像追不上似的。我只有祈祷隔着手套的触感不要麻痹。

保持前倾的后背感觉到非同寻常的重量和热度。腹部的腰包也是热量的来源。我感觉到自己的身体越来越热，甚至要烧起来。不过，我还是继续加速，相信那些热量正是手机互相传送大量文本和图像数据的证明。我将这个熟悉的世界抛在后面。

见过无数次的烙印在眼中的那个令人畏惧的白色列车，跃入我的视野。

“希望号”的最后一节车厢被我迅速追上，然后超过。

如果预测失败，时速 300 千米的摩托车将会瞬间抵达并超过车头，然后车辆就会消失在我的视野中。

我进入了白色巨物的影子里。眨眼间便越过了无数车厢，数都来不及数。我的眼睛一直盯着码表，将时速保持在 300 千米以上，完全无法朝旁边看。况且经过一节车厢的时间本来也很短。

尽管如此，我的感觉还是变得奇怪起来。仅仅是穿过十五节车厢的长度，时间却像是被拉伸成了永恒似的。不知道是不是幻觉，我看到车窗上仿佛在结霜，随后又看到新干线的车头。

我听到了声音。

哐当、哐当的铁轨声。

要么是“希望号”在加速，要么是我在减速，否则不会发生这样的情况——我们的速度趋向一致。我们向着时间流速相同的世界会合。

那一瞬间，有种下意识的反应突然攫住了我，让我情不自禁想要减速，想要松开油门，放慢摩托车的速度。

捕捉高速移动物体的事物，也许会因为摩托车速度的急剧下降而离开我。如果放慢速度，我也许就能逃脱那个可怕的现象。只要放开右手，只要松开油门。

天乃要把照片发给薤原时露出的微笑，在我脑海中苏醒。

不行，一定要坚持到最后一刻。只要他们还没有离开“希望号”，我就不能怕。如果现在放慢速度，所有一切就都白费了。

那令人怀念的新干线在铁轨上行驶的声音消失了，开始响起耳鸣般的低沉声音。是幻听，还是“希望号”又开始低速化了？不，不是。这一定是被拉长的声音。

事情如旋风般发生了。

比光还快，比眨眼还短的刹那间，白龙的腹部占满了我左半边的视野，结霜的玻璃中，从手机上抬起头望向窗外的少女与我视线交会，然后消失。

我的码表还是 300 千米，没有变化。

声音已经听不到了。

刹那间，我仿佛看到白龙的尾部钻进了地平线的尽头。

“希望号”，驶远了。

就像凭空消失了似的。我无法看到它驶远的模样，这恰恰证明了我的成功。

那是我代替新干线，被留在低速世界里的证据。

我松开油门，降低速度。270 千米，250 千米，200 千米。我在减速中怀着淡淡的期待，也许自己也能脱离低速化。

我意识到自己在不停地眨眼，随即又发现并非如此。昼夜正在更替。170 千米，130 千米，100 千米。在自己的大脑认识到这个事实之前，更迭的速度已经加快到无法识别。很快，白昼与黑夜的交替混合成了灰色。

2600 万分之一的世界。

一秒钟的呼吸，便会吹走 300 天。我就身处在这样的世界。

期望落空了。一旦被拽进低速世界，即使再降低摩托车的速度，也无法逃脱，停车肯定也是一样。

我与外界并没有窗户玻璃隔开，所以也许可以看到以2600 万倍的速度前进的世界。物理研究所、NASA，还有我的朋友们，也许会来参观低速化的我，成为我视野中几万分之一或者几十万分之一秒的颤动吧。然而我不是超人，无法辨别出那样的变化。我也知道，举目无亲的我、身负罪孽的我，渴求那些东西本就是奢望。

眼前的树林用动物般的速度长高，远方的建筑仿佛眨眼间就成了摩天大楼。遥远的群山上，那闪烁的橙色光芒，是红叶吗？

我忽然抬头，只见某种不应有的绚丽色彩渗透开来，将天空切成方形。我起初不明所以，心中有些恐惧，但随即明白了那是什么。一定是沙滩遮阳伞或者帐篷之类的东西。有人撑在我头上，帮我遮风挡雨。为了不让以每秒相当于 300 天的高速雨滴打在我身上。而且那个人会随着我的前进，一点点向前移动遮阳伞。每天，每周，每月。

我立刻闭上了眼睛。

我不想哭。如果哭出来，那张没出息的脸将会在众人眼中暴露几年，几十年，几百年。即使是我，也不想让人看到那样的表情。尤其是天乃和薤原。我希望自己能装出骄傲的表情。

引导雾中少年的是一束光。少年在视野角落里看到某个发光的东西，他一步步走过去。

阳光照亮了“永恒之墙”的顶部。

看到墙壁，少年的心雀跃起来。龙就在旁边。少年放低身子，摸索着脚下。他很快抵达了神铁消失的道路，找到了那个地方。

是龙尾。圆润的外形比其他各处更有生物的感觉。

为了不在雾气中迷失，他将手放在龙的巨体上，依靠着手掌的触感，侧身走向龙的头部方向。他将“画”一幅幅看过去，与记忆中的样子对比。在各幅画上，有本来坐着却站起来的人，有本来睡觉却在打哈欠的人，虽然不是他熟悉的姿势，但依然是同样的人物。所以，只要从龙的尾部逐一数过来，应该依旧能找到他最喜欢的那一幅。

她现在会是什么表情呢？会不会因为终于抵达了期盼已久的目的地而露出笑容呢？会不会双眼闪闪发亮呢？

他一幅一幅地数过去，终于找到了从小就憧憬的那一副

“画”。然而，少女不在画里。

从遥远的过去开始便一直在那里的、褐色眼眸的少女，消失了。里面还有几个变小的人，但唯有她不见了，只剩下空空的座位。

少年茫然站在“画”前，心潮翻滚。令人愉悦的轻快音乐在雾中响起。即使“龙”不是生物，如果有人说那就是龙临终的歌声，少年觉得自己也会相信的。因为他正感受着仿佛失去了半边身子的痛苦。

这就是奇迹吗？这魔法般的别离。

无论如何，少年不能容忍将别离称为奇迹。

再一次睁开眼睛，看到的是指向时速 60 千米的码表。

耳朵里听到的，是另一个引擎声。

狂风呼啸中，它直奔我而来。

我以为是幻听，但还是下意识地挪动视线，朝旁边看去。

黑色和浅绿色的刺眼色彩，宛如生物般的流线造型——一辆摩托车和我并行在一起，车身即将越过我而去。

“别过来！”

我叫喊起来。为了不被呼啸的风声和引擎声盖住，我用尽力气大叫。

某人要和我做一样的事。为了救我，拿自己当诱饵，把我拽回正常的时间。

不，不必用“某人”来称呼她。为了一个人，驾驶摩托车朝着未来横冲直撞的家伙，只会是我所熟悉的那个人。我不能把她卷进来，不能再把她们分开了。

为了拉开和救援者的距离，我再次换挡，准备加速。

毫无预兆地，背上响起“砰”的一声，后背一下子热了起来。塞在背包里互相传输大量数据的一堆手机终于到了极限。我条件反射地踩下急刹车。摩托车停住瞬间的冲击力，几乎让我的身体散架了。

尽管如此，一停车我便几乎出于本能地脱下背包扔开，保护即将烫伤的后背。扔在柏油路面上的背包已经有些焦了，甚至还冒出了白烟。

稍远的地方传来另一辆摩托车的刹车声。我回过神来，放眼望去，只见停止的摩托车上下来一个人，一步、两步，朝我走来。

在我看来，那步伐并没有特别快，也没有特别慢。毫无疑问，对方和我处在同样的时间流速中。

她来了，来到了这个时空。两个人同时被囚禁在低速世界里，让她失去几百年几千年，这不是我想要的。

在我即将被焦躁感压垮的时候，她忽然抬起手，指向我。

她无言指着的是我刚才驾驶摩托车的地方。回头看去，只见一个带有圆锥形头部的小型火箭般的物体，看起来像是静止在空中，但恐怕是和那架飞机一样低速化了吧。

她没有靠自己的摩托车，而是把通信设备塞到那东西里面，用它做诱饵，把我从低速化现象中剥离出来了。

我只想到让诱饵在“希望号”旁边飞驰，让它脱离低速化，却没有想到垂直发射诱饵的方法。

我看到火箭的后面，东边的天空中，朝阳缓缓升起。我这时才发现天亮了。那不再是昼夜交替混合的灰色天空。令人目眩的昼夜更迭，已经停止了。

我们并不是在低速的世界里。

我们回到了正常的时间里。她发射到天上的新诱饵救了我，她只是骑着摩托车来告诉我。

在明白了这一点的瞬间，我的心脏猛地一跳。我转过头，环视周围。

能回来真是太好了。可是，过了多少岁月才回来，我还不知道。

远处可以看到住宅、商场，还可以看到主题公园的广告牌。

至少，人类文明还没有毁灭。

对了，不可能经过了几十年。因为一边走向我一边脱下头盔的那个身影，是我永远不会忘记的。思念犹如猛兽般向我袭来。

不对。

“头发……”我小声嘟囔。

她的相貌酷似薙原，但眼前这个女人的发色，却是鲜艳刺眼的红色。

那沉稳的微笑，也是从未在薙原脸上看到过的表情。

是薙原叉莉的女儿、孙女还是曾孙女？

眼前的她，是多少辈的后代？

我不敢问，心脏怦怦直跳。

“初……初次见面……”

打完招呼，我想尽可能留下友好的第一印象，强行挤出笑脸。

“你是薙原叉莉的孩子吗？还是孙女？还是……”

她停住脚步，微微侧首，盯着我看了半晌，然后朝我鞠了一躬，又伸出手，像是要和我握手。

“初次见面。我是薙原叉莉的玄孙的玄孙的玄孙女。”

刺骨的寒风从我们中间吹过。

我畏缩地朝眼前的女人伸出手去。

然后，空门大开的肚子上突然挨了一拳。

“还当真了你！你就是靠发色来认人的吗？”

我一边呻吟一边问：“薙……原？”

“我们认识了多少年，居然还能看错。在电视台都没揍你，这会儿真是不揍不行了。”

没错了，那种略带恼怒的表情，除了薙原叉莉不会有别人。我一边在痛苦中弯下身子，一边问：

“等一下，现在是多少年后？”

“啊，稍不留神，时代就变了。你把‘希望号’弄回来之后，过了不到两年，美军就用搭载通信设备的无人飞机把那架飞机弄回来了。然后 NASA 在加利福尼亚进行了一百辆无人汽车的行驶实验，其他国家也做了类似的实验，争相和那个造成低速化的东西取得联系。按照 NASA 的假设，那是个以速度为语言的文明，可能来自地球以外。听起来挺可疑的。”

“那现在是多少年？”

“要是和那东西打声招呼要花 2700 年可就麻烦了。也不知道它们的时间是以什么尺度计量的。对了，变慢的时候你有没有看到类似霜的东西？那是它们的本体。”

“薙原！薙原叉莉小姐！把你认错了我道歉！请告诉我现在是公元多少年！”

薙原盯着我看了一会儿，然后叹了一口气，告诉我："从你出发开始算，到现在过了三年零三个月。"

我花了一点时间才理解这个答案。

这比我预计的要短许多许多。我放下心来，全身随之脱力，坐倒在地上。夜风吹在柏油马路上，有些发凉。我摘下头盔，叹了一口气。头盔里的闷热散去，凉爽的空气扑面而来。

下一个问题自然地脱口而出。

"大家……都怎么样了？"

"二年级的那些家伙都回学校了。教学大纲改了，可够他们受的。亲属协会也解散了，大家都在努力恢复过去的生活。劫持新干线的罪犯也都得到了缓刑处理，要么就是提早释放了。还有，新干线、飞机、高速公路都恢复了，磁悬浮列车也通车了。"

我一字一句咀嚼薙原的话。

"这样啊，大家真的都回来了。全都结束了。"

"你不问问天乃怎么样了吗？"

"十年来，画漫画的软件，还有流行的画风，都变了很多。她肯定在奋力追赶，对吧？"

"那些一年前她就克服了。她的作品已经在网上连载了，有两千万订阅……"

虽然错过了很多事，但我并不在意。天乃回来了，而且和过去一样大步前行。

我笑了起来。

看着我的表情，薙原若无其事地加了一句。

"还有，你写的那个龙什么的故事，我给天乃看了，顺便解释了一下。天乃说'确实有点过分'。"

“开玩笑的吧？！你怎么什么都告诉她！”

我的笑容僵住了，心情一下子跌进了地狱。

2700 年后倒也罢了，我从没想过当事人十年后就能读到。

“整个年级也都传看过了，基本上女生都不喜欢，男生都是一副‘这个伏暮啊……’的样子。”

“我不想回到原来的时间了……”

我坐在地上，双手捂脸。

出发前应该把它从网站上删掉的。但是一般人谁会做出让全年级传阅这种缺德事啊。大家应该都把我视为低速化的凶手，对我恨之入骨了吧。我抬起头胆战心惊地问：

“只有你一个人来接我，是不是因为大家都恨死我了？”

“怎么可能。只是因为救你需要违反很多法令，不方便人太多。要把移动设备塞满火箭再发射出去，靠我一个人可不行。今天之后，我们会在名古屋给你开庆祝会。同学、武先生、亲属协会的人、学校的人，好多好多。另外这个先给你。”

她递过来的是我的手机。

刚一启动我就发现了异常。聊天软件的通知数量变成了“9999+”。

我呆呆地滑动屏幕。

跃入眼帘的是无数文字和照片。手指滑到的是大家在修学旅行之后的各种活动，文化节、体育节，还包括毕业典礼。

怎么翻都翻不到尽头，全都是他们的笑容。

那炫目的光芒让我不禁眯起湿润的眼睛，身体微微颤抖。

“这样就不用写什么感谢信了吧。这是二十八个人连续发了三年零三个月的消息。够你看一个月了吧。”

她抓住我的手臂，强行把我从地上拉起来，随后又重重拍了拍我的后背，我被她拍得又差点坐回地上。

“把 2700 年缩短到 10 年，够你骄傲的了。你可以挺起胸膛说‘我造了时间机器’。”

被她当面这么说，我感觉自己的脸颊火辣辣的，所以换了个话题。

“对了，你的红头发，难道是……”

“天乃说现在这样比较适合我。”

“你果然是个妹控。”

“没办法。她那么努力的人，难得有个愿望，不能不满足啊。”

她非但没有害羞，反而得意地挺起胸膛。真是没救了。

“我出发都这么久了，你还是一点都没变。有没有长大啊？”

我半开玩笑地说出真心话。她一边戴头盔，一边若无其事地回答说：

“我可不想一个人变老，所以一个人‘小小跑了一下’，做了点调整。”

这句话包含了很多信息。确实，将近 30 岁的她未免太年轻了点。如果我没有想错的话，薤原所做的事就像人类刚刚获得火和电一样，已经把手伸向了某种不畏神的力量。不过，现在没时间细细盘问，以后再找时间吧。

“啊，忘记说了。”

说着话，她把头盔朝我扔来，那力度让我打了个趔趄。她发动了自己的摩托车。

“你没写完的那个龙的故事，我和天乃帮你随便续了个结尾。回去了记得看。”

“哎？！”

我还没反应过来，她已经开出去了。

我慌忙戴上头盔，跳上自己的摩托。

想问的还有很多，总之这次不能被甩掉了，一定要追上去。

我发动引擎。见证文明与智慧生命的火焰，再度咆哮起来。

“谢谢啦。”

“哎，你说什么？”

在两个引擎的轰鸣声中，我仿佛听到耳语般的声音。但再怎么问，她也没有搭理我。

“赶紧跟上。磨磨蹭蹭的，我可不会等你！”

少年不愿相信自己失去了什么，在她消失的那幅画旁徘徊许久，随后发现迷雾不知何时已经散去。回头去看，“永恒之墙”也在附近，它的威严在历经风雨之后依然没变。上面的图案一如往昔，少年再次为它的美丽痴迷。也正因为如此，接下来发生的变化，让少年大吃一惊。

墙上描绘的大量图案，宛如生物一般从墙上滑落。封印在玻璃中的透明纹理和图案——被那位少女称为文字的东西，互相缠绕、吻合，四处弹开、滚动、旋转、翻转、狂跳，不断膨胀，直至炸裂。文字们仿佛一股洪流般倾泻而下，世界沐浴在耀眼的光芒中。

在光芒中闭起双眼的少年，胆战心惊地慢慢睁开眼睛，却发现延伸到地平线尽头的草原，2700 年后的绿野，已然不复存在了。

伴随着轰鸣声，大地颤抖起来。在“永恒之墙”的下方，无数绿色圆筒宛如喷泉般喷涌而出。它们在四处一齐发芽，转眼间便长出了树干，很快又长出枝叶，彼此交会，遮蔽了天空，果实在枝叶间垂下，一刻不停地展现出清晰的轮廓。嫩叶尖端透过的阳光变成无数吊灯，那灯光映出真实的景象。枝头上膨大的果实继续鼓胀，化作扬声器，化作站牌，化作电子显示屏。几十棵大树化作混凝土支柱，撑起了房顶。

一只鸟儿从一根柱子的阴影处飞起。那是金色的凤凰，印在毕业证书上的永恒之鸟。它整理自己的羽毛，振翅高飞，羽毛中生出长椅，生出电梯，生出车站小店。凤凰飞向远方的天空。

少年站在站台上，听着令人怀念的旋律。那不是龙之歌，而是抵达终点时响起的、仿佛催促着灵魂的音乐。站台上挤满了人，几乎能感觉到他们身上散发的热气。有老人，有年轻人，有孩子。尽管岁月流逝，但你，你们，都没有忘记迷途的旅人。

奇迹。在这只能用奇迹形容的景象前，少年震惊得无法动弹。而在他眼角的余光里，白色巨龙身上仿佛剥落了一枚鳞片似的，带着颤抖般的叹息，“希望号”的门开了。

少年向那里走去。他相信，门里肯定有一个人。

就像为这一刹那已经等待了很久似的，一个身影从门里飞奔出来。

她身穿校服，有着一对褐色的眼眸，绝对不会认错。对她来说，与少年分别的时间，和2700年的岁月相比，只是刹那而已。很快，她的喊声就会响起。

“我回来了，速希！”

致谢

说一些我在科幻研究会的回忆。

正因为坂永雄一先生向我介绍了无数充满魅力的作品，我才得以接触到如此众多的科幻杰作。也正因为坂永先生发表了《在无人船上发现的笔记》，我才得以通过同一本同人志，将《平滑世界和它的敌人》带到世间。

因为船户一人先生与坂永先生建立了充满乐趣的科幻研究会，我才能一直留在这里。如果没有船户先生热情推荐某位作家，我也不会专程去国会图书馆阅读那部长篇的开头。如果船户先生没有在科幻杂志上出道，我们也不会争相创作小说。

如果没有曾根卓先生去国会图书馆挖掘杂志，我就不会读到无数没有结集出版的科幻小说。如果没有曾根先生持续不断制作发行同人志，那么在没有商业杂志约稿期间，我也无法持续发表作品。

没有春眠蛙先生推荐若干古老的国内作品，我就不会意识到有多少日本作家所写的有趣的科幻小说还在沉睡。如果没有读到春眠先生写的《战天女缘起》，我便无法写出《神圣铁处女》之后的几篇作品。

如果皆月苍叶先生不是赛博朋克的爱好者，我也不会专程去东京的旧书店购买《蝉之女王》和《分裂矩阵》吧。如果皆月先生没有承诺我写《江户之花》，我也不会写出《奇点时代》了。

多亏了谷林守先生一直等候到科幻研究会杂志截稿时间的最后一刻，我才得以完成《零零年代科幻史》。正因为谷林先生一次又一次地答应了我的无理要求，非专业作家的我才得以继续创作。

在本书发售之际，能有大森望老师、小川一水老师、小城武彦老师、草野原原老师、仓田隆司老师、飞浩隆老师、酉岛传法老师、西崎宪老师、长谷敏司老师、樋口恭介老师、山岸真老师为我的作品做解说，令人感到无上光荣。诸位老师创作的、介绍的、翻译的作品，构成了我的血肉。

感谢持续编撰日本科幻年度佳作选的大森望老师和日下三藏老师。没有两位老师编选的年度佳作选，我也许早就停止创作了。

感谢横田顺弥老师。我在小学四年级的时候，第一次接触的日本科幻短篇，就是横田老师编撰的《少年科幻小说选》。在那个选集中，我第一次知道了平行世界，并且大受冲击。非常遗憾的是，已经没办法将自己的首部短篇集叫作《平滑世界和它的敌人》的事情告知横田老师了。[1]

感谢为我描绘出精彩封面的赤坂明老师。

1　横田顺弥已于 2019 年 1 月 4 日去世。——译注

感谢直到最后都给予我大力帮助的编辑、校对、审阅的各位老师。

感谢为我创造出能够阅读科幻的人生的父母和弟弟。还有长久以来一直支持我的妻子。

感谢对一直未出新刊的我，苦等九年的《少女禁区》的读者。
感谢读过我偶尔发表的短篇，便期待短篇集问世的诸位。
以及，感谢拿起这本书的你。

最后，感谢直至今日创造出科幻历史的作者与读者们。

向你们表示衷心的感谢。

令和元年（2019年）七月
伴名练